Lab

Een proefschrift

door

Miquel Ekkelenkamp Bulnes

2007 Prometheus Amsterdam

Eerste druk 2005
Derde druk 2007

Omslagontwerp Bloemendaal & Dekkers
Illustratie binnenwerk Harmen van Straaten 2005
Foto omslag Getty Images
Foto auteur Rob Janssen
www.uitgeverijprometheus.nl
ISBN 978 90 446 0794 9

Stellingen behorende bij dit proefschrift:

1. Op een dag weten we alles en geloven we niets
2. Het is per definitie onmogelijk om aan te tonen dat iets niet kan
3. Je moet niet alles geloven wat je denkt
4. Kunstenaars zijn bang voor wetenschappers, omdat de natuur oneindig veel mooier is dan alles wat wij kunnen bedenken
5. *Goede* en *slechte* genen bestaan niet
6. Een proefschrift is er om te schrijven en niet om te lezen

'Je moet niet alles geloven wat je leest,' zegt Schoen.

I

Zijn zompige lichaam hangt achterover in de rode bureaustoel en zijn voeten rusten over elkaar geslagen op het met leer ingelegde mahonie bureaublad. Hij rookt een exotisch merk cigarillo's en blaast hiermee rookkringels, die omhoogfladderen naar een met tape afgeplakte rookmelder.

'Ik moet morgen voor een week naar Lyon,' zegt hij, terwijl hij het artikel in de prullenbak gooit. Hij zegt: 'We hebben het er nog wel over als ik terugkom.' Hetgeen betekent dat we het er niet meer over gaan hebben.

'Zie ik je straks nog bij de promotie van Joris?' vraag ik.

'Als ik er ben wel.'

Ik pak mijn labjournaal erbij en sla het open bij de laatst beschreven pagina. 'Ik wil je nog wat resultaten laten zien, voor je vertrekt.'

'Heb je iets boeiends dan?'

'Heb ik je ooit iets laten zien dat níet ontzettend interessant was?'

'Niet dat me is bijgebleven.'

Ik draai het journaal naar Schoen toe. 'Ik heb het oorspronkelijke experiment een paar keer herhaald en op basis daarvan heeft Thomas voor me uitgerekend hoeveel muizen er nodig zijn om een verschil van tien procent aan te tonen. Onder aan de pagina heb ik het aantal opgeschreven.' Met mijn vulpen wijs ik een rood omcirkeld getal aan.

Schoen is niet van plan te gaan verzitten. Hij kantelt zijn hoofd en knijpt met zijn ogen. 'Negenhonderdentwaalf?' vraagt hij.

Ik knik.

'Is dat naar boven afgerond?'

'Er zouden wel eens vraagtekens geplaatst kunnen worden bij de ethische aspecten van het gebruik van zo'n hoog aantal,' merk ik op. Negenhonderdentwaalf muizen doodmaken is namelijk negenhonderdentwaalf keer zo erg als één muis doodmaken.

'Dat kun je wel stellen. Ze kosten meer dan tachtig euro per stuk.'

'En nu? Ik ben er inmiddels al zeven maanden mee bezig.'

'Maak je maar geen zorgen. Dat komt vanzelf goed.'

'Hoe dan?'

'Jij bent intelligent genoeg om een alternatief te bedenken.'

'Misschien niet.'

'Natuurlijk wel. Anders was je hier nooit aangenomen.'

'Dat is een cirkelredenering.'

Schoen glimlacht. Hij staat op, loopt om het bureau heen en legt zijn hand op mijn schouder. Daar moet hij een goede reden voor hebben, want het moge duidelijk zijn dat lopen geen hobby is van doctor Simon Schoen. Hij verlegt zijn zwaartepunt naar mij toe, zodat de honderdenvierentwintig kilo's van zijn lichaam op mijn schouder komen te rusten.

Toon mij een academisch zwaargewicht.

Toon mij kritische massa.

'Dat is nou precies de intelligentie die ik bedoel,' zegt hij.

Ik zucht en zeg dat ik 'iets van een uitgangspunt' nodig heb.

'Een uitgangspunt?'

Dat kan ik krijgen.

Toon mij een helder uitgangspunt en ik toon u: het gat van de deur.

...

Ik zet mijn fiets bij de hoofdingang van het Academiegebouw en haast me de trap op naar de senaatszaal. Het is er druk, een hoop volk is afgekomen op Joris' promotie. Wat mensen niet kunnen geloven, willen ze met eigen ogen zien.

De eerste rij is gereserveerd voor de familie. Vader, moeder, vriendin, broers en schoonzus. Allemaal in driedelig grijs of mantelpakje. Allemaal met een camera in de hand. Allemaal stralend van trots. In de rij daarachter Joris' oude studievriendjes, die eruitzien alsof ze *Straatnieuws* komen verkopen. Aan hun vieze T-shirts, versleten spijkerbroeken en oude Allstar-gympen kun je aflezen dat dit een bijzondere gebeurtenis voor ze is.

Ik zie een bekend gezicht.

Toon mij een fatale vrouw en ik toon u een rancuneuze lesbienne met een gemene linkse. Marie Frost, de Noorse postdoc die het begrip 'pot' praktisch heeft uitgevonden. Geboren en getogen in een van die Scandinavische bergdorpen waar het het hele jaar donker is en haar grote liefde achternagereisd naar Nederland. *Perma* voor vrienden, maar niet waar zij bij is.

Perma heeft een plaats gevonden aan het gangpad halverwege de zaal. Ze schuift een stoel op en wuift me toe dat er naast haar nog plek is.

'Heb je het gelezen?' vraagt ze, als ik zit.

'Oppervlakkig.'

'Slaat het ergens op?'

'Kijk zelf maar.' Ik haal Joris' proefschrift uit mijn rugzak en geef het haar. Ze neemt het op haar schoot en bladert er vluchtig doorheen. Tabellen en grafieken schieten voorbij. Uitgebreide methodologische overwegingen en tot in detail uitgedachte eindconclusies.

Bij de voorlaatste pagina stopt ze. Het dankwoord. Ze houdt het boekje voor mijn neus, haar wijsvinger bij een van de laatste regels van de bladzijde. 'Wat betekent dit?' vraagt ze.

Marie, bij jou kon ik altijd terecht met mijn frustraties.

Het Nederlands van Perma is verbazingwekkend goed, maar zo af en toe komt er nog een uitdrukking voorbij die voor haar vertaald moet worden.

'Dat hij erg gefrustreerd is en daar graag met jou over praat,' leg ik uit.

'Het is dus iets positiefs?' wil ze bevestigd hebben, een achterdochtige blik op Joris werpend.

'Voor de meeste mensen wel.'

'Oké dan,' zegt ze.

Nog een bekend gezicht. Damian Morgenster: de reïncarnatie van dokter Mengele, onderzoeker in opleiding en slechts twee tikken op het hoofd verwijderd van een acute psychose. Een man met een totaal gebrek aan remmingen en scrupules, een messcherp inzicht in andermans tekortkomingen en bijzonder weinig affiniteit met de waarheid, zeker voor een wetenschapper. Aan de andere kant van het gangpad is hij druk in gesprek met zijn jonge, hoogblonde studente, een derdejaars biologie. Ik knik hem toe, maar hij negeert me volkomen.

Gerinkel en gestamp zwelt aan op de gang. De grote klok boven de deur geeft aan dat het tijd is. Rinkelend met de belletjes van haar staf marcheert de pedel de senaatszaal binnen, gevolgd door een stoet in zwarte toga gehulde professoren.

Als de hooggeleerde heren hebben plaatsgenomen achter de senaatstafel loopt Joris de zaal in, geëscorteerd door zijn paranimfen. De een is een oude studievriend van hem, de ander is Pjotr, een AIO uit het lab. Ze buigen kort voor de rector en lopen door naar de katheder. Joris voelt zich duidelijk ongemakkelijk in zijn twee maten te grote rokkostuum. Nerveus bijt hij op zijn lip en draait hij lusjes in zijn sluike, donkere haar.

De rector slaat met zijn hamer de zaal stil. 'De zitting is geopend,' zegt hij. Iedereen in de zaal mag gaan zitten, behalve Joris.

'Mijnheer de promovendus,' gaat de rector verder, 'het college voor promoties van de universiteit stelt u in de gelegenheid uw proefschrift in het openbaar te verdedigen. De promotiecommissie, alsmede uw promotor en copromotor, zullen u de komende vijfenveertig minuten aan de tand voelen over de in uw proefschrift uiteengezette resultaten, getoetste theorieën en geponeerde stellingen. Zoals aan onze universiteit gebruikelijk, zal de eerste vraag gesteld worden door een van uw begeleiders in dezen, en in dit geval zal dat zijn uw copromotor, doctor Frits Vanderzee.'

Rots in de branding en tweede man op ons instituut, met zijn flitsende maatpak en modieuze kop heeft Vanderzee meer weg van een soapacteur of een fotomodel voor aftershave-reclame dan van een stoffige biochemicus. Zijn nonchalante grijze lokken en arrogante glimlach zouden menige vrouw een hartritmestoornis bezorgen, ware het niet dat de man saaier is dan een Duits-Frans woordenboek. Voordat hij werd aangetrokken om leiding te geven aan de werkgroep oncologische farmacologie had hij reeds naam gemaakt in de farmaceutische industrie, met de ontwikkeling van medicijnen tegen onder andere de ziekte van Alzheimer en Parkinson. In de praktijk bleken die middelen overigens totaal onwerkzaam en bovendien nogal schadelijk voor de gezondheid, maar het bereiken van de testfase op menselijke vrijwilligers is op zich al een prestatie van formaat.

'Geachte promovendus, beste Joris,' begint hij. 'In de eerste plaats mijn felicitaties voor uw excellente proefschrift. Dit werk is het resultaat van vele jaren zware arbeid, een tomeloze inzet en een verbazingwekkende eindspurt, waarbij de laatste resultaten zijn verkregen nog geen week voordat het manuscript naar de promotiecommissie werd verzonden. Omdat het in de wetenschap van belang is vooruit te kijken, naar de toekomst, zullen mijn vragen vooral betrekking hebben op dit laatste hoofdstuk. Waar ik met u over van gedachten wil wisselen is het volgende...'

Tegen het eind van zijn onderzoeksperiode is Joris behoorlijk in tijdnood gekomen. Om de gegevens voor zijn laatste hoofdstuk toch op tijd bij elkaar te kunnen schrapen heeft hij een hoop controversiële aannames gedaan en vereiste controles achterwege gelaten. In feite rammelt het laatste hoofdstuk gewoon aan alle kanten en is het onpublicabel. Vanderzee hoopt, door hier zelf vragen over te stellen, te voorkomen dat de promotiecommissie er moeilijk over gaat doen.

De strekking van het laatste stuk van Joris' proefschrift is dat kanker veelal veroorzaakt wordt door virussen. Dit is in de vorige eeuw al aangetoond voor baarmoederhalskanker en sommige vormen van lymfklierkanker, maar hij meent ook een relatie gevonden te hebben tussen virussen en darmkanker. In ieder geval één keer.

Ongeveer.

Een beetje.

Denkt hij.

Vanderzee confronteert Joris op zachtaardige wijze met de gebrekkige onderbouwing van zijn stelling en de promovendus antwoordt met slappe en ontwijkende antwoorden, bijna filosofisch van aard, die zijn copromotor zonder slag of stoot accepteert. Het lijkt wel amateurtoneel. En dat is het natuurlijk ook.

Vanderzee geeft het woord terug aan de rector, die het op zijn beurt weer doorgeeft aan de promotor: Professor Christiaan Vierklau, de hoogste schakel in de voedselketen, een man die een begrip is binnen de experimentele oncologie, die zijn gelijke niet kent qua publicatietempo, en bovenal: de baas. De hooghartige blik in zijn ijskoude blauwe ogen laat daar geen twijfel over bestaan.

Om hier de baas te worden is hij over lijken gegaan, maar – zoals mijn begeleider Schoen nuanceerde: 'De meeste van hen waren al lijken voordat Vierklau eroverheen ging.'

Als je mijn professor eenmaal hebt gezien vergeet je hem nooit meer: een lange, magere man met een rond gezicht, een donkerblond bloempotkapsel en een grote haakneus. Ook zijn onuitstaanbare Gooise tongval herken je uit duizenden.

'Zo, doctorandus Doornbos,' zegt de prof, 'de tijd is aangebroken om te oogsten wat u heeft gezaaid. In het begin was er slechts het idee, een idee dat van mij kwam, en dat inhield dat er gekeken zou worden naar de meest elementaire processen in de kankercel. Het was een concept dat ik vier jaar geleden bedacht. Uw proefschrift is hieruit ontstaan en uit niets anders, en op basis hiervan heeft u licht doen schijnen in voorheen duister gebied.' Vierklau spreekt: 'Het licht verblindt hen die in onwetendheid verkiezen te leven.' Een zeker gevoel voor drama kan hem niet ontzegd worden.

Onze prof ziet zichzelf graag als een visionair, een man van de grote lijnen. Geen gezeur in de kantlijn, geen gepiel in de marge. Hij vraagt Joris uiteen te zetten welk onderzoek er volgens hem zou moeten worden verricht om de conclusies uit dit proefschrift steviger te onderbouwen.

'Dat ligt voor de hand,' antwoordt Joris, 'daarvoor moet simpelweg mijn onderzoek worden herhaald.'

Vierklau reageert teleurgesteld. 'Ik had gehoopt dat u wat groter zou denken,' zegt hij. 'Dat u bij voorbeeld zou komen met een opzet voor proefdieronderzoek of gerandomiseerde trials met gezonde vrijwilligers.'

De leden van de promotiecommissie die hun aandacht bij de discussie hebben weten te houden kijken Vierklau geschokt aan.

De baas heeft soms geen idee waar hij het over heeft, maar hij blijft altijd de baas.

'Ik vrees dat zoiets onhaalbaar is,' antwoordt de promovendus. 'Een dergelijk onderzoek zou door geen enkele ethische commissie worden goedgekeurd. Wat u voorstelt zou inhouden dat we onderzoek moeten doen op primaten, of mensen moedwillig moeten infecteren.'

'Het spijt me dat u zo klein blijft denken, al heb ik wel begrip voor uw praktische instelling,' geeft de prof toe. Alvorens hij het woord weer teruggeeft aan de rector, komt hij nog met een laatste gebod: 'Ik verwacht uiteraard wel dat u dit jaar nog de laatste hoofdstukken gereed heeft voor publicatie.'

Ik sla het boekje open bij het dankwoord en probeer voor de zoveelste maal te begrijpen wat Joris bedoelt met de zinnen die hij aan mij heeft gewijd:

> *Jidde, al drie jaar lang vraag ik me af hoe een laconieke cynicus als jij zo'n onwrikbaar geloof in zijn werk kan hebben. Om jóuw woorden te gebruiken: iemand zou dat eens uit moeten zoeken!*

Ze klinken in ieder geval wel weer iets vriendelijker dan zijn uitspraak: 'Jidde, we weten dat je dood bent, als je niet loopt te zeiken.'

De klok boven de ingang geeft aan dat we inmiddels een kwartier op weg zijn. Nog een kleine dertig minuten en Joris is doctor. Nou ja, eigenlijk ís hij al doctor. Hij is gepromoveerd toen de promotiecommissie twee maanden geleden bijeen kwam en onder het genot van een goed glas wijn het lees-exemplaar van zijn proefschrift goedkeurde. Wat we hier bijwonen is in feite slechts een formaliteit, een ritueel. Het is in geen decennia meer voorgevallen dat iemand de doctorsgraad werd geweigerd omdat de verdediging van het proefschrift tegenviel; niet nadat zo iemand familieleden uit andere continenten over had laten komen, een groot feest had georganiseerd en driehonderd boekjes had laten drukken.

Desalniettemin kunnen de opponenten de ceremonie tot een bijzonder onprettige ervaring maken voor de promovendus. Door kritische of denigrerende vragen te stellen, te hameren op insignificante details of de gelegenheid aan te grijpen óver diens hoofd een meningsverschil met de promotor uit te vechten. Wetenschap is politiek[1]. Daarom worden ook zo veel hoogleraren minister.

---

[1] Het omgekeerde is overigens twijfelachtig

Het woord is aan professor Van As, voorzitter van de promotiecommissie, hoogleraar genetica en niet bepaald Vierklau's beste vriend. Hij geeft leiding aan een vakgroep die zich bezighoudt met het opsporen van genen en het achterhalen van de functie van dezen. Doordat Vierklau ons onderzoek steeds meer heeft verlegd van het zoeken van kankerverwekkende stoffen naar het zoeken van kankerverwekkende genen zijn de twee vakgroepen praktisch concurrenten geworden. Pijnpunt voor Van As is dat onze groep hiermee aanmerkelijk succesvoller is gebleken en meer heeft weten te publiceren in de laatste vier jaar dan de zijne in de afgelopen twintig.

De voorzitter is er klaar voor: 'Geachte promovendus, mijn welgemeende felicitaties voor dit fraai vormgegeven proefschrift. In het bijzonder is mij opgevallen dat op de voorkant een mooie afbeelding prijkt van een esdoorn, die zoals u wellicht bekend zal zijn, in Scandinavische culturen symbool staat voor vruchtbaarheid en voorspoed. Om vast te houden aan dit thema, wil ik u verzoeken in te gaan op de vraag of volgens u de voortplanting van een virus de belangrijkste factor is in de kans op ontstaan van maligniteiten, of juist de genetische opmaak van de gastheer.'

Zelfvoldaan grijnst Van As naar Joris, die je ziet denken: *Wat een geleuter, jij seniele oude gek. Waar heb je het in vredesnaam over?*

'Hooggeleerde opponent. Wat u daar nu aansnijdt is een uitermate interessant en belangwekkend thema...' Hij haalt zijn hand door zijn haar en bladert wat door zijn proefschrift. '...dat weliswaar enigszins buiten het bestek valt van mijn onderzoek, maar waarop ik toch zal trachten een helder antwoord te formuleren...'

Perma trekt me aan mijn mouw. Ze wil weten of mijn bespreking met Schoen eerder vandaag zinvol is geweest.

'Je weet hoe hij is,' antwoord ik.

'Toch heeft hij soms goede ideeën.'

'Ja, hij bedenkt wel eens wat,' zeg ik schouderophalend. Niet al Schoen's ideeën zijn in het verleden even bruikbaar gebleken. Af en toe zit er een geniale inval bij, vaker zijn ze vooral onpraktisch en tijdverslindend, en met enige regelmaat overschrijden ze de grenzen van het in ons universum mogelijke. Mensen die bedenken wat anderen moeten doen, kunnen zich een hoop creativiteit permitteren.

Af en toe hebben Schoen's gedachtespinsels betrekking op zichzelf. Zo bedacht hij onlangs nog dat hij bovenal *een man van de praktijk* was en nam hij zich voor vaker met Marije, Todd en mij mee te kijken op het lab. Dat hebben we geweten: afgelopen week kwam hij elke dag bijna op het lab. Bijna op maandag, bijna op dinsdag, bijna op woensdag, bijna op donderdag...

De vierde in de vragenrij is een Italiaanse hoogleraar, die speciaal voor deze promotie is komen overvliegen uit Palermo. Hij stelt zijn vragen in het Engels: 'Der kaandidaate ayam feriemprest biettsjoempressieftiesies end woed laik toe kongatuleetjoenden joepromotortfits forinvaitation. Ai hef trai kwestions. Fierstofolhoutien joeboutenmorimportantis de rieserts for a niew model indasietematiek investigation fasersenfaindeniebielaika? Olso, hauw doe joe sie better-internalanalasation en de big niewportunitiesdeterno injoefie? End turt kwestien toespleen hauw peedirtietoejoe efafiger en on de aksijoepoeta valuta dakeno kalkuleewida teebel peetentieseven.'

Het blijft even stil. Het zijn wel moeilijke vragen die deze man stelt.

'Highly regarded opponent...' begint Joris. 'It is a true honor and a pleasure to have you here on my promotion committee...' Hij bedankt de professor uitvoerig voor diens aanwezigheid en complimenteert hem met de onuitwisbare indruk die deze heeft achtergelaten op zijn vakgebied.

'I will try to answer your questions in a somewhat more general perspective...' stelt Joris voor.

Joris dreunt bijna letterlijk de samenvatting van twee van zijn artikelen op en benadrukt dat zijn conclusies in grote lijnen overeenkomen met de conclusies van artikelen van de Italiaanse professor zelf. Dat kan geen kwaad – wetenschappers worden niet graag tegengesproken.

De hoogleraar is toch niet helemaal tevreden. 'Kenaiaskwan more kwession?' vraagt hij.

'A very short one!' bepaalt de rector. De tijd tikt door en de regels zijn onverbiddelijk: na drie kwartier is het circus afgelopen. Dat moet ook wel, want als academici niet rigoureus worden afgekapt blijven ze eindeloos dooremmeren.

'Dennevermaint.' Korte vragen hoeven niet van de professor.

Aan de andere kant van het gangpad fluistert Damian zijn blonde studente iets in het oor en laat daarbij net iets langer zijn hand op haar rug rusten dan strikt noodzakelijk. Met een geforceerde doch vriendelijke glimlach slaat ze haar armen over elkaar en schuift ze een paar centimeter van hem weg.

Ik stoot Perma aan en vraag wat ze vindt van Damian's studente. Ze buigt wat naar voren om beter te kunnen kijken, snuift en zegt: 'Ik houd van wat meer vlees aan de botten. Bovendien valt zij niet op vrouwen.' Ze speurt de zaal verder af. 'Maar die vrouw die achter Pjotr zit wel, met de paarse handtas.' De vrouw in kwestie heb ik nooit eerder gezien en zo op het eerste gezicht merk ik ook niets bijzonders aan haar op.

'Wie is dat?'

'Geen idee.'

'Hoe weet je dan dat ze lesbisch is?'

'Dat zie ik.'

'Hoe zie je dat dan?'

'Gewoon. Dat kan ik niet uitleggen. Je moet er een zijn om er een te herkennen.'

Iemand zou toch eens uit moeten zoeken hoe lesbiennes elkaar zo gemakkelijk spotten, want ík zie het nooit. Zelfs in Perma's geval viel het kwartje pas toen we inmiddels al drie maanden een werkkamer deelden. En laten we eerlijk zijn, bij haar ligt het er vrij dik bovenop. Ze is namelijk niet het type lesbienne waar mannen op verloren momenten over fantaseren en waar films over gemaakt worden, maar eerder het model *angry dike* dat 's nachts de stoute kindertjes komt halen. Met haar gemillimeterde rode kapsel, gespierde bovenarmen en groene tuinbroek is zo onderhand het enige vrouwelijke dat haar rest haar verblijfsvergunning.

Toon mij een verlichte geest en ik toon u een wetenschapper die graag in de schijnwerpers staat. Het woord is aan professor Kaia Fassbinder, hoogleraar virologie en binnenkort voorzitster van het faculteitsbestuur. Al mag het geen twijfel lijden dat Fassbinder haar bijdrage aan de kennis op onze planeet meer dan geleverd heeft, de heersende consensus op de faculteit blijft dat zij haar nieuwe baan vooral te danken heeft aan jaren van listige universiteitspolitiek. Een hoop mensen zou deze post liever vervuld zien worden door iemand met wat meer wetenschappelijke toewijding en dan het liefst een mannelijk iemand.

Net als Van As behoort Fassbinder niet tot de vriendenkring van Vierklau, sterker nog, volgens Schoen kunnen de twee elkaars bloed wel drinken. De precieze achtergronden van hun conflict wilde hij niet vertellen, maar er moet zich in het recente verleden een uitermate onprettig incident hebben voorgedaan.

Ze steekt van wal. Professor Fassbinder is soms een beetje moeilijk te volgen, want vijftien jaar zittingen in commissies, adviesraden, projectcomités, deelbesturen, werkgroepen en wat voor ongein nog meer, heeft haar Nederlands bij uitstek subtiel en ondertitelingsbehoeftig gemaakt:

'Geachte promovendus, de bespreking van uw proefschrift heeft geleid tot *verhitte discussies*[2] in onze commissie. Ikzelf heb uw promotie *met een uitermate kritisch oog bekeken*[3] en het

---

[2] zware onenigheid

3 niet tegen kunnen houden

verheugt mij zeer[4] dat u hier nu kunt staan voor de verdediging van uw fraaie boekje. Mijn welgemeende felicitaties.' Fassbinder haalt adem en vervolgt: 'Voor uw derde hoofdstuk heeft u met *wisselend*[5] succes in proefdiermodellen trachten aan te tonen dat *eiwitdepletie*[6] leidt tot verhoogde opname van chemotherapeutica. Aansluitend trekt u in hoofdstuk vijf de op zijn minst *controversiële*[7] conclusie dat regulatie van transport-eiwitten een belangrijke rol speelt in de opname van deze middelen naar het intracellulaire compartiment. Allereerst is het uiteraard *interessant*[8] dat u gekozen heeft voor een dergelijke *omslachtige*[9] benadering, waar bij *anderen*[10] een uitgesproken voorkeur leeft voor het gebruik van cellijnen. Het *is mij onbekend of*[11] deze methode daadwerkelijk in staat is verschil te maken tussen actieve opname door cellen en diffusie. Recent zijn namelijk *duidelijke aanwijzingen*[12] gepubliceerd die *er een andere visie op na houden*[13]– u heeft de artikelen waarschijnlijk wel gelezen...' Fassbinder refereert aan een aantal publicaties van onze directe concurrenten uit India en Korea. '*Ik zou graag uw reactie hierop willen horen*[14].'

'Dat kan ik me voorstellen...' zegt Joris. Hij bladert wat heen en weer in zijn proefschrift. 'Hooggeachte opponent, ik heb begrip voor uw punten van kritiek. Ik hoef ú vast niet uit te leggen dat de opzet van onderzoek op sommige punten

4 zal me eigenlijk ook jeuken

5 beperkt

6 uithongering van labratten

7 incorrecte

8 jammer

9 vooroorlogse

10 mij

11 lijkt me sterk dat

12 schimmige artikeltjes uit foute landen

13 bewijzen dat je liegt

14 lul je daar maar eens uit!

arbitrair[15] is en zich dan veelal laat leiden door *praktische*[16] overwegingen. In ons geval bleek het gebruik van labratten verreweg de meest *elegante*[17] oplossing.

Ik *zal hier niet ingaan op*[18] de achterliggende mechanismen, maar ik kan u wel vertellen dat *in onze ruime ervaring*[19] het celassay een uitermate onbetrouwbare test is gebleken. Een dergelijke studie lijkt me overigens wel een logisch vervolg op die van mij en ik hoop dan ook dat er op de korte termijn iemand wordt gevonden om dit werk voort te zetten[20].'

Drie kwartier vliegt zo voorbij. Na Fassbinder zijn er nóg vier opponenten, die zeker niet meer allemaal de gelegenheid zullen krijgen hun vragen af te vuren. Verveeld tikken ze hun vingertoppen tegen elkaar en doen ze hard hun best wakker te blijven. De Italiaanse prof is dat overigens niet zo goed gelukt.

Klokslag kwart voor drie gaat de deur open en treedt de pedel de senaatszaal binnen. Ze slaat met haar staf op de grond en roept dat het tijd is: 'Hora est!'

'De commissie trekt zich terug om te beraadslagen,' verklaart de rector. 'De zitting wordt geschorst.' Door een onopvallend deurtje achterin glippen de hooggeleerde heren en dame weg om de kandidaat te bespreken.

Ik check of er nog berichten zijn binnengekomen op mijn mobiel.

Een sms-je van Charlotte:

EISPRONGDAG!!!

15 volstrekt willekeurig

16 financiële

17 eenvoudige

18 heb geen verstand van

19 toen ik het een keer probeerde

20 ...want zelf wil ik er nooit meer iets mee te maken hebben

Jottem. Ik was het al bijna weer vergeten.

Charlotte, mijn vriendin, wil dolgraag kinderen. En snel een beetje. Dat kreeg ik vier maanden geleden opeens te horen. 'Trouwens,' legde ze meteen uit, 'ik ben inmiddels een half jaar geleden met de pil gestopt.'

Voor mezelf ben ik er nog niet zo goed uit of ik ze wel wil. Liever niet – denk ik – maar ik heb het hart niet om bij Charlotte mijn twijfels te uiten: het begrip *passief-agressief* is ooit speciaal voor haar bedacht.

Het deurtje gaat open en de stoet komt de zaal weer binnenlopen. De toga's gaan zitten, met uitzondering van de rector, die de zaal tot stilte maant. 'De zitting wordt voortgezet.'

Joris en zijn twee paranimfen staan in het midden van de halve ring van hoogleraren, recht tegenover de rector. 'Mijnheer de promovendus,' spreekt deze. 'Deze commissie, ingesteld door het college voor promoties, heeft kennis genomen van uw proefschrift en heeft uw verdediging daarvan gehoord. De commissie heeft besloten u het doctoraat toe te kennen. Ik verzoek nu de promotor, professor Vierklau, u op de gebruikelijke wijze met die waardigheid te bekleden.'

Vierklau staat op: 'Uit kracht van de bevoegdheid, ons bij de wet toegekend, en volgens het besluit van de promotiecommissie, hier tegenwoordig, verklaar ik bij dezen u, Joris Doornbos, te bevorderen tot doctor, met alle daaraan door wet en gewoonte verbonden rechten en plichten jegens wetenschap en samenleving.' Vierklau geeft Joris een hand en overhandigt hem zijn bul.

De zaal blijft stil. Er mag pas worden geapplaudisseerd als een promotie is afgelopen.

Vierklau gaat weer zitten en kijkt op zijn horloge.

Frits Vanderzee staat op. Hij steekt zijn hand in zijn broekzak, tovert hier een verfrommeld stukje papier uit te voorschijn en begint zijn laudatio voor te lezen. 'Daar sta je dan.' *Nooit verwacht, toch gelukt.* 'Ik zie dat je het zelf nauwelijks kunt geloven.' Vanderzee kijkt op naar Joris. 'Joris, ik heb jou leren kennen als een bijzonder eigengereid onderzoeker.'

'Wat betekent eigengereid?' vraagt Perma.

'Hardleers,' leg ik uit.

'In de afgelopen vier jaar heb je een hoop bijgeleerd. Ik dacht van de week nog hoe ironisch het was dat je, toen je net bij ons begon, leverbiopten in formaline bewaarde.'

Dat was niet ironisch, dat was oerstom. Joris heeft een kwart jaar vergooid door monsters onbruikbaar te maken met conserveermiddel.

'Maar dat is niet het belangrijkste wat we ons van jou zullen herinneren, bovenal hebben we je leren kennen als iemand die geen blad voor de mond neemt en altijd het eerste zegt wat in hem opkomt.'

Aan de andere kant van het gangpad moet Damian heel hard hoesten.

'Ik kon dat altijd zeer waarderen,' leest de copromotor op, 'want ook ik ben een spontaan persoon.'

'Betekent *spontaan* hetzelfde in het Nederlands als in het Noors?' fluistert Perma.

'Je hebt een belangrijke bijdrage geleverd aan ons vakgebied en het verheugt mij dan ook zeer dat je je onderzoek zult voorzetten aan de universiteit van Chicago.'

'Hij is blij dat ze van hem af zijn,' verduidelijk ik voor mijn kamergenote.

'Het mag geen twijfel lijden dat zij met u een bijzondere onderzoeker, maar vooral ook een bijzonder...' Vanderzee draait het papier om en kucht. '...mens hebben aangenomen. Ik wens u overzee een leerzame en productieve tijd toe. Want een promotie mag dan wel een eindpunt zijn, het is toch vooral een beginpunt. Doctor Doornbos, van harte gefeliciteerd!'

'Zeergeleerde Heer,' spreekt de rector ten slotte. 'Ook uit naam van het college voor promoties wens ik u geluk met de verworven waardigheid. Hiermee verklaar ik deze plechtigheid geëindigd.'

De deuren worden geopend en de stoet toga's marcheert achter de pedel aan de zaal uit, met in hun kielzog de kersverse doctor, zijn paranimfen en zijn familie.

Na afloop van een promotie wordt er door het publiek een rij gevormd om één voor één de gelukkige te kunnen feliciteren. We trachten een plek vooraan te bemachtigen door achterlangs een sluiproute te nemen, maar we hebben te maken met een doorgewinterd en kwiek publiek en belanden ergens halverwege.

'Had je nog iets belangrijks te doen vanmiddag?' vraagt Perma.

'Belangrijker dan dit, bedoel je?'

Ze geeuwt.

Een flink eind vóór ons gaat Damian naast een vage bekende van hem staan. Je kunt een hoop zeggen over egoïsten, vooral dat ze alleen aan zichzelf denken, maar ze leven wel efficiënt.

Iemand tikt op mijn schouder.

Ik stel u voor aan Pjotr *dat-gebeurt-mij-geen-derde-keer* Jakobs, een man die er trots op is te behoren tot de top negenennegentig procent binnen de wetenschap. Grootgebracht door wolven in de binnenlanden van Drenthe, heeft hij zichzelf hier hervonden als toegewijd onderzoeker en laatste nagel aan de doodskist van Vierklau. Vandaag aanwezig in de hoedanigheid van paranimf.

'Jidde,' fluistert hij, 'kan ik je even onder vier ogen spreken? Er is iets heel ergs gebeurd.' Bij het uitspreken van het woord *ergs* knijpt hij met zijn rechteroog en haalt een hand door zijn coupe soleil. Pjotr is iemand die ik ervan verdenk gezichtscrèmes te gebruiken. Zulke zachte wangetjes heeft niemand van zichzelf.

Ik stap uit de rij en loop met Pjotr mee naar buiten, waar een groep Aziatische toeristen foto's staat te maken van de oude kerk naast het academiegebouw. Verderop voert een zwerver de mussen broodkruimels. Het is hartje winter en de stralen van de laagstaande februarizon ketsen oogverblindend over de versgevallen sneeuw. Pjotr haalt een zonnebril te voorschijn.

'Je had iets te melden...?'

'Jidde, weet je nog die monsters die bewaard worden in de vrieskist op het isolatielab?'

'Hoe bedoel je: *weet je nog*?'

Pjotr begint te vertellen. Het is een warrig verhaal met een aantal intrigerende subplots dat eindigt in een anticlimax.

Ik doe mijn best voor hem de gebeurtenissen op een rijtje te zetten. 'Laat me even kijken of ik het goed begrijp: je bent dus een lab binnengelopen waar je nog nooit eerder was geweest?'

'Ja.'

'Toen heb je rondgekeken of je een apparaat zag dat op een centrifuge leek en daar je monster ingestopt?'

'Ja.'

'Om het apparaat aan te sluiten, heb je een willekeurige andere stekker losgetrokken?'

'Ja.'

'En toen er van alles ging piepen, dacht je dat het wel weer over zou gaan?'

'Ja.'

'Na het centrifugeren heb je de losgehaalde stekker niet weer ingeplugd, maar ben je gewoon naar huis vertrokken?'

'Ja.'

'En achteraf blijkt dan dat je de vrieskist hebt afgekoppeld en dat alle monsters en enzymen nu ontdooid zijn en daardoor voor altijd onbruikbaar?'

Pjotr denkt even na. 'Ja, hoor eens. Als je het zó vertelt, laat je het opeens klinken alsof ik iets ontzettend stoms heb gedaan.'

...

Na de promotie ben ik nog even teruggegaan naar het lab om iets met mijn celkweken uit te proberen. Het is mislukt en dat is wel vervelend, maar op zich niet het ergste. Zeker in het begin gaat er met alle experimenten wel iets fout en daarom wordt er bij AIO's ook van uitgegaan dat ze in hun eerste jaar onderzoek niets presteren. De meesten maken die verwachting overigens ruimschoots waar. Waar ik van baal is dat ik geen enkele verklaring kan bedenken voor het mislukken van deze proef. De opzet was randdebielbestendig. In theorie kon er niets fout gaan.

'Hoe was het op het werk?' vraagt Charlotte. Ze luistert niet naar wat ik terug zeg, maar ik heb dan ook nog nooit een antwoord geformuleerd dat interessant en begrijpelijk tegelijk was. In plaats daarvan zegt ze een aantal keer 'ja' en 'o' en op het moment dat het klinkt alsof mijn verhaal afgelopen is, eindigt ze met 'Ik blijf het knap vinden wat je doet' of 'Gebruik je hersens de rest van de avond maar ergens anders voor.' Vandaag met: 'Ik heb ook een beetje geëxperimenteerd!'

We kennen elkaar te goed.

Charlotte heeft iets nieuws geprobeerd voor het avondeten. Een recept uit de *Viva*. Ze wijst naar een uitgescheurd artikel op tafel. 'Dat is wat ik gemaakt heb,' zegt ze en ze zet de twee borden op tafel.

Ik pak het stuk erbij en lees de kop. *Bladerdeeg: makkelijk en verrassend*. Er staan vier foto's op de pagina, maar geen daarvan vertoont een opvallende gelijkenis met wat er op onze borden ligt. 'Welke precies?'

'Op zo'n plaatje lijkt het altijd mooier,' legt mijn vriendin uit.

Ik knik. Het bladerdeeg is verworden tot een soort dikke, broze mie die uiteenkruimelt als je er met de vork naar wijst. Ik proef voorzichtig.

'Weet je wat mij een mooie naam lijkt,' zegt Charlotte, nog voor ze een hap genomen heeft: 'Christiaan.'

Ik verslik me bijna. 'Eh, Charlotte, schat: zo heet mijn prof.'

'Des te leuker!' vindt ze. 'Ik kwam er vanmiddag op, in de Prenatal.' Ze zag de naam staan op een zilveren naamkettinkje dat ze bijna had gekocht. Wat ze wél heeft aangeschaft is een tosti-ijzer, voor als we een keer zin krijgen in tosti's. Of wafels, die kun je er ook mee maken.

'Wat had je trouwens te zoeken in een babywinkel?' vraag ik.

'Niets. Je weet wel. Gewoon een beetje rondkijken.'

Mijn oog valt op het boeket tulpen dat ik vandaag voor haar heb meegenomen. Gemengd rood, geel en zwart. Ik had toch de witte moeten kopen. Charlotte deed blij verrast toen ik ze haar gaf en ze stopte ze meteen in de Delftsblauwe vaas die ze al had klaarstaan.

Ik had niet anders verwacht.

Nog maar net heb ik de laatste hap bladerdeeg weggeslikt als Charlotte voorstelt om naar bed te gaan. Wat haar betreft is er geen tijd voor nagerecht of koffie. 'Ik wacht op je,' zegt ze en ze spoedt zich naar boven.

Als ik de deur openduw liggen Charlotte's kleren in alle hoeken van de slaapkamer: de blouse over de verwarming, haar rok over de stereo, de bh aan de deurklink. Vanaf het bed kijken twee donkerbruine ogen me ondeugend aan. Met haar handen brengt Charlotte haar steile, rode haren omhoog en ontbloot zo haar prachtige, ranke hals.

'Schat, je hebt er wel een rotzooi van gemaakt,' merk ik op, terwijl ik haar bh van de klink pluk en op een stoel leg.

'In dit soort situaties streef ik naar een evenwichtige spreiding van mijn kleding,' verklaart ze. Ze rolt op haar buik en strekt de benen.

Toon mij een evenwichtige spreiding en ik toon u mijn vriendin op Eisprongdag.

...

Om half tien begint Joris' promotiefeest. Charlotte wil niet mee – ze heeft een drukke week achter de rug en blijft thuis een boek lezen – maar ík moet zeker gaan. Op Eisprongdag ben ik maar beperkt functioneel. Als ik straks weg ben, kruipt ze in bed en schuift ze twee dikke kussens onder haar heupen, om zo haar bekken te kantelen en de kans op bevruchting te maximaliseren. Dat doet ze stiekem – ze is bang dat ik haar uitlach als ik erachter kom.

Het feest wordt gehouden aan de gracht in zo'n bedompte wijnkelder waar je automatisch veel gaat drinken. Er is geen airco of zelfs maar een ventilator en als je op het toilet niet goed bukt schuurt je hoofd kaal tegen het plafond. Twee deuren verderop is een coffeeshop en af en toe loopt er een verdwaalde toerist binnen.

Er zijn hier zowaar nog meer mensen dan op de promotie zelf. Joris is een telg uit een vruchtbaar geslacht en houdt er een stuk of veertig neven en nichten opna. Een hoop daarvan zijn voor het feest naar de grote stad afgereisd. Je herkent ze moeiteloos. Het dorp waar hij vandaan komt was vroeger een eiland en ze hebben daar nooit uit zo'n diepe genetische poel kunnen vissen, dus als je Joris eenmaal hebt gezien, heb je in feite zijn hele familie gezien.

Nadat zijn oud-studiegenoten een liedje hebben gezongen, mogen wij ons filmpje draaien. Thomas, Perma en ik hebben een video in elkaar gezet met sketches over de belevenissen van Joris op het lab: Joris in de clinch met Vanderzee, Joris in de clinch met Schoen, Joris in de clinch met Perma, Joris in de clinch met een stagiair, Joris in de clinch met de schoonmaakster, Joris die probeert een postdoc te versieren, Joris die probeert een AIO te versieren, Joris die probeert een analiste te versieren, Joris die probeert een studente te versieren, Joris die probeert een schoonmaakster te versieren.

Zijn ouders moeten er hartelijk om lachen. 'Dat zijn allemaal leuk bedoelde grapjes,' verzekert Joris ze. Hij verkrampt bij het fragment *De dingen die Joris op congres na veertien bier op tafel begint te doen*.

'Moest je het na afloop ook zelf schoonmaken?' vraagt zijn vader.

Na het filmpje is er karaoke. Pjotr heeft de installatie geregeld en hij is ook de enige die er gebruik van durft te maken. Hij zingt zich de longen uit het lijf en meent daadwerkelijk daarmee het publiek een plezier te doen. Nu is de realiteit sowieso een plek die Pjotr slechts bij hoge uitzondering pleegt te bezoeken, maar hier is de discrepantie tussen zijn beleving en ons lijden wel érg stuitend. Overigens is Pjotr's misconceptie in dít geval volledig Damian's schuld.

Net op het moment dat het hijgstuk van Depeche Mode's 'Personal Jesus' aanbreekt en Pjotr's interpretatie echt interessant begint te worden, kan Marije het niet meer aanzien en schakelt ze over op een cd met disco-klassiekers. 'We are family' schalt door de luidsprekers en de mensen achter in de zaal beginnen te dansen.

Eigenlijk wil ik hier helemaal niet zijn. Eigenlijk wil ik op het lab zitten en het mislukte experiment van vanmiddag herhalen. Eigenlijk wil ik nu meteen terug en uitzoeken waarom er iets heel anders uit kwam dan ik verwachtte. Lag het aan de cellen? Lag het aan het medium? Lag het aan de concentraties? Lag het aan de incubatietemperatuur? Lag het aan de voorbehandeling?

Als we nou eens de temperatuur verlagen en de concentratie verhogen... Als we nou eens het medium aanpassen, maar dezelfde cellen blijven gebruiken...

Terwijl ik blijf malen en vergruizen stelt Joris' broer zich aan me voor, en begint te vertellen over wat hij wel niet allemaal heeft meegemaakt vandaag. Iets over een vervelende groep studenten in een platenzaak.

Als we nou eens niet zouden centrifugeren...

Zíjn studentenstad, díe was pas gezellig. Daar was altijd wel wat te doen. Hij noemt een plaats die voor zover mij bekend niet eens een treinverbinding heeft.

Als we nou eens de proef twee keer zo lang laten staan... of juist iets korter...

Het is verbazingwekkend hoe weinig aanmoediging sommige mensen behoeven om te blijven praten – Joris' broer reutelt maar door. Thuis hebben ze geen moment aan Joris getwijfeld, vertelt hij. 'Onze grootvader zei ook altijd: *Zo'n jongen moet je naar school laten gaan!*'

Als we nou eens...

Naast me krijgt de moeder van Joris het verhaal te horen over hoe haar zoon een keer besloot de labratten mee naar huis te nemen voor het weekend. Pjotr vertelt het. Ik heb zijn versie inmiddels al een keer of honderd gehoord en die eindigt nog steeds met: '...en sindsdien vergeet hij nooit meer luchtgaatjes in de doos te prikken.'

Joris' broer vraagt of ik het erg vind als hij even een achterneef gedag gaat zeggen, want die heeft hij al een hele tijd niet gezien. Ik slik een vervelende opmerking in over *'s ochtends in de spiegel* en zeg: 'We praten straks wel verder.' Als ik mijn mondhoeken uit elkaar trek, is het net of ik glimlach.

Marije, een van de postdocs op ons lab, komt bij me staan. 'Verveel je je?' vraagt ze. 'Zo zie je er wel uit namelijk.' Voor de gelegenheid heeft ze zich gehuld in een blauwe spijkerbroek en een strak rood truitje. Het glitterpoeder dat over haar jukbenen en neusrug glimt is tegenwoordig in de mode.

'Ja,' zeg ik. 'Het is hier zo'n dodelijk saaie exercitie dat ik me begin af te vragen of verveling meetbaar is. Iemand zou dat eens uit moeten zoeken.'

Marije slaat haar lange blonde haar over haar rechterschouder en aait het glad. 'We hoeven hier niet per se te blijven, weet je.' Ze knipoogt, en ik weet niet wat ik daarvan moet vinden. 'Kom,' zegt ze. Ze sleurt me aan mijn overhemd de kelder uit.

Ik laat me meevoeren, want in mijn ooghoek begeeft Pjotr zich weer in de richting van de karaoke-installatie.

Marije huppelt enthousiast voor me uit en stoot haar hoofd tegen het plafond.

In de garderobe lopen we tegen Damian op, die bij het horen van de eerste maten van Pjotr's 'Kronenburg park' terstond zijn jas weer aantrekt. 'Hier kwam ik niet voor,' zegt hij en hij vraagt waar we heen gaan, want misschien wil hij wel mee.

Ik stel voor om een beetje in de buurt te blijven. Om de hoek bij voorbeeld is een Ierse pub, waar ze tweehonderd verschillende soorten bier schenken.

'Diversiteit is naar mijn idee geen doel op zich,' zegt Damian. 'Maar vooruit.'

Voor in de kroeg is nog een tafeltje vrij naast de sigarettenautomaat. Damian is aan de bar gaan bestellen.

'Was je hier al wel eens eerder geweest?' vraag ik Marije.

Gefascineerd kijkt ze om zich heen, alsof ze nooit eerder een café vanbinnen heeft gezien. 'Er zit wat op je gezicht,' zegt ze. Ze helt naar me toe en veegt voorzichtig iets weg onder mijn linkeroog. Vervolgens glijdt haar middelvinger langzaam langs de contouren van mijn baardgroei tot aan mijn mond. 'Wat zijn je lippen droog,' merkt ze op en ze likt de hare.

Ik heb Marije meen ik nog niet goed voorgesteld. Ze is sinds kort de steunpilaar van Schoen, in haar eentje draagt ze de helft van het instituut. Als zij er niet was, zou mijn baas moeten werken. Ik ken Marije nog van mijn afstudeerstage scheikunde, toen zij haar promotie bij Vierklau aan het afronden was. Ook toen al was ze bemoeizuchtig, arrogant en gedreven tot op het bot. Sla de *Winkler Prins* open bij het woord 'carrière-bitch' voor haar foto.

Afgelopen zomer kwam ze terug van drie jaar onderzoek aan de universiteit van Stanford: een stuk wijzer, tien kilo zwaarder en getrouwd met een jazzmuzikant anderhalf keer zo oud als zij. Ze had haar echtgenoot ontmoet in een bluescafé in Los Angeles, waar hij saxofoon speelde in de huisband, en was op slag gevallen voor zijn brede schouders, zijn rauwe levenslust en zijn wijsheid-van-de-straat. Ze had het opwindend gevonden dat hij de betekenis niet kende van woorden als 'publicatiebias', 'transcriptiefactor', 'erlenmeyer' of zelfs maar 'peptide', en dat hij sprak over onderwerpen waar zíj niets vanaf wist: muziek, schilderkunst, sport, politiek...

Nog geen half jaar later trouwden ze. Razend verliefd was Marije en dolgelukkig, voor zolang het duurde, want of een verhaal een *happy end* kent hangt er uiteraard helemaal van af waar je ophoudt met vertellen. Vanaf het moment dat ze hem meenam terug naar Nederland denderde het huwelijk in razend tempo bergafwaarts. Het *lang en gelukkig* begon met name erg *lang* te worden.

Terwijl zij zich vol overgave stortte op haar baan op het instituut, kreeg hij maar moeilijk voet aan de grond in de Nederlandse muziekwereld. Ons land stond duidelijk niet te springen om zevenenveertigjarige Amerikaanse jazzmuzikanten. Na enkele weken gaf hij het zoeken naar een baan op om zich afwisselend toe te leggen op het Amsterdamse nachtleven en het hersenloos op de bank goedkoop bier zuipen. Steeds vaker en langer verdween hij onaangekondigd van de aardbodem om soms pas na weken zijn stinkende kop om de hoek te steken.

Ze probeert nu van hem te scheiden, maar hij werkt niet zo mee. Als hij al eens thuiskomt dan is het om eten te bietsen of een meubelstuk te lenen. En het is bijzonder moeilijk iemand te dumpen die er nooit is.

Marije's middelvinger vervolgt zijn weg naar beneden, door het kuiltje in mijn kin, over de zijkant van mijn hals tot in mijn trui, langs mijn sleutelbeen naar de inkeping boven mijn borstbeen. Ze brengt haar gezicht dichter bij het mijne.

'Wat vind je nou van mij?' vraagt ze.

'Hoe bedoel je?'

'Gewoon, als je mij zou moeten beschrijven, hoe zou je dat dan doen?'

'Eerlijk?'

'Heel eerlijk.'

'Als een sluwe, niets-en-niemand-ontziende, carrièregeile kenau.'

Ze sluit de ogen, buigt het hoofd en lacht. 'Iets minder eerlijk dan.'

'Als een knappe, jonge, zelfstandige vrouw die nog gelooft in romantiek.'

Marije richt zich weer op, zoent me op de wang en laat zich achterovervallen in haar stoel. 'Waarom is er eigenlijk nooit iets tussen ons gebeurd?' vraagt ze zich af.

'Dat lijkt me duidelijk. Omdat ik een cynische nihilist ben en jij een sluwe, niets-en-niemand-ontziende, carrièregeile kenau.'

'Buiten dat, bedoel ik.'

'Omdat ik Charlotte heb en jij jouw Amerikaan.'

'Buiten dat, bedoel ik.'

'Dommigheid.'

'Ik ga binnenkort verhuizen, om van hem af te komen,' vertelt ze, kauwend op een lok haar. 'Ik heb net een bod uitgebracht op een appartement in het centrum. Het zit in een klassiek gebouw dat vroeger van de universiteit was. Zal ik het je straks laten zien? Het is hier maar vijf minuten lopen vandaan.'

Voordat ik antwoord kan geven knalt Damian drie halve liters Guinness op ons tafeltje en komt bij ons zitten. 'Het duurde even, maar dan heb je ook wat,' zegt hij. Hij heft het glas en proost op onze gezondheid.

Net op het moment dat Damian de bierpul aan zijn lippen zet, loopt een compleet in het zwart gestoken student met vier bierflesjes achter hem langs en stoot hem aan. Damian's glas slaat tegen zijn tanden en het bier loopt over op zijn trui.

'Hé gek! Kijk eens uit wat je doet!' schreeuwt Damian. 'Ben je blind en spastisch of zo!'

Ik schrik van de felheid, al ben ik inmiddels bekend met Damian's onmeetbaar lage frustratie-tolerantie.

'Nou sorry,' antwoordt de jongen verontwaardigd, 'maar iets rustiger mag ook wel.'

Damian staat op. 'Wat ben jij voor mongool?' roept hij. 'Waarom zou ik jou nou niet voor je kop moeten slaan?' Hij geeft hem een duw.

De student deinst een halve meter terug. 'Ik zei toch dat het me spijt.' De jongen is behoorlijk wat groter dan Damian. Hij draagt een zwartleren jack en broek met metalen punten, heeft een satansster aan een ketting om zijn nek hangen en volgens zijn T-shirt is hij een soort van gezant op aarde voor de Prins van alle Duisternis. Onzeker kijkt hij om naar het tafeltje waar drie dito vrienden wachten op hun bestelling.

'Het spijt je? Ik zal er eens voor zorgen dat het je spijt!' dreigt Damian. Hij staat op het punt de jongen naar de hals te vliegen.

'Ja, het spijt me echt,' zegt de jongen nerveus en hij voegt zich snel bij zijn vrienden.

'Ja, had je nou wat!' roept Damian. Hij slaat een gebalde vuist tegen zijn borst.

Zowel de jongen als zijn vrienden doen hard hun best mijn collega te negeren. Ze drinken hun bier en mijden elk oogcontact.

'Wil je alsjeblieft gaan zitten,' vraagt Marije. Ze tikt haar zwartgelakte nagels op tafel en kijkt Damian geïrriteerd aan. 'We hadden net een heel interessant gesprek.'

Hij neemt plaats op zijn stoel en slaat in één teug de halve bierpul achterover. 'Dat lucht op,' zegt hij, maar hij is duidelijk nog opgefokt van de confrontatie.

Marije kijkt me aan en rolt met de ogen. Het moment tussen ons tweeën is voorbij, en dat is ook maar beter zo.

'Ik kan het niet te laat maken vanavond,' zegt Damian. 'Morgen ga ik met een paar vrienden een eind varen in mijn zeilboot.' Na de tweede teug is zijn pul bijna leeg.

'Hoe kom jij aan een zeilboot?' vraag ik.

'Hoe kom jij aan vrienden?' vraagt Marije.

'Vroeger kluste ik her en der nog wat bij,' legt Damian uit. 'En niet geheel onverdienstelijk. Ik heb wat geld opzij kunnen zetten.' Hij zet zijn bril af en begint deze bijna dwangmatig te poetsen.

Twee bierpullen de man later is Damian weer gekalmeerd, is Marije een stuk vrolijker en ben ik enigszins aangeschoten. We besluiten het voor gezien te houden.

Ik zeg Damian gedag en fiets met Marije mee tot haar voordeur. Het licht brandt in haar woonkamer.

'Ik ben niet alleen vannacht,' zucht ze.

'Laat het weten als ik je moet helpen verhuizen,' zeg ik.

Marije knikt. Ze opent de deur, vloekt iets onverstaanbaars en gaat het huis in.

...

Thuis in bed dreunt het schrille stemgeluid van Pjotr nog na in mijn oren.

Pjotr's zangcarrière kwam pas echt goed van de grond de dag dat onze goede vriend Damian zich in onze kamer nestelde.

Min of meer uit de hemel gevallen. Uit welk duister gat Vanderzee hem heeft getrokken weet niemand, maar 's ochtends prevelde de biochemicus nog iets over een nieuwe medewerker en diezelfde middag stonden Damian's spullen al in ons werkhok: een handboek moleculaire biologie in vijf delen, een kleine transistorradio, een foto waarop hij naast de toren van Pisa poseerde, een ergonomische muismat, een paar zakken drop en een grote stapel artikelen.

'Ik ben Damian,' stelde hij zich aan ons voor, 'en voorlopig zit ik hier nog wel een tijdje.' Hij had de scheiding in zijn blonde haar strak naar rechts gekamd en vastgeboetseerd met een ruime hoeveelheid gel.

'Waar kom je vandaan?' vroeg ik.

'Overal en nergens,' lachte hij. 'Ik heb hiervoor wat rondgewandeld over de aarde.'

'Nou, welkom. Ik zie dat je al een plek gevonden hebt.'

Hij vroeg of het goed was dat hij zijn artikelen in onze archiefkast opsloeg.

'Daar is ie voor,' legde ik uit.

'Dank je,' zei hij en ging meteen aan de slag met het opbergen van de stapel op zijn bureau. Terwijl hij zijn documenten aan het ordenen was, sloeg de deur met een klap wijd open en binnengestormd kwam een Pjotr, die neerplofte achter zijn computer, een icoontje aanklikte en wat voor zich uit begon te neuriën. Dat neuriën deed hij ook toen al bij voortduring en het was ook toen al ontzettend irritant, onder andere omdat hij zichzelf daarbij begeleidde door met zijn vingers pseudoritmisch op het tafelblad te tikken of met de voet tegen een stoelpoot te trappen. Soms ging het neuriën over in iets met tekst en deze keer was het volgens mij een oud technopopnummer.

Damian hield op met archiveren en keek Pjotr aan. Ik hoopte dat hij hem zou verzoeken zijn mond te houden, maar in plaats daarvan maakte hij mijn collega een compliment: 'Zeg, wat kun jij goed zingen!' zei hij.

'Vind je?' vroeg Pjotr verbaasd.

'Je hebt werkelijk een prachtige stem.'

'Dank je,' glunderde ons wonderkind verlegen.

'Zing nog eens wat!' moedigde Damian hem aan.

'Nou, als je zo aandringt.' Pjotr schraapte zijn keel. 'Hmmm...' bromde hij en zette in.

PLEASE TO DADADA REMEMBER MY NAME...
PLAY THE GAME DA-DA-DA
LA-LA-LA

Damian begon te klappen. Hij leek compleet overweldigd. 'Wat goed, joh!'

'Hoe heet het liedje eigenlijk?' vroeg ik.

' "Sympathie voor de devil". Ken je dat soms niet?'

'Jawel...' mompelde ik.

'Het is van de Rolling Stones, heel bekend,' verzekerde Pjotr me. 'Vind je het mooi?'

Mick Jagger draait zich om in zijn graf, dacht ik.

'Jammer dat mensen als jij nou nooit meedoen aan die talentenshows op televisie,' verzuchtte Damian. 'Daar zie je alleen van die mongolen die zichzelf voor schut komen zetten.'

'Ja,' vond Pjotr, 'dat soort mensen zou tegen zichzelf in bescherming genomen moeten worden!'

Damian bleef lyrisch. 'Wat ik júist zo bijzonder vind, is hoe je jezelf tegelijkertijd begeleidt, door op de tafel te drummen. Dat heb ik nooit eerder iemand zien doen. Muziek zo uit het hart hoor je tegenwoordig niet meer.'

...

Het Universitair Biomedisch Centrum is een modern gebouw met glimmendwitte tegeltjes, creatief gebruik van de natuurlijke schoonheid van gewapend beton, één procent verplichte staatskunst (onmiskenbaar aanwezig en naar het gerucht gaat uitzonderlijk functioneel) en een overvloed aan glas, waardoor halverwege de middag ons lab wordt verzwolgen in een allesverzengende lichtzee. Het lab zit op de vijfde verdieping, ingeklemd tussen de microbiologie en de biochemie, waarmee we onze kantoorruimte en koffiekamer moeten delen. Een overdekte lichtstraat gunt ons uitzicht op het blok tegenover, waar de nare gifmengers van de psychofarmacologie en de grauwe lijkenpikkers van de anatomie zich toeleggen op hun onwelriekende praktijken.

Ik kom graag op zondag naar het lab. Op zondag word je niet lastiggevallen door studenten, secretaresses en stafleden, hoeven niet alle tl-buizen aan, mag je zelf de radiozender uitzoeken en vraagt niemand zich af of je wel hard genoeg werkt. Op zondag kun je jezelf tenminste nog eens horen nadenken.

Regelmatig zijn Thomas, Perma of Pjotr er ook in het weekend, maar vandaag niet. Vandaag zit ik hier helemaal alleen en ik vind het heerlijk.

Misschien moet ik eerst eens uitleggen wat ik eigenlijk doe:

Ik veroorzaak kanker. Door het te veroorzaken hoop ik het beter te leren begrijpen. Mijn kanker groeit ofwel in weefselkweken, kleine plastic bakjes met cellen, ofwel in labratten. Het idee achter de combinatie van de twee systemen is dat als het ene niet loopt, ik voor mijn proefschrift kan terugvallen op het andere deel.

Met name met de labratten zit het een beetje tegen. Sterker nog, het is om gek van te worden: ze willen maar geen teelbalkanker krijgen. Ik heb ze ingesmeerd met ethidiumbromide, hun teelballen in de buikholte geplaatst, benzeen bij ze ingespoten, ze met virussen besmet... alles wat een weldenkend mens kan verzinnen, maar het lukt gewoon niet. Ze blijven net zo vrolijk rondhobbelen met volkomen normale teelballen.

Joris was daar veel beter in, hij kreeg echt álles gedaan bij die beesten. Eén keer heeft hij het zelfs klaargespeeld een labrat miltkanker te bezorgen, en geloof me, dat is heel bijzonder.

Vandaag wil ik de nieuwe techniek uitproberen waar Thomas, onze epidemioloog die lijdt aan een nauw emotioneel spectrum, een maand geleden tegenaan liep op een Europees congres. Hij was er terstond van overtuigd dat dít de weg was die ingeslagen moest worden en plande bij terugkomst een vergadering om ook Schoen en mij voor het idee te winnen. Op twee A4-tjes had hij kort samengevat hoe de proeven in elkaar staken, wat de virusstammen en cellijnen waren die we nodig hadden en welke verbluffende resultaten hiermee waren behaald door professor Roy Hackfield en zijn medewerkers in Chicago.

Het 'stelde eigenlijk helemaal niets voor': een DNA-bank maken, uitwerken in een virale vector, over in weefselkweken en klaar! Publicatie in *Science* gegarandeerd. Hij zou zorgen voor een algemene opzet, Schoen voor morele ondersteuning en het enige wat ik hoefde doen was al het werk. 'We moeten er wel meteen mee beginnen,' vond hij, 'anders missen we de boot.'

Schoen liet zich volledig inpakken en besloot dat we ervoor gingen. Uiteraard niet zonder het project eerst nog te tillen naar voorheen onverkende niveaus van onhaalbaarheid. 'Als het goed gaat, kun je het daarna uitwerken in een proefdiermodel,' zei hij. 'En laten we de zomervakantie als deadline aanhouden.'

'Dat lukt nooit,' bromde ik hoofdschuddend.

'Jij hebt wel vaker dingen voor elkaar gekregen waarvan je van tevoren dacht dat ze onmogelijk waren.'

'Het onmogelijke is meestal geen probleem,' legde ik uit, 'maar een wonder kost wel wat langer. Dit project vereist óf ontzettend veel geld voor analytische ondersteuning óf een breuk in het tijd-ruimtecontinuüm.'

'Geld hebben we niet,' zei Schoen en toen moesten we weg.

Op de gang kreeg ik van Thomas een amicale por in de zij. 'Je weet je enthousiasme steeds beter te verbergen,' zei hij.

Daar gaan we dan. Volgens mij heb ik alles: knip- en plakenzymen, DNA-bank, waterbad, buffers, virus, pipetten, steriele buizen.

In een plastic één-milliliter-cupje bewaar ik de DNA-bank die ik heb samengesteld uit mijn eigen erfelijk materiaal. Elk stukje DNA dat hierin zit, bevat de code voor een van de twintigduizend genen die bepalen wat ik ben en hoe ik eruitzie. Die wil ik allemaal afzonderlijk testen, in de hoop er een te vinden die in staat is selectief kankercellen te remmen. We stoppen de afzonderlijke genen met behulp van speciaal ontworpen virussen in verschillende cellen en kunnen ze vervolgens aan- en uitzetten door het toevoegen van een hulpstof.

Zie het als een spelletje: *goede genen, slechte genen.*

Ik volg exact de stappen zoals ze in het protocol van Hackfield staan, in de hoop zo dezelfde resultaten te verkrijgen. In theorie zou het mogelijk moeten zijn experimenten feilloos te herhalen aan de hand van de aanwijzingen in de artikelen waarin ze beschreven worden, maar zo werkt het natuurlijk niet. Je wilt het andere wetenschappers niet té makkelijk maken. Concurrenten mogen zich vergapen aan jouw genialiteit en naar hartelust jouw artikelen citeren, maar ze dienen wel op een comfortabele achterstand te blijven. Dus laat je een paar kleine doch kritieke details achterwege[21]: de pH van een essentiële buffer, de exacte aanhechtingstemperatuur, een minuscule modificatie in een standaardprotocol... Die dingen die ze uiteindelijk zelf ook wel bedenken. *Ieder voor zich en God voor ons allen* – en dan valt het bij ons eigenlijk nog best wel mee: wij proberen alleen ándere onderzoeksgroepen te verneuken, maar er zijn instituten waar de concurrentie dermate moordend is dat onderzoekers gegevens en resultaten zelfs voor hun meest directe collega's verborgen moeten houden.

Na de eerste paar bewerkingen krijgt het DNA een uur de tijd om ingebouwd te worden in de virussen. Intussen ga ik in ons werkhok de krantenstrips lezen op internet.

---

[21] Het interessantste van een publicatie is wat er wordt verzwegen

Van cartoons word je hongerig. Ik grijp naar mijn rugzak in de hoop er iets eetbaars in aan te treffen, maar vind alleen wat oude pennen, een verlopen strippenkaart, iets smerigs dat ik liever niet aan wil raken en de bijbel die Charlotte's vader me heeft gegeven. Ik was al bijna weer vergeten dat ik die had. Ik pak hem eruit, sla hem open op tafel en stuit meteen op een passage die me wel érg bekend voorkomt: *...deed de* HEERE *zwavel en vuur over Sodom en Gomorra regenen, van de* HEERE*, uit de hemel.*

Ik schrik op van een hand op mijn schouder. Het is Schoen, terug uit Lyon.

'Zo, ik zie dat hier hard gewerkt wordt in mijn afwezigheid.'

'Simon— ik had je niet horen binnenkomen.'

'Dat lijkt me duidelijk.'

'Hoe was het in Frankrijk?'

'Laat ik er maar niet te veel woorden aan vuil maken. Ik heb hemel en aarde moeten bewegen, alleen al om het project góedgekeurd te krijgen. Laat staan dat er financiële toezeggingen werden gedaan.'

'Geen geld dus?'

Mijn begeleider zucht en ploft neer in Perma's ergonomische bureaustoel, die piept en kraakt onder zijn zware botten. 'Heb je nog iets ontdekt, in mijn afwezigheid?' vraagt hij.

Ik prevel iets vaags over een effect van een ontstekingseiwit op de kankercellen. Iets wat ik eigenlijk niet zo goed kan verklaren. Volgens mij heeft het ook geen betekenis.

'Opschrijven en opsturen,' vindt Schoen. '*Oncology* lukt vast wel en als zij het niet willen hebben kun je het altijd nog kwijt in de *Acta*. Dat regel ik wel.' Mijn begeleider is constant op zoek naar *publicons*, de kleinst publiceerbare eenheden: de minimale hoeveelheid informatie nodig om een artikel geaccepteerd te krijgen in een wetenschappelijk tijdschrift. Hij begint te vertellen over een vriend van hem die bij de *Acta* in de redactie zit, maar wordt onderbroken door de vogeltjesdans op zijn mobieltje. 'Sorry, Jidde...' Hij neemt op. 'Dag schat... Ja... Ja... Ja... Nee... Nee... NEE...! NEE...! NEE-HEE!!! Ja, ik kom eraan.' Met een gezicht dat ik met name ken van mensen die niet gekozen zijn bij datingshows, stopt Schoen de gsm terug in zijn binnenzak. 'Ik vrees dat ik niet langer kan blijven,' zegt hij. 'Ons zoontje heeft zijn hoofd tussen de spijlen van de trapleuning gestoken en is daar klem komen te zitten. Ik moet hem zo gaan loszagen.' Mijn supervisor schudt zijn hoofd: 'Het is echt niet te geloven. Wat een randdebiel!'

'Ach, daar heb je toch kinderen voor?' probeer ik Schoen te kalmeren. 'Dat soort dingen dóen ze nou eenmaal.'

'Jawel, maar als ze zestien zijn meestal niet meer,' antwoordt hij met de tanden op elkaar geklemd. 'Het is ook altijd hetzelfde gezeur met die jongen. Vorige week moesten we hem ophalen uit Hilversum, omdat hij vergeten was dat er 's nachts geen treinen rijden, eergisteren word ik in Lyon gebeld dat hij op de brommer is aangehouden voor tachtig rijden zonder helm, en nu dit weer.'

'Een ongeluk komt nooit alleen, zeggen ze.'

'Inderdaad, hiervan lopen er bij mij thuis nóg twee rond.' Schoen haalt een diepe teug adem. 'Ik heb mijn vrouw uitgezocht op haar uiterlijk en ben daarvoor gestraft met een onvoorstelbaar dom nageslacht.'

Hij knoopt zijn jas dicht om weg te gaan en staat al met een half been in de deuropening als zijn oog valt op mijn opengeslagen bijbel. 'Wat heb je nou weer meegenomen?' vraagt hij.

'Meest geciteerde boek ter wereld.'

'Hoe kom je eraan?'

'Ik was laatst toevallig in de achterhoek,' leg ik uit.

'Ja, jij komt ook overal. Ik wist niet dat dit jou interesseerde.'

'O, zeker. Bijna net zo boeiend als de *Maniatis* en een stuk gewelddadiger. '

Schoen knikt en zegt: 'Je moet niet alles lezen wat je gelooft.'

Let op: hier werken professionals
Probeert u dit alstublieft niet thuis

2

Het is een druilerige maandagochtend als mijn week begint met dierproeven. Op muizen in dit geval. Daarvan hebben we twee soorten: de aids-muizen en de kanker-muizen. Pjotr en ik werken aan kanker – de aids-muizen zijn allemaal van Damian.

Als je één muis gezien hebt, heb je ze allemaal gezien, dus om ze uit elkaar te houden hebben we gekleurde punaises met nummertjes in hun oren gehaakt. Aids is blauw, leukemie is groen, huidkanker is rood. Dat werkt meestal prima, alleen knagen ze soms elkaars oren eraf, waardoor zo'n punaise loslaat. Gelukkig kun je dan altijd nog kijken op het klemmetje aan hun achterpoot, waar een vijfcijferige identificatiecode op staat.

In ditzelfde lab doet Perma haar proeven met konijnen. Muizen zijn een stuk goedkoper dan konijnen. Ze vermenigvuldigen zich sneller, eten niet zo veel en nemen aanzienlijk minder ruimte in beslag. Er passen met gemak tien tot twintig muizen in een standaardkooi van dertig bij veertig centimeter. In diezelfde ruimte kun je hooguit drie legbatterijkippen of één konijn kwijt. Je tracht dus altijd eerst experimenten op muizen te doen en als het daarmee niet lukt, ga je een stukje hoger in de kostenladder: van ratten naar cavia's naar konijnen, naar katten, naar honden... tot je uiteindelijk uitkomt bij chimpansees. Een beetje chimpansee kost al gauw vijftigduizend euro. Tweedehands chimpansees drukken minder hard op het budget.[22]

Ik had gehoopt Perma hier aan te treffen, maar ze is nergens te bekennen. Een van mijn muizen heeft afgelopen week geworpen en ik kan de hulp van een collega goed gebruiken voor het aanbrengen van klemmetjes op de nakomelingen.

Wel loopt haar stagiaire hier rond, een derdejaarsstudente biologie die net een week bezig is. Het meisje is druk in de weer met het verzorgen van de proefdieren: grote witte Vlaamse Reuzen met van die hangoren en rode oogjes. Drie keer per dag krijgen ze een medicijn ingespoten en dat dan twee weken lang. Na die twee weken wordt bepaald wat de concentratie van het middel is in de botten, en als die concentratie hoog genoeg is kan het middel worden gebruikt om botziektes te behandelen.

De studente legt uit dat Perma is weggeroepen door Vanderzee. 'Ik geloof dat ze nu in bespreking zijn met een farmaceut.'

Ik knik, haal m'n schouders op en wil alweer weglopen als het me opvalt dat er een rond blauw ding tegen de muur leunt. 'Waar is die hoepel eigenlijk voor?' vraag ik, tegen beter weten in.

'Deze?' zegt ze enthousiast. 'Ik leer Winston door de hoepel te springen.'

'Winston?'

'Ja.' Ze wijst naar een vet sloom beest in een van de ijzeren kooien. Een van de vele.

'O,' merk ik op en volgens mij heb ik daarmee ook meteen alles gezegd.

---

[22] Gaan chimpansees je budget te boven, dan zijn varkens nog een mogelijkheid, die in biologische zin uitzonderlijk veel met ons gemeen hebben. Uiteindelijk is een mens gewoon een verticaal varken – en dat geldt niet alleen voor mannen

Zelf heb ik ook een student in mijn maag gesplitst gekregen. Federico heet hij, een Italiaan uit Bergamo, een stad in het noorden van Italië. De eerlijkheid gebiedt me te zeggen dat hij daar beter had kunnen blijven. Deze stage is de eerste keer dat hij de grenzen van zijn vaderland overschrijdt en hij maakt van de gelegenheid dan ook gretig gebruik om Nederland te verkennen. Tot dusver heeft hij al Amsterdam, Lelystad en Arnemuiden aangedaan. Voor komend weekend staan Rotterdam en Gorinchem op het programma.

Federico vroeg of ik wel eens in Italië was geweest, waarop ik antwoordde dat ik ooit Rome, Venetië en Florence had bezocht, met interrail. Mijn student moest tot zijn schaamte bekennen die steden zelf nog nooit te hebben gezien, maar ja, eerlijk is eerlijk: Arnemuiden, daar moet ík nog steeds een keer naar toe.

Soms komt Federico naar het lab. Dan doet hij alles wat ik hem opdraag, of in ieder geval iets wat erop lijkt. Geef ik hem geen instructies daarentegen, dan kan hij minutenlang roerloos naar me blijven kijken, zonder enige aanstalten te maken zelfstandig iets te willen ondernemen. Eigenlijk is dat ook maar het beste, want elke keer als hij zelf iets bedenkt kom ik heel laat thuis.

Mensen leren het meest van hun eigen fouten en Federico is een uitzonderlijk snelle leerling. Gisteren heeft hij bij voorbeeld geleerd dat met water gevulde glazen flessen barsten bij twintig graden onder nul, eergisteren dat je glycinepoeder niet moet inademen en de dag daarvoor dat vuur heet is en haar brandt.

Ervaring is een harde leermeester, maar helaas voor sommigen de enige die zij zich kunnen of willen veroorloven.

Als ik klaar ben met de muizen, is het tijd om lymfocyten te isoleren.

Ons bloed zit vol met cellen en daarvan is één op de vijfhonderd een lymfocyt. Juist díe ene heb ik nodig voor mijn onderzoek. Lymfocyten zijn afweercellen, ze beschermen je lichaam tegen allerlei ziekteverwekkers. Een mens zonder deze cellen is weinig meer dan een kweekbodem voor micro-organismen. Patiënten met aids bij voorbeeld, raken hun lymfocyten kwijt en ontwikkelen daardoor de meest fantastische ziektes. Op een aids-patiënt groeit bijna alles: bacteriën, virussen, schimmels, parasieten – je kunt er nog net geen maïs op verbouwen.

Pjotr heeft drie buizen bloed afgestaan en hieruit ga ik de lymfocyten zuiveren. Om ze te scheiden van de rest van de bloedcellen worden ze in een centrifuge gestopt, een soort kleine draaimolen. Als je daarin bloed laat ronddraaien, worden de zwaarste cellen naar de bodem gestuwd en komen de lichtste bovendrijven. Hoe kleiner het verschil in gewicht is, des te langer en harder er gedraaid moet worden. In dit geval heel lang en heel hard. Uiteindelijk zijn in de doorzichtige centrifugebuis de verschillende laagjes cellen zichtbaar. Door deze voorzichtig en met vaste hand op te zuigen, kun je de lymfocyten scheiden van de rest.

Terwijl ik Pjotr's bloed van de ene in de andere buis overgiet, kijkt Federico mee op de stoel naast me en stuurt sms-berichtjes naar zijn vrienden in Bergamo. Ik heb hem verzocht overal vanaf te blijven, want ik heb liever niet dat hij vandaag te veel leert.

Vorige week woensdag was het ook lymfocyten-isolatiedag en toen had ik hem iets meer verantwoordelijkheden toebedeeld. Hij zou op de centrifuge letten en mij erbij roepen als deze klaar was met draaien. Intussen kon ik werken aan het artikel dat Schoen naar de *Acta* wil sturen.

Het letten op de centrifuge was hem gelukt, maar het tweede deel van de opdracht ging minder goed. In plaats van mij te roepen besloot Federico de buizen met de in mooie, dunne laagjes gescheiden cellen zelf uit de centrifuge te halen. En er vervolgens heel hard mee te schudden. Hij kon niet uitleggen waarom.

Rond het middaguur loop ik met Perma, Pjotr en Damian mee naar de kantine om te lunchen. Intussen staan de cellen af te draaien in de centrifuge. De cateraars hebben een Roemenië-week uitgeroepen, met elke dag een andere Oostblok-specialiteit. Ik besluit het te wagen op het kip-van-de-dag-experiment. Als een van de weinigen overigens, want terwijl ik al heb afgerekend, staan Pjotr en Damian nog te wachten in de beruchte soep-en-patat-rij.

Perma heeft brood van huis meegenomen en is meteen doorgelopen naar een vrije tafel aan het raam. Ik ga tegenover haar zitten. 'Ze zijn wel veel aan het bouwen hier,' merkt ze op, terwijl ze haar melkbeker opendraait.

Buiten zijn de afgravingen begonnen voor de nieuwbouw van de toekomstige subfaculteit toegepaste wetenschappen. Net als de master-opleidingen voor hbo'ers, de Engelstalige dependance voor buitenlanders en een stapel proefprojecten waarvan de naam steeds begint met het voorvoegsel *excellent-*, past het in de plannen om internationaal als wetenschappelijk topinstituut erkend te worden.

'Ik zie in onze universiteit een tweede Harvard,' verklaarde Kaia Fassbinder, toen ze vorige maand voorzitster werd van het faculteitsbestuur. 'De wil en inzet van *onze medewerkers*[23] geven mij in dezen het volste vertrouwen. Al besef ik dat het *ambitieus*[24] klinkt.' Wat de plannen overigens pas daadwerkelijk ambitieus maakt is het budgettair-neutrale karakter ervan.

'We zullen ons focussen op onze sterke punten,' legde ze uit, 'waarvoor desnoods andere onderzoekslijnen zullen worden *omgebogen*[25]. Met name op het gebied van de toegepaste farmacologie en genetica hebben we een naam hoog te houden.' De experimentele oncologie noemde ze niet.

Ik vertel mijn kamergenote dat ik haar stagiaire heb ontmoet, het hoepelmeisje, en vraag hoe die tot nog toe bevalt.

---

23 het management

24 schier onhaalbaar

25 stopgezet

‘Ze houdt de beesten veel te teder vast,’ beklaagt Perma zich. ‘Volgens mij knuffelt ze ze stiekem.’

‘Denk je?’

‘In Noorwegen hebben we daar een spreekwoord voor, maar dat is niet te vertalen.’

Ik knik.

‘Is dat de kippenbout?’ vraagt ze, wijzend naar mijn bord.

‘Ja, of pudding.’

Ze opent haar lunchbox en pakt er een boterham uit.

‘Panda vandaag?’ vraag ik. ‘Of neushoorn?’

‘Gewoon walvis. Dat weet jij ook wel.’

Als rasechte Noorse is Perma bijzonder gesteld op haar wekelijkse walvisbiefstuk. Met de opkomst van de milieulobby zijn in de afgelopen decennia de regels voor de vangst van deze beesten behoorlijk aangescherpt. Walvissen mogen tegenwoordig alleen nog aan de harpoen geregen worden voor wetenschappelijke doeleinden. Dus elke keer dat Perma een weekje naar Noorwegen gaat, koopt ze in de supermarkt bij haar om de hoek een paar kilo wetenschap en smokkelt die mee naar Nederland. Ik heb het wel eens geproefd. Het smaakt naar droge runderlappen en stinkt naar vis.

’s Middags kijk ik de derdejaarstentamens moleculaire biologie na. Schoen organiseert het vak en is verantwoordelijk voor de examinering, dus mogen Thomas, Marije en ik de cijfers uitdelen. Enerzijds moeten we streng zijn, want Schoen vindt het toch wel een belangrijk vak, anderzijds mogen we studenten ook niet te vaak laten zakken, want dan komen ze bij hem zeuren om een mondeling tentamen.

Gelukkig bestaat het grootste deel van het tentamen uit meerkeuzevragen, in de trant van *Welke van de volgende stellingen is juist*:

A. ja
B. nee
C. meerdere antwoorden zijn mogelijk

Iedereen verkijkt zich op de moleculaire biologie. Het vak lijkt makkelijker dan het is en studenten beginnen altijd veel te laat met het openslaan van de boeken. Zo'n beetje de helft van hen haalt het dan ook pas tijdens de hertentamenperiode in augustus.

Na het doorspitten van de eerste vraag kan ik bij negen van de tien tentamens al voorspellen of het een voldoende wordt of niet. Het heeft bij voorbeeld weinig zin een tentamen verder na te kijken als:

A. er geen naam staat boven de antwoorden
B. de student denkt dat DNA een popgroep is
C. 'moleculair' gespeld is met dubbel K

Er is natuurlijk vervelender werk te bedenken dan een beetje tentamens nakijken, maar het leidt wel af van de rechte lijn zoals ik die in gedachten had van collegebanken tot Nobelprijs. (Waarbij de kanttekening te plaatsen valt dat een rechte lijn alleen de kortste weg is in een driedimensionale ruimte.) Het schrijven van artikelen schiet zo niet op, en dat op een moment dat Schoen loopt te ijlen van de publicatiekoorts.

Nadat in Lyon zijn derde beursaanvraag op rij is afgewezen, heeft bij hem de angst – of noem het gerust paniek – toegeslagen in de negatieve onderzoeksspiraal terecht te komen. Zonder geld geen publicaties, zonder publicaties geen geld. Er moeten dus artikelen de deur uit en snel een beetje. Het maakt hem niet eens meer uit of we de *Science* halen of het *Nederlands weekblad voor biomedisch onderzoek en dergelijke*, als hij maar iets heeft om naar te verwijzen bij nieuwe beursaanvragen. Alles wat we op de plank hebben liggen moet weg. De luxe om bladen te selecteren kunnen we ons niet meer permitteren.

Normaal gesproken zal elke wetenschapper trachten zijn stukje gepubliceerd te krijgen in een zo prestigieus mogelijk tijdschrift, een met een zo hoog mogelijke impact-factor. De impact-factor is een maat voor hoe vaak er naar artikelen uit een bepaald blad wordt verwezen en is als vuistregel omgekeerd evenredig aan het aantal woorden in de naam van het tijdschrift. *Science*, *Nature*, *Cell*, *Cancer* en de *Lancet* zijn een stuk belangrijker dan *The International Journal of Experimental Bioresearch*, *Clinics in Neoplastic Disease* en *European Advances in Analytical Chemistry*. Artikelen uit bladen waarvan de naam begint met *Acta* of *Folia* hebben doorgaans een impact-factor vergelijkbaar met die van de *AVRO-bode*. Naar de *Acta* gaat mijn stuk over groei-inductie.

Enige tijd geleden leek het erop bij een van mijn celkweekproeven dat kankercellen sneller delen als je een ontstekingsmediator toevoegt aan het kweekmedium. Als dat echt zo is, dan is het een revolutionaire ontdekking. Jammer genoeg kreeg ik vorige maand, toen ik het experiment herhaalde, niet dezelfde resultaten.

'Maakt niet uit,' reageerde Schoen, die in mijn resultaten een publicon zag. 'Het kan niet altijd goed gaan. Opschrijven en wegsturen. Als het écht niet blijkt te kloppen, kunnen we het artikel altijd nog terugtrekken.'

Dit gaat regelrecht in tegen de belangrijkste voorwaarde voor wetenschappelijk onderzoek: die van de reproduceerbaarheid. Resultaten die niet reproduceerbaar zijn, hebben geen waarde en mag je eigenlijk niet publiceren. Omdat Schoen het zo graag wil schrijf ik het artikel alvast, met conclusie en al, en intussen heb ik tijd om de proef te herhalen. Sowieso is het altijd het makkelijkst om te beginnen met een conclusie en er dan pas resultaten bij te zoeken.

Overigens was Pjotr de eerste van ons die een artikel gepubliceerd kreeg. 'The poor man's dot-blot' was de titel en hij had het opgestuurd naar een of ander derdewereldtijdschrift. De *Acta* en de *Folia* zijn niet het állerlaagste van het laagste. Een dot-blot is een apparaatje dat een vacuüm creëert om druppels in een membraan te zuigen. Nadat Pjotr een student gedemonstreerd had dat de dot-blots onbreekbaar waren, zag hij zich genoodzaakt er zelf een te construeren door een vacuümpomp aan te sluiten op een mondharmonica. Toen bleek dat dit systeem werkte, besloot hij het concept uit te schrijven en weg te sturen. Het werd meteen geaccepteerd.

Het wrange voor Pjotr is echter dat hij het succes van 'The poor man's dot-blot' daarna niet meer heeft weten te herhalen. We wachten nu al anderhalf jaar vol spanning op zijn tweede idee.

...

Sla de *Winkler Prins* open bij het woord 'ambtenaar' voor een foto van Felthoen.

'Weet je wat het probleem is met Vierklau,' vertrouwt hij me toe, terwijl hij zichzelf een kop koffie inschenkt, 'hij is zijn tijd te ver vooruit.'

'Is dat zo?'

'Niemand houdt van verandering,' verduidelijkt hij. 'Zeker niet de mensen die iets te verliezen hebben.'

Iemand zou eens uit moeten zoeken wat Felthoen's officiële functie hier is, want hij is vast niet aangenomen voor de ondernemingsraad, het kerstpakket-comité en de brandveiligheidwerkgroep, waar hij zijn dagen mee vult. En ook niet voor de ethische commissie die al een half jaar mijn teelbalkankerproject in behandeling heeft en mij om de maand een *Voorlopige afwijzing hangende nadere evaluatie* stuurt. Wat het ook is, veel kan het niet voorstellen: hij komt meestal zo rond een uur of tien binnenzetten en is zelden na vieren nog aanwezig.

Toon mij een betaalde vrijwilliger.

Felthoen controleert of de deur van de koffiekamer goed is afgesloten en strekt zich dan uit om van de bovenste plank van de tijdschriftenstellage een koektrommel te pakken. Hij opent het blik en biedt mij een wafel aan. 'Niet tegen je baas zeggen,' drukt hij me op het hart, 'want voor die vette pad is geen enkele organische koolwaterstofverbinding veilig.'

Geerten Felthoen schijnt ooit een veelbelovende, fanatieke, jonge onderzoeker te zijn geweest, maar het fanatieke en het jonge is gesleten en inmiddels rest alleen nog het vele beloven. Ik doe altijd zo vriendelijk mogelijk tegen hem, want ik verdenk hem ervan in zijn vrije tijd ergens in een hutje op de Veluwe anthrax te kweken en bommen te bouwen.

Oorspronkelijk was het de bedoeling dat híj en niet Vanderzee Perma zou begeleiden in haar proefdieronderzoek. Felthoen had namelijk een model bedacht om ratten te trainen tot sportratten en stress-ratten. De bijbehorende experimenten – met injectienaalden en elektrische schokjes – waren ingewikkeld, tijdrovend en hersendodend: in de drie maanden dat ze zich erop toelegde kreeg Perma een behoorlijke hekel aan het onderzoek. (En de ratten ook.) Totdat het geld plotseling op was en ze ermee kon ophouden. Eens in de zoveel tijd is namelijk het geld op bij onderzoeksinstituten. Nou ja, eigenlijk is het geld altijd op, maar soms meer dan anders en dan moeten er maatregelen worden genomen. Er werd een reorganisatiecommissie in het leven geroepen, die in een rapport schreef welke onderzoekslijnen rendabel genoeg waren om voort te zetten en welke maar beter konden worden opgeheven. Tot die laatste groep bleken merkwaardigerwijze niet de onderzoekslijnen van de leden van de commissie te behoren, maar juist de andere projecten.

Een goede reorganisatie heeft een naam. Omdat er gekózen moest worden – voor innovatief en baanbrekend onderzoek – hadden ze de naam *Durven kiezen* bedacht. *Schrijven of opzouten* was treffender geweest.

Om je positie en je budget te behouden is het van essentieel belang af en toe iets te publiceren. Ik kan het niet vaak genoeg benadrukken. *Wie schrijft die blijft*, zeggen ze wel (dat zeggen ze best vaak overigens, want het rijmt) en het enige wat Felthoen de zes afgelopen jaren had geschreven waren boodschappenlijstjes voor de Edah en vage e-mailtjes naar leden van zijn volleybalvereniging. Als je zijn naam intoetst op internetzoekmachines vind je een hele massa artikelen, waaronder zelfs een publicatie in *Nature*, maar die dateren allemaal van diep in de vorige eeuw.

Omdat Felthoen een vaste aanstelling had en in al die commissies zat mocht hij blijven, maar dan wel met een onderzoeksbudget dat teruggebracht werd naar subatomaire proporties. Uitgekotst door de rest van de faculteit, was Vierklau de enige die bereid was hem in zijn groep op te nemen, waardoor Perma de kans kreeg voor Vanderzee te werken.

'Toen ík onderzoek begon te doen werden afwijkende ideeën ook niet op prijs gesteld,' vertelt Felthoen verder. 'Eigenlijk is er niets veranderd.' Hij sluit de koektrommel en zet hem weer terug op de stellage. 'Behalve het personeelsbeleid natuurlijk. In mijn tijd werd élke gek aangenomen. Nu alleen nog maar gekken met een hoop publicaties.'

Tegenwoordig is het heel bijzonder als je bij een universiteit een vaste aanstelling kunt bemachtigen. Dat geldt dubbel voor biologen en chemici, want die zijn er in overvloed en kunnen toch niet veel anders dan een beetje onderzoek doen. Slechts voor een selecte groep onderzoekers, die elders veel meer kunnen verdienen of waar een schrijnend tekort aan bestaat, wordt moeite gedaan om ze aan te trekken en te behouden. De nare gifmengers van de psychofarmacologie bij voorbeeld hebben ze allemaal hoogleraar moeten maken.

Felthoen kijkt op zijn horloge. 'Het is leuk je gesproken te hebben,' zegt hij, 'maar ik moet opschieten. Over tien minuten vergadert het adviesorgaan mobiliteit en ik heb het gevoel dat er binnenkort wel eens knopen doorgehakt kunnen gaan worden.'

...

Ik ben stapelgek op Charlotte en ik kan me een leven zonder haar niet voorstellen. Het leek me een goed idee om dat te benadrukken, want ik laat het nooit zo duidelijk blijken.

Dat is nog wel eens anders geweest. Zeker in het begin had

ik bij Charlotte steeds het gevoel dat ik net een paar passen harder moest lopen, dat er net een tandje bij moest om haar geïnteresseerd te houden. Ik maakte me voor een afspraak druk over de kleinste details (wel of geen gel in het haar? wel of geen T-shirt onder het overhemd? geld in portefeuille of los in de zak? aftershave of alleen deo?), onderdrukte bewust mijn cynisme als ik met haar sprak, schreef me in bij een sportschool om sportiever en gezonder voor de dag te komen, en schafte zelfs een etiquetteboek aan om haar niet in verlegenheid te brengen in restaurants.

Achteraf bezien bleek dit alles totaal overbodig en maakte het geen fuck uit of ik me goed had geschoren, of mijn overhemden gestreken waren als ik met haar afsprak, hoeveel dagen ik eroverheen liet gaan voor ik haar belde na een date en of er toiletpapier in huis was wanneer ze over de vloer kwam. We waren toch wel samen geëindigd. Charlotte houdt vol dat ze dat meteen al wist toen ze me voor het eerst zag. Dat ze het wist op hetzelfde moment dat ik letterlijk dacht: *Jidde, dit is voor jou te hoog gegrepen.*

Mijn vriendin hangt aan de telefoon met haar moeder, van wie ik de groeten moet hebben. Het gaat steeds beter tussen Charlotte's ouders en mij. De laatste keer dat ik mee op bezoek was, heeft haar vader zelfs een keer naar me geglimlacht en de woorden 'Jidde' en 'vagevuur' vallen steeds minder vaak in dezelfde zin. Ze hebben zich inmiddels min of meer neergelegd bij het feit dat wij ongehuwd samenwonen en zo te horen heeft haar moeder nog minder moeite dan ik met Charlotte's plan om een bastaardje op de wereld te zetten. Ik heb namelijk besloten dat we het krijgen van kinderen best kunnen uitstellen. Negenentwintig is vandaag de dag jong om vader of moeder te worden.

'Ja,' spreekt mijn vriendin in de hoorn, '*Christiaan* leek ons wel een mooie naam, en *Christianne* als het een meisje is.'

'Vindt je moeder het niet vreselijk dat je zwanger probeert te worden terwijl we niet eens getrouwd zijn?' vraag ik, als Charlotte heeft opgehangen.

Ze komt achter me staan en begint mijn schouders te masseren. 'Nou, mam vroeg wel wanneer we van plan waren te trouwen, maar dat doet ze altijd. Ik heb haar gewoon opnieuw uitgelegd dat we wachten tot we er klaar voor zijn.' Stiekem verdenk ik Charlotte ervan er al lang klaar voor te zijn.

'Zouden we niet liever nog even wachten met het krijgen van kinderen?' pols ik. 'We hebben nog jaren de tijd.'

Ze wrijft haar handen over mijn gezicht en negeert mijn vraag. 'Mam komt dit weekend langs met mijn oude babyspullen,' zegt ze. 'Daar zit vast wel iets bruikbaars tussen.'

'Toch moeten we het er nog eens goed over hebben,' vind ik. 'Er is het een en ander waar ik niet helemaal uit ben.'

'Schat, maak jij je nou maar niet druk,' stelt ze me gerust. 'Ik regel alles. De hobbykamer heb ik bij voorbeeld alvast uitgeruimd, want die leek me het meest geschikt voor de baby.' Mijn jaargangen *Donald Duck* zijn verplaatst naar de berging. 'Ik had zo gedacht dat we na deze het beste meteen met de tweede kunnen beginnen,' vervolgt ze.

De tweede? Ademhalen valt me steeds zwaarder en niet alleen omdat Charlotte in haar omhelzing bijna mijn keel dichtdrukt.

'O Jidde, ik ben zo gelukkig!' snikt ze. Ze buigt voorover en drukt haar wang tegen de mijne.

Ik probeer nog iets te zeggen, maar het lukt niet.

Dit gaat heel erg de verkeerde kant op.

...

Doctor Frits Vanderzee zou er goed aan doen in het vervolg geen compromitterende documenten onder het kopieerapparaat te laten liggen. Bij voorbeeld geen correspondentie over sollicitatieprocedures die hij heeft lopen bij andere universiteiten.

Ik trek de deur van het kopieerhok dicht en scan de brief die ik heb gevonden vluchtig door.

Geachte doctor Vanderzee,
Naar aanleiding van ons gesprek... ...zeer geïnteresseerd... ...u en uw naaste medewerkers... ...ruimte voor een hoogleraarschap... ...echter... ...voorwaarde... ...mits... ...overplaatsing van het Farmacokinetisch Centrum... ...yada, yada, yada... ...op de korte termijn een nieuwe afspraak...

Frits Vanderzee heeft het niet makkelijk. Hij wil professor worden, maar professor word je niet zomaar. Professor word je door eerst heel veel fondsen te werven, om vervolgens te dreigen weg te gaan en het geld mee te nemen. Kennelijk wil deze andere universiteit onze doctor best een aanstelling geven, als hoogleraar zelfs, maar alleen als het uiterst lucratieve Farmacokinetisch Centrum meeverhuist.

Dat gaat dus nooit gebeuren.

Al heeft hij het centrum in minder dan drie jaar tijd omgebouwd van een kwakkelend hobbylab tot een resultaatspuwende onderzoeksfabriek (waar de industrie enorm veel geld in pompt), Vierklau blijft er uiteindelijk de baas en zonder de prof gaat het centrum nergens naar toe.

Vanderzee publiceert dank zij het centrum aan de lopende band, maar het zijn geen wereldschokkende ontdekkingen die hij doet: steeds weer een ander stofje wordt doorgemeten in konijnenbotten. Alsof de onderzoeksgroep keer op keer hetzelfde artikel schrijft. Hij heeft een hoop financiering van de farmaceutische industrie weten binnen te halen – hij meet immers potentiële medicijnen voor ze door – maar een prestigieuze beurs van een organisatie als het NWO of de KNAW is hem nooit toegekend en ook bij de collectebusfondsen vangt hij vooralsnog bot.

Bovendien beperkt Vierklau hem aanzienlijk in de mogelijkheden voor het doen van diepgravender onderzoek. Kijk alleen al naar de medewerkers die hem zijn gegund: Perma en Anna doen alleen maar werk in het Farmacokinetisch Centrum, voor Joris mocht hij geen vervanger aannemen en Damian is een randpsychopaat met een wankel evenwicht. Vanderzee zit hier klem en hoe langer hij blijft, des te erger dat wordt.

Een beetje tragisch is het wel – hij wíl zo graag – maar dit is nou eenmaal het lot van de generatie wetenschappers die vijftien jaar te laat zijn geboren[26], de generatie die carrière tracht te maken in een volledig met babyboomers dichtgeslibde academie. Er kunnen pas weer medewerkers doorstromen tot universitair hoofddocent of hoogleraar op het moment dat de mensen als Vierklau, Schoen en Felthoen met de VUT gaan, en voorlopig blijven die nog een tijd hangen.

Als Schoen zegt: 'Ik ben op deze stoel gaan zitten, ik zit hier goed en ik was niet van plan er ooit nog van af te komen,' bedoelt hij dat met name in overdrachtelijke zin. 'Een knappe kerel die me hier wegkrijgt!'

Ik maak een kopie van Vanderzee's brief voor mijn persoonlijk archief en neem het A4-tje mee naar zijn kamer. De biochemicus zit achter zijn computer en kijkt een manuscript na. Zijn gouden manchetknopen tikken op het bureau als hij de muis beweegt.

'Ik heb iets gevonden in het kopieerhok,' zeg ik. 'Het leek me vertrouwelijk.' Ik overhandig hem de brief.

Vanderzee vertrekt geen spier. 'Dank je,' zegt hij. Hij trekt een lade open en bergt hem op. 'Waarom ga je niet even zitten, Jidde?'

Frits Vanderzee deelt zijn kamer met Geerten Felthoen. Vanderzee's helft is een toonbeeld van orde en hygiëne – Felthoen's kant daarentegen herken je aan de woekering van formulieren, pennen, oude boterhamzakjes, brochures, artikelen, koffiebekertjes en memobriefjes. De groen-bruine organismen die naast de printer uit zijn halflege kop soep kruipen zien eruit alsof ze inmiddels naar een basale vorm van intelligentie zijn geëvolueerd.

---

26 of vijftien jaar te vroeg

Ik schuif Felthoen's op vijfendertig punten verstelbare paarse stoel voor Vanderzee's bureau en neem plaats.

'Hoe gaat het met je?' vraagt hij.

'Wel goed, geloof ik.'

'Ik ben dan wel niet jouw copromotor, maar weet dat je altijd bij me kunt aankloppen met problemen,' biedt hij aan. 'Ik heb een hoop ervaring in het lab en ik wil je graag helpen.'

'Als ik iets nodig heb, kom ik meteen naar je toe,' beloof ik.

'Ik heb grote plannen met dit instituut,' vertelt hij. 'We kunnen er veel meer uithalen dan we op dit moment doen, en dat terwijl we nu al meer wetenschappelijke output genereren dan de rest van deze verdieping bij elkaar.'

'Klinkt als iets dat je met Vierklau zou moeten bespreken.'

Vanderzee probeert te glimlachen. 'Vierklau's inbreng is ook heel belangrijk in dezen, maar het gaat mij nu vooral om de mensen die de kar de kómende jaren zullen trekken. Díe neuzen moeten allemaal dezelfde kant op staan.'

Ik kijk over zijn schouder naar de muur waar zijn diploma's en oorkondes prijken. *Most Promising Postgraduate Fellow* was hij in 1988, bij het Massachusetts Institute for Technology in Boston, en bij de *European Society for Oncology Meeting 1991* heeft hij de *Breakthrough Abstract Award* gekregen.

Ik wijs naar de *Oxford Young Scientist Award 1987*. 'Van jou?' vraag ik.

Vanderzee kijkt om, knikt en zucht.

...

Wachten op de lift. Ze zouden er een liedje over moeten maken.

Het is etenstijd en Damian en ik staan al vijf minuten voor de liftschacht.

'Heb je het druk?' vraag ik.

Damian knikt. 'Vanderzee wil dat ik boven op mijn eigen werk een aanvraag indien voor een technologiesubsidie.' Hij tikt een vinger tegen zijn voorhoofd. 'Belachelijk.'

‘Voor welk project?’

‘Iets met konijnen. Resorptie en distributie van geneesmiddelen en zo.’

‘Dat doet het Farmacokinetisch Centrum toch al?’

‘Het moet op persoonlijke titel. Het centrum is commercieel, daar kun je deze subsidie niet voor krijgen.’

‘Vind je dat niet raar? Het centrum loopt prima.’

‘Ik vind het vooral zonde van mijn tijd. Laat dat enge Noorse mens die aanvraag maar indienen.’

‘Het is raar,’ besluit ik.

Vanderzee voert iets in zijn schild.

De deuren gaan open, we stappen in.

De lift stopt op de derde verdieping en een secretaresse van de celbiologie komt met één been in de cabine staan. Ze houdt de DEUREN-OPEN-knop ingedrukt terwijl ze uitkijkt over de gang. ‘Wacht even,’ zegt ze, ‘misschien komt mijn collega ook nog.’

Damian bijt op zijn nagels.

‘Ze is er zo...’ zegt de secretaresse.

Damian’s tenen schrapen hoorbaar in zijn schoenen.

‘Ze neemt de trap,’ glimlacht de vrouw na een minuut. ‘We kunnen gaan.’ Ze laat de knop los en drukt op die voor de tweede verdieping.

Damian houdt de liftdeur tegen met zijn hand. ‘Ben je daar zeker van?’ vraagt hij. ‘We kunnen best nog een kwartiertje wachten. Het is niet alsof wij iets te doen hebben overdag.’ Hij fluit een reclamedeuntje en richt zich tot mij. ‘Zeg, Jidde, heb jij ook wel eens de plotselinge drang om iemand de hersens in te slaan?’ Hij likt zijn lippen. ‘Bij voorbeeld als een of andere luie muts jouw waardevolle tijd verneukt en de lift neemt om één etage naar beneden te gaan?’

De vrouw verbleekt.

‘De laatste tijd niet meer,’ zeg ik. ‘Jij wel?’

‘Ja,’ knikt hij, ‘en soms heb ik het gevoel dat ik niet meer in staat ben de impuls te bedwingen. Dan voel ik de woede opborrelen achter mijn borstbeen, mijn ademhaling dieper worden, de spieren in mijn armen aanspannen.'

Hij haalt zijn arm naar binnen en laat de liftdeuren sluiten. 'Tot nu toe heb ik het altijd weten te onderdrukken, maar ik ben bang dat het op een dag niet meer lukt. Dat ik mijn zelfbeheersing verlies en doorsla.'

'Dat is toch nog nooit gebeurd?' vraag ik voor de zekerheid.

Damian schudt het hoofd. 'Ik heb een truc die heel goed werkt, waardoor de agressie uit me wegvloeit,' legt hij uit. Hij duwt zijn bril recht. 'Ik sluit de ogen, maak het leeg in mijn hoofd en reis dan af naar een plekje binnen in mijn hart, waar het warm is en veilig, en dan denk ik aan bloemetjes en vlinders en jonge hondjes en andere mooie dingen.' Hij sluit de ogen.

De liftdeuren glijden open op de tweede etage.

De secretaresse vlucht de gang op.

...

'Links!' commandeerde Charlotte, toen we de kruising al nagenoeg gepasseerd waren.

Ik ging vol op de rem staan en wist met gierende banden de bocht nog net te maken. Voor de remsporen die ik achterliet moet je normaal gesproken toch een behoorlijk ongeluk veroorzaken. Verscholen achter een beukenboom stond een bordje dat aangaf dat er nog vierentwintig kilometer restten naar haar dorp.

'Deze weg noemen ze hier ook wel *De weg naar de hel*—' vertelde mijn vriendin.

'Dat kan ik me heel goed voorstellen,' mompelde ik.

'—omdat er elk weekend wel iemand is die zich hier met honderdveertig kilometer per uur tegen een boom doodrijdt.'

'O, dáárom.'

'Ze hebben een aantal flitspalen langs de kant van de weg gezet om de mensen minder hard te laten rijden.' We passeerden een van die flitspalen en Charlotte wees hem aan.

‘Het was goed bedoeld, maar het heeft alleen maar geleid tot nóg meer ongelukken, doordat mensen halsoverkop op de rem gaan staan als ze worden geflitst.’

Het was paasmaandag en we waren op weg naar het huis van Charlotte’s ouders. Ik zou eindelijk aan ze worden voorgesteld. Dat moest. Door heel handig te plannen was ik er met Kerst en Nieuwjaar nog onderuit gekomen, maar het was me ontschoten dat er met Pasen ook twee feestdagen waren, dus toen Charlotte voor de zoveelste keer uitlegde dat haar ouders mij zó graag beter wilden leren kennen en dat ze het zó jammer hadden gevonden dat ik er met Kerst niet bij had kunnen zijn, zat ik zonder excuus.

Bij Apeldoorn hadden we de provinciale weg genomen. Charlotte’s ouders woonden midden in de Achterhoek, aan het eind van *De weg naar de hel*. Of, zoals zijzelf meenden, aan het begin ervan.

Het waren niet alleen haar ouders aan wie ze me wilde voorstellen – ik moest ook per se kennis maken met haar geboortestreek. Mijn vriendin leed aan de illusie dat als ik haar dorp maar eenmaal met eigen ogen had gezien, ik er vanzelf verliefd op zou worden.

Om zeven uur ’s ochtends was ik al wakker gepord. ‘Kom op, Jidde, we willen wel een beetje op tijd komen,’ maande Charlotte me. Uitgerust en aangekleed stond ze naast mijn bed.

‘Schat, het is veel te vroeg,’ klaagde ik. ‘Kijk eens naar buiten. Zie je niet hoe donker het nog is? Waarom kom je niet nog even naast me liggen?’

Mijn vriendin was onverbiddelijk. Ze deed de lichten aan en trok het warme dekbed van me af. De woningbouwvereniging had net daarvoor zitten rommelen met de verwarmingsketels om ze energiezuiniger te maken en dat was goed gelukt – de hele week was het al ijskoud in huis. Ineengekrompen rilde ik naar de badkamer.

Toen ik uit de douche kwam lagen mijn kleren uitgestald op bed. Charlotte had ze uitgezocht, gewassen en gestreken. Heel attent van haar en bovendien was het inmiddels weer een hele tijd geleden dat ik een zwarte pantalon met een grijs vest had gecombineerd.

De reis naar de Achterhoek duurde ruim anderhalf uur, maar nog dreigden we voor mijn gevoel veel te vroeg aan te komen.

'Hier moeten we rechts,' zei Charlotte, bij een afslag waarvan ik in eerste instantie meende dat het een uitrit was. We reden een kleine zijweg in die tussen de weilanden kronkelde in de richting van het bos.

'Leidt dit ergens heen?' vroeg ik.

'Het is niet de kortste weg, maar wel de mooiste,' legde Charlotte uit.

Ik knikte en hoopte diep vanbinnen dat ze zich vergist had in de afslag en we zouden verdwalen in de provincie.

Een kudde roodbonte koeien stond langs de kant van de weg koe te zijn. Adem condenseerde in kleine wolkjes uit hun neusgaten en loste weer op in de koude buitenlucht. Volgens een vriend van me, een dierenarts, zijn koeien ontzettend valse beesten. Ze gaan expres op je tenen staan en kunnen heel gemeen trappen.

'Toen ik klein was moest je hier nog oppassen voor losgebroken vee,' vertelde Charlotte. 'Dat zie je nu eigenlijk nooit meer.'

'Ja, vooruitgang uit zich met name in die kleine dingen,' merkte ik terecht op.

'Er is schrikdraad om de weilanden gespannen en dat werkt uitstekend.'

'Dat kan ik me voorstellen.' Er wordt gezegd dat je een elektrische schok krijgt als je tegen schrikdraad aanpist, maar ik betwijfel dat. Iemand anders zou dat eens uit moeten zoeken.

Na de nodige omzwervingen reden we uiteindelijk over een kuilenrijk zandpad een villawijk in. Er stond een aantal moderne buitenhuizen, met glazen wanden en ondergrondse garages, maar de meeste villa's waren gerenoveerde boerderijen met rieten daken.

'Daar is het!' Charlotte wees een wit bakstenen huis aan met een lange oprijlaan.

Ik parkeerde achter haar ouders' Kadett en zette de motor uit. 'Wordt hier veel gejat?' vroeg ik, twijfelend of ik het felrode ijzeren slot zou gebruiken dat de rem en het stuur aan elkaar vastzet.

Ze zoende me en zei: 'Je vindt ze vast ontzettend aardig.'

De deurpost was versierd met blauw-witte tegeltjes, waarop afbeeldingen prijkten van agrariërs en hun veestapel. Charlotte belde aan en er klonk een gong zoals die van *Het Journaal*.

Een kleine blonde vrouw in een lange zwarte rok kwam opendoen. 'Daar zijn jullie eindelijk!' schreeuwde ze onnodig hard. Haar stem schuurde door mijn botten als een kettingzaag door een ijskast. 'We hadden jullie veel eerder verwacht!' Op mijn horloge was het half tien.

Achter haar stond een lange, gespierde man met een volle, gitzwarte baard. Hij droeg een bruin tweedjasje en had een zwarte bril op, type Elvis Costello. 'Dus jíj bent Jidde,' zei Charlotte's vader. 'Kom maar met mij mee.' Hij draaide zich om en liep weg, terwijl ik mijn vergeefs uitgestoken rechterhand weer liet zakken.

Ik knikte Charlotte's moeder vriendelijk toe en volgde de gastheer de woonkamer in, alwaar ik tot de conclusie kwam dat de autorit me niet alleen honderd kilometer naar het oosten had gevoerd, maar ook vijftig jaar terug in de tijd. Geen breedbeeld, geen stereo, geen cv, geen halogeenspotjes, alleen gezelligheid. Doodeng gewoon.

'Ga zitten,' zei hij. Het klonk als een bevel.

Ik ging zitten in een donkerbruin leren fauteuil.

'Nee, niet daar.'

Ik stond op van de fauteuil en nam plaats op de sofa.

Charlotte's vader ging in de fauteuil zitten. 'Jidde, ik ben een modern man,' zei hij. 'Ik weet wat er in de wereld te koop is. Het zal jou vast wel opgevallen zijn dat we luxaflex hebben en, net als in de stad, lezen we ook hier de krant, zoals je wel zult begrijpen.'

Ik zei dat ik het begreep.

'Ik ben niet van gisteren,' ging hij verder, 'en ik ben zelf ook jong geweest...'

'Dat moet haast wel,' knikte ik.

'Je moet weten dat wij hebben besloten Charlotte behoorlijk vrij te laten, maar daarom willen wij haar nog niet volledig uit het oog verliezen.'

Stilte.

Adem.

'Waar ik op aanstuur, Jidde, is het volgende. Hier in het dorp zeggen we: *Waarom zou je een koe kopen als je de melk gratis kunt krijgen?*'

'Daar kan ik inderdaad geen goede reden voor bedenken,' gaf ik toe.

Charlotte's vader liet een tweede stilte vallen. 'Weet je wat we nog meer zeggen hier?' vroeg hij ten slotte.

'Ook een lélijke koe geeft melk?' gokte ik.

Hij knikte bedachtzaam. 'Ik denk dat wij elkaar nu wel goed begrijpen,' besloot hij en keek erbij alsof hij probeerde zesentwintig te delen door zeventien.

...

Ik ben eruit wat Vanderzee van plan is. Schoen heeft het me uitgelegd. Vanderzee wil zijn grip verstevigen op het lab door het werk van het Farmacokinetisch Centrum over te hevelen naar zijn eigen onderzoeksgroep. De rijkssubsidie die Damian aanvraagt wordt namelijk alleen toegekend aan universitaire vakgroepen en niet aan semi-commerciële bedrijven. Als het project wordt gehonoreerd moet de professor óf het centrum overdoen aan Vanderzee, óf de subsidie laten schieten, en dat laatste kan niet, want daarvoor is het té veel geld. De hele faculteit zou over de prof heen vallen.

De vooruitzichten op het binnenhalen ervan worden steeds gunstiger. 'We zijn met de aanvraag door naar de tweede ronde,' vertelt Damian trots. 'In dit stadium wordt maar liefst vijftig procent gehonoreerd.'

'Gefeliciteerd.'

'Alstublieft geen applaus,' verzoekt hij. 'Mijn onvolprezen bescheidenheid kan daar slecht tegen.'

'Het zou een hoop extra werk betekenen voor jullie onderzoeksgroep,' analyseer ik. 'Misschien wel een verdubbeling van de werklast.

'Werk is goed,' zegt Damian.

'Wie gaat die proeven eigenlijk uitvoeren? Jíj? Ga jíj aan de lopende band konijnen verwerken?'

'Dat lijkt me niet. Ik mag toch hopen dat daar een analist voor wordt aangenomen. Ikzelf vertik het: daarvoor ben ik niet hiernaar toe gekomen.'

...

'Verdomme! Ondankbare kutmuis!' Je geeft ze te eten, je geeft ze te drinken, je geeft ze een dak boven hun hoofd, je houdt roofdieren uit de buurt en wat doen ze? Ze bijten een stuk uit je pink! Het probleem is dat die dieren gewoon niet beseffen hoe goed ze het hier hebben. Ik stelp het bloeden met een stuk toiletpapier en besluit meteen deze muis in te delen in de groep die we níet behandelen voor hun kanker. Dat zal hem leren.

In ons werkhok verbindt Thomas de vinger met steriele gazen uit de door Pjotr nagenoeg leeggeroofde verbandtrommel. 'Dat is ook wat,' zegt hij.

Thomas is postdoc en werkt bij ons als epidemioloog. Anders dan het woord suggereert is een epidemioloog niet een expert in het in elkaar knutselen van biologische wapens, maar in het analyseren van databanken. Ze voeren een hele massa gegevens in en proberen daar conclusies aan te verbinden. Epidemiologen zijn altijd op zoek naar de zogenaamde 'p-waarde'. Het is iets wiskundigs. Het enige wat ik eraan kan uitleggen is dat je de p-waarde kleiner moet maken dan 0,05, want dan kun je publiceren.

Bij Thomas kan worden aangeklopt voor hulp, maar niet voor empathie. Hij lijdt namelijk aan een bijzonder nauw emotioneel spectrum, een gebrek dat hij rationeel tracht te compenseren. Hij beredeneert in feite wat andere mensen in bepaalde situaties zouden zeggen. Vaak werkt dat, maar een opmerking als 'Dat is ook wat', nadat een razend wild dier je pink er bijna af heeft gebeten, is natuurlijk niet helemaal adequaat.

Er wordt voorzichtig op onze deur geklopt. Het blijkt de stagiaire van Perma te zijn, het hoepelmeisje. Ze heeft haar toegangspas voor het dierenlab thuis laten liggen en vraagt of ze er een van ons kan lenen. Haar gezicht is opgefleurd met zilveren glitters en ze draagt een rode pofbroek en een zwarte wollen jas, die onder de grijze haren zit.

'Je mag je jas wel eens uitkloppen,' zeg ik, terwijl ik een paar haren van de zwarte stof pluk en op de grond laat dwarrelen.

'Ja, ik weet het,' verontschuldigt ze zich. 'Ik heb een konijntje gekocht en hij is net aan het verharen. Hij is vier weken oud en hij past precies in mijn handpalm.' Ze laat me haar handpalm zien. Dat kan geen groot konijn zijn.

In haar studentenhuis hebben ze een oude, lekke badkuip, die al in geen jaren meer is gebruikt, en daarin houdt ze hem. Ze heeft een konijnen-drinkfles voor hem gekocht en zo'n tredmolen die hamsters ook altijd in hun kooi hebben staan.

'Toe maar,' concludeer ik en daarmee heb ik al meer gezegd dan mijn bedoeling was.

'Vind je dat niet zielig, een konijn in een badkuip?' vraagt

Thomas, die kennelijk heeft beredeneerd dat sommige mensen bezwaar maken tegen het opsluiten van dieren in kleine donkere ruimtes.

'Nee hoor,' antwoordt ze. 'Het is een enorm grote badkuip en ik heb hem volgestopt met hooi. Dat is veel beter dan zo'n klein hok.'

'Wat goed van jou,' knik ik en ik geef haar mijn toegangspas. 'Leg maar op mijn bureau als je klaar bent.'

'Dat duurt niet lang hoor,' verzekert ze mij. 'Ik hoef ze alleen maar hun eten en hun medicijnen te geven.'

'Ik zou het maar snel gaan doen,' zeg ik.

Opgewekt dartelt ze onze kamer uit.

'Ze is wel lief, hè,' merk ik tegen Thomas op.

'Hún medicijnen?' vraagt hij.

...

Uit de notulen van het stafoverleg, waarvan het me niet zo goed duidelijk is waarom Damian op de verzendlijst staat:

> Dr. Vanderzee bevestigt dat indien de rijkssubsidie wordt toegekend, er geen nieuwe medewerkers worden aangetrokken. In eerste instantie zullen de AIO's uit zijn eigen onderzoeksgroep worden ingezet voor de extra werkzaamheden.

Het lijkt erop dat Damian, indien hij succesvol is met zijn aanvraag, als dank lopendebandwerk mag gaan verrichten met konijnen.

'Wat denkt die gek wel niet? Ik ga zijn benen breken,' sist Damian. De computermuis kraakt in zijn hand. 'Nee, dat is niet erg genoeg.'

'Alsjeblieft, kalmeer een beetje.'

Damian kijkt om zich heen, alsof hij een voorwerp zoekt om Vanderzee mee te slaan. Hij grijpt een perforator. 'Nee, die toch niet,' bedenkt hij zich en legt hem terug. 'Iets groters en zwaarders.'

'Dit valt vast wel op te lossen.'

'Ik ga zijn armen én zijn benen breken.'

'Probeer het iets subtieler.'

'Subtieler?'

'Achterbakser.'

'Jaja.'

'Diplomatieker.'

'Als ik nou eens... en dan...' maalt hij.

In mijn stoel rol ik naar hem toe.

'Ik moet iets doen,' mompelt Damian. Met zijn vingers wrijft hij rondjes over zijn slapen.

'Gaat het wel goed met je?'

'Definieer het probleem...'

'Damian?'

'Definieer het probleem... definieer het probleem...' herhaalt hij in zichzelf.

'Damian!'

'Die subsidie mogen we nooit ontvangen.'

'Hal-lo!'

'Dat is alles!' Damian staat op en duwt me opzij. 'Sorry, het is tijd voor mijn pillen,' zegt hij en loopt weg.

...

Het is in de regel een veeg teken als de ouders van je vriendin in jouw bijzijn haar ex-vriendjes ter sprake brengen. Herman, leerde ik, was ontzettend beleefd en gezellig en zo, en kwam zeer regelmatig bij hen over de vloer. Nog steeds. Of ik hem misschien al eens had ontmoet. Nee, helaas nog niet.

Charlotte's vader stond plotseling op. 'Het is tijd voor de ochtendwandeling,' besloot hij.

'Op zondagochtend maken we altijd een ochtendwandeling,' legde Charlotte's moeder uit. 'Waarom gaan jullie niet mee?'

'Ja, waarom niet,' zei Charlotte.

'Omdat het vandaag geen zondag is?' fluisterde ik.

'Als je me had verteld dat we een eind door de kou gingen marcheren,' beklaagde ik me buiten bij Charlotte, 'dan had ik wel ondergoed aangetrokken.'

De ouders van Charlotte hebben een hoog wandeltempo, maar gelukkig hielden ze om de honderd meter even stil, zodat haar vader kon opmerken hoe prachtig een bepaalde boom, kerktoren of tuinstoel wel niet was. Voor haar ouders was de Achterhoek zo'n beetje het land van melk en honing en er bestond een duidelijke behoefte die perceptie uit te dragen. Haar vader had verhalen over de jaarmarkt van vroeger en de sponsorloop van tegenwoordig, over de graanschuur van de Reitsema's en de hond van de burgemeester, over schaatsen in de winter en klootschieten in de zomer.

We liepen het centrum van het dorp in, waar met forse gemeentelijke subsidies de gevels van de oude burgerwoningen waren gerestaureerd en een nieuw VVV-kantoor was ingericht.

'Is het bij jou in de buurt ook zo mooi, Jidde?' vroeg Charlotte's moeder.

'Ik zit in een afbraakpand tegenover een coffeeshop en boven het COC,' antwoordde ik.

'Het COC?'

'Ja, dat is—'

'We weten wel wat dat is,' brak Charlotte's vader me af. 'Ook hier lezen we de krant, Jidde.' Hij nam een hap lucht en verklaarde: 'Zwavel en zuur deed de HEERE uit de hemel regenen over Sodom en Gomorra!'

'Wat?'

'Papa citeert graag uit het Oude Testament,' lichtte Charlotte toe.

'Interessant...' Zelf citeer ik liever uit *Science* en *Nature* – want dat klinkt gewichtig, zeker als je ook het jaartal van de referentie erbij kunt noemen – maar wist niet zo gauw iets toepasselijks te bedenken.

Er stond me nog een extra verrassing te wachten. De wandeling eindigde voor de kerk. Mannen in pak en vrouwen met zwarte hoeden liepen langs ons heen naar binnen.

'Het is onze gewoonte na de zondagse wandeling de ochtenddienst bij te wonen,' zei Charlotte's vader. Hij schraapte zijn keel. 'Het staat jullie vrij ons te vergezellen,' bood hij aan.

Ik dacht dat hij een grap maakte, want ik wist toen nog niet dat Charlotte's vader een van die mensen is die bij het maken van een grap altijd zelf het hardst lacht.

Zijn dochter leek het echter een heel normaal voorstel te vinden. 'Waarom ook niet?' zei ze.

Jezus Christus.

'Wat moeten we daar dan?'

'Doe het voor mij,' fluisterde ze smekend. 'Ik zie mijn ouders bijna nooit meer. En je wilt me hier toch ook niet in de kou laten staan wachten?'

Charlotte's vader leidde de gang naar hun vaste plaatsen in het midden van de achtste rij. De houten banken waren zo ongemakkelijk als ze eruitzagen en sommige mensen zaten op kussentjes die ze hadden meegenomen van thuis.

Achterin, naast een van de vier grote pilaren, zaten drie jongens in zwart pak, druk met elkaar te overleggen. De kleinste van het stel bladerde door zijn psalmboek en liet het opengeslagen zien aan een van de andere twee, een magere jongen met rode krullen. De derde, een gezette kerel met blonde stekeltjes ging staan en begon te zwaaien. Charlotte's moeder zwaaide terug.

'Kent u hem?' vroeg ik.

'Dat is Herman.'

Ik keek nog eens goed. Hij was misschien een kop groter dan ik en twee keer zo breed, maar zag er bijzonder ongevaarlijk uit. Een beetje sullig, alsof hij zich niet goed raad wist met zijn omvang.

'Het lijkt me een erg aardige jongen,' moest ik toegeven.

'Ja, hè?'

Begeleid door orgelmuziek begaf de kale dominee zich schuifelend naar de kansel. Hij vertelde het verhaal van Mozes, die in de woestijn op jacht was naar kwartels.

Charlotte wreef liefdevol over mijn handrug. 'Ik ben zo blij dat je er bent,' zei ze.

Haar vader boog zich naar me toe en keek me indringend aan. 'Let goed op, Jidde,' zei hij, 'hier kun je nog wat van leren.'

Wat ik precies had moeten leren werd me helaas niet duidelijk. Er vielen wat vogels uit de lucht en aan het eind van het verhaal maakte God een hele zooi joden dood.

'Zo is het maar net,' zei Charlotte's vader.

...

Terwijl haar moeder in de keuken het middageten bereidde zat ik met Charlotte en haar vader aan tafel te rummicubben. Mijn vriendin had het partijtje geopend met een serie jokers en ik had er net twee steentjes naast gelegd. Zes – zeven – acht – joker – joker – elf, lag er nu.

'Volgens Charlotte ben jij een jongen met grappige humor,' zei Charlotte's vader, terwijl hij in een andere kleur een rij van drie tot zes legde. 'Ik moet zeggen: ik hou wel van leuke humor.'

'Ja, leuke humor is vaak wel lachen,' antwoordde ik.

Charlotte kon niets en moest er een steen bijpakken. Ik haalde de twee zessen weg uit de rijtjes en vormde met een derde zes een nieuw groepje.

Haar vader zei: 'Ik las laatst nog een grap in het kerkblaadje. De vader van Jantje heeft drie zonen: Kwik, Kwek en...?'

'Kwak?'

'Nee!' riep hij, 'Jantje natuurlijk! Hahaha!'

Ik zei dat ik het een leuk grapje vond en dat ik er zelf ook een kende: 'Jezus en Maria lopen over de Wallen—'

Van Charlotte mocht ik hem niet afmaken. Onder de tafel

kneep ze op een heel gemene manier met haar vingers in mijn bovenbeen.

Haar vaders aandacht was inmiddels afgeleid door de cijfers op tafel. 'Dit laat ik toch liever niet zo liggen,' zei hij, terwijl hij de drie zessen uit elkaar haalde.

Charlotte's moeder had een rollade en een witlofschotel klaargemaakt. 'Laten we eerst even bidden,' zei ze, toen de tafel gedekt was. Om niet uit de toon te vallen, vouwde ook ik de handen voor mijn gezicht.

Charlotte's vader ging voor in het gebed. Het begon met een wat algemene tekst over brood en eindigde in een aantal specifiekere danken en wensen. '...en laten wij bidden voor oom Richard in zijn moeilijke tijden.'

'Amén,' herhaalden Charlotte en haar moeder.

Haar moeder pakte mijn bord en begon voor me op te scheppen.

'Wat is er gebeurd met oom Richard?' vroeg ik.

Charlotte aarzelde even. 'Hij is in België zonder benzine langs de kant van de weg komen te staan,' zei ze.

'Nou en? Dat overkomt toch wel vaker mensen.'

'Ja, maar oom Richard rijdt met zijn touringcar naar Spanje.'

Ik proestte het uit.

'Dat soort dingen is níet voor te lachen!' preekte Charlotte's vader bits.

'Nee... dat... is niet... voor... te lachen,' gaf ik toe, half stikkend in de woorden.

'Wij prijzen ons gelukkig te leven in een gemeenschap waar mensen zich niet verlagen tot makkelijk leedvermaak. In tegenstelling tot in de grote stad, waar het ieder voor zich is, blinken kleine christelijke gemeentes als deze uit in naastenliefde en opofferingsgezindheid.'

Mijn opmerking dat dergelijke gesloten, christelijke gemeenschappen vaak tevens uitblonken in ernstige incestschandalen vond hij ook niet voor te lachen. Als ik helemaal eerlijk ben, dan was die dat ook niet en had ik beter mijn mond kunnen houden.

'Wat een heerlijke rollade,' complimenteerde Charlotte haar moeder. 'Waar heb je die gekocht?'

'Jidde, waarom help je me niet even met afruimen?' stelde Charlotte voor. Ze stond op en drukte me vier opgestapelde borden in handen. Zelf nam ze de twee pannen mee.

In de keuken omhelsde ze me. 'Je bent zó'n geweldige steun voor me,' zei ze. 'Ik zag hier zó tegen op! Vooral omdat ik ze zo meteen moet gaan vertellen dat we eigenlijk ongetrouwd samenwonen.'

Het was typisch dat ze dat zei, vooral omdat ik dacht dat we – eigenlijk, zolang we allebei een eigen huis hadden – dus níet samenwoonden. Maar dat durfde ik op dat moment niet hardop te zeggen.

Onder de koffie begon Charlotte te vertellen over haar nieuwe baan, waarvoor ze een uur met de trein moest reizen. Hoe druk ze het daarmee had en hoe ze meestal pas 's avonds laat thuiskwam. 'Ik heb gekeken naar de prijzen van appartementen dichter bij het station,' zei Charlotte, 'maar die vielen nogal tegen.'

'Ja, huizen kosten ontzettend duur tegenwoordig,' wist haar vader. Ik begreep dat hij ook wel eens de krant las.

'Maar liefje, fiets je dan 's avonds door het donker terug naar huis?' vroeg haar moeder ongerust.

'Liever niet. Daarom blijf ik meestal bij Jidde slapen. We wonen praktisch samen,' gooide mijn vriendin op tafel en vroeg of iemand nog koffie wilde.

'Ik ga even naar het toilet,' verontschuldigde ik me.

Toen de woonkamerdeur achter me dichtviel, hoorde ik binnen de hel losbreken. Ik bleef net zo lang weg tot haar vaders stem gekalmeerd was.

Aan alle leuke dingen komt een eind, maar gelukkig kwam er ook een eind aan ons paasbezoek. Charlotte's ouders liepen mee naar buiten om ons uit te zwaaien. Haar moeder gaf me een zoen op de wang en zei dat ze hoopte me snel weer terug te zien. Vervolgens viel ze Charlotte om de nek en begon zowat te huilen.

Charlotte's vader nam me intussen nog even apart. Hij zei: 'Dit is iets dat ik je per se mee wil geven, Jidde,' en drukte me een dik zwart boek in handen. *Bijbel* stond er op de voorkant.

'Hoezo?' vroeg ik.

'Het is een boek waar ik veel aan heb gehad, en waarvan ik hoop dat het jou ook tot nut zal zijn. Ik ben er maar van uitgegaan dat je er nog geen had.'

'Nou bedankt,' zei ik. Ik gaf hem een hand en stapte in. De bijbel stopte ik in de tas met artikelen die ik nog op de achterbank had liggen.

'Het lijkt me beter als je niet omkijkt,' zei ik, bij het starten van de auto. 'Straks wil je hier nog blijven.' In mijn achteruitkijkspiegel steeg de rook op uit de schoorstenen.

Het eerste wat Charlotte zei was: 'Nou, dat viel me echt honderd procent mee!'

...

Op dag veertien van Perma's onderzoek, vandaag dus, moeten de botten uit de proefdieren gehaald worden. In praktische zin is in een laboratoriumsetting botverwijdering bij konijnen niet verenigbaar met het leven. Om een konijn dood te maken spuit je een overdosis aan slaapmiddel, pentothal, in een van de grote aders die door zijn oren lopen. Dit vereist wel de nodige oefening, met name ook omdat de konijnen niet altijd zo goed mee willen werken. Muizen zijn wat doodmaken betreft makkelijker. Je pakt ze gewoon bij de staart en klapt hun nek dubbel over een potlood. Je kunt ze ook door de shredder halen, maar daarvoor is het eigenlijk de bedoeling dat ze van tevoren al dood zijn.

Vandaag moet ik bloed aftappen bij mijn leukemie-muizen. Het is zo gepiept, maar Perma heeft me gevraagd of ik wil blijven hangen voor het geval ze nog behoefte heeft aan een paar extra handen.

'Ik vind het wel prettig als er iemand bij is die goed met dieren om kan gaan,' zei ze, waarop ze even nadacht en eraan toevoegde: 'Je begrijpt wel wat ik bedoel.'

Het eerste konijn huppelt nu gedachteloos om de spuit pentothal heen die op de werkbank ligt. Terwijl het hoepelmeisje probeert te voorkomen dat het dier op de grond springt, trekt Perma een witte labjas aan en twee plastic handschoenen. Ze gaat tegen de bank aan staan, trekt het konijn naar zich toe en wrijft hem zachtjes over zijn witte kop. 'Kijk,' doet ze voor, 'je klemt zijn nek tussen je wijs- en middelvinger en drukt zijn romp recht naar beneden, zodat hij de voorpoten niet kan bewegen.' Het beest kan inderdaad geen kant op zo. 'Houd hem wel goed vast, want knaagdieren zijn valser dan je zou vermoeden.' Ze laat hem weer los. 'En nu jij,' beveelt ze.

Duidelijk gechoqueerd door de hardhandige wijze waarop Perma het konijn heeft aangepakt, neemt de studente het van haar over. Voorzichtig grijpt ze hem bij de nek en aait met de andere hand liefkozend over zijn rug en zij. Ze maakt er geruststellende konijnengeluidjes bij.

'Goed zo,' vindt Perma, 'stel hem maar op zijn gemak.' Ze pakt het oor vast, voelt naar de ader en vouwt vervolgens het oor dubbel om de naald van de spuit pentothal erin te steken. 'Blijf hem maar aaien,' zegt ze, terwijl ze de spuit langzaam leegdrukt.

Met lede ogen ziet het meisje toe hoe het dier onder haar handen in elkaar zakt.

'Dat was het,' zegt Perma. 'Het stelt eigenlijk niets voor.' Ze pakt het dier bij het nekvel, tilt hem op en slaat het lichaam een paar keer op werkbank om zich ervan te verzekeren dat hij echt niets meer doet. 'En nu moeten de botten eruit,' gaat ze verder. 'Hiervoor gebruik ik het liefst een aardappelschilmesje. Met een scalpel lukt het ook, maar dan ben je wel veel langer bezig.' Ze trekt een lade open en haalt er een mesje uit. 'Het lijkt me beter als jij ook een labjas aantrekt,' zegt ze, terwijl ze het mes boven in de heup steekt en een snede om de rechterpoot heen maakt. 'Het wordt soms wat bloederig.'

De studente deinst achteruit en kruist de armen voor haar boezem.

'Je moet goed diep snijden om ook de pezen mee te nemen.' Perma kijkt op om te controleren of de studente nog wel oplet. 'Als het goed is, valt hij er dan zo vanaf.'

Het kost Perma meer moeite dan ze had verwacht om de poot los te krijgen. Met alleen het maken van de snede lukt het niet. Ze probeert de poot eraf te wrikken door hem met wijde cirkels uit het gewricht te draaien, maar hij blijft gewoon vastzitten. 'Zoals ik al zei, zijn die pezen vaak wat lastig,' verklaart ze het probleem. 'Ik zal iets meer geweld moeten gebruiken.' Ze zet haar gewicht op de hand waarmee ze het konijnenlichaam tegen de bank drukt, terwijl ze met de andere hand de achterpoot vastklemt en er uit alle macht aan rukt. Langzaam kun je het bindweefsel horen scheuren. 'Ja!' kreunt Perma, als de poot eindelijk loslaat, uit haar hand schiet en tegen het plafond vliegt. 'Dat is het.' Met een scherpe tik valt de ledemaat weer terug op de werkbank. 'Dat moeten we straks even schoonmaken,' merkt ze op, wijzend naar de bloedvlek die op het plafond is achtergebleven.

De andere achterpoot laat zich een stuk makkelijker verwijderen. Perma stopt de beide ledematen in een zwarte vuilniszak en gooit de rest van het konijn in de gele *biohazard*-bak met besmet materiaal. 'We bewaren de botten bij vier graden, totdat we de bepaling doen,' zegt ze en legt de vuilniszak in de groentelade van de koelvriescombinatie waarin ik ook mijn muizenhersenen en kippenbloed opsla. 'Dat is één,' zegt ze. Ze opent een tweede kooi, pakt het volgende slachtoffer eruit en legt het op de bank. 'En nu jij!' beveelt ze de studente, terwijl ze het dier in de houdgreep tegen het bankblad drukt.

Compleet verstijfd, zonder ook maar te knipperen – alsof we haar in vloeibare stikstof hebben gedompeld – en met de mond halfopen, blijft het meisje Perma verbouwereerd aankijken. Een paar seconden lang.

'Adem in— adem uit—' help ik en ik knip mijn vingers voor haar gezicht.

Het lijkt te helpen, er komt wat beweging in het meisje. Haar handen beginnen te trillen. Eerst fijntjes, maar dan steeds harder en schokkeriger. Ze gaat trekken met haar mondhoek en vanuit haar keel vult een onheilspellend laag gebrom de kamer.

Opeens knapt er iets. Ze neemt een hap adem en schreeuwt: 'Winston! Nee-hee-hee!' hierbij ongecontroleerd met haar vuisten in de lucht slaand. 'Jullie zijn gestoord!' roept ze. 'Hoe kunnen jullie nou zoiets doen? Je moet gek zijn als je hier werkt!'

'Nou, dat hoeft niet per se,' leg ik uit. 'Maar het helpt wel.'

In haar plotselinge vlaag van rebellie, besluit het hoepelmeisje tot actie over te gaan. In één sprong staat ze bij de werkbank, graait ze Winston uit Perma's stevige Noorse grip en gooit hem in de richting van de uitgang van het lab. Winston rolt een eindje over de linoleum vloer totdat hij met een bonk tegen de muur tot stilstand komt. Onhandig spartelt hij overeind.

'Rennen, Winston! Rennen!' schreeuwt het meisje, maar in plaats daarvan gaat Winston er even bij zitten om onthutst zijn oren te likken.

Perma stapt van de bank weg en fluistert: 'Rustig, maar, rustig.'

Ik kan niet opmaken of ze het tegen Winston heeft of tegen de studente. Bedaard loopt ze op hen af.

'Nee, blijf staan!' schreeuwt het meisje. 'Je raakt hem niet aan, hoor je!' Ze pakt Winston op, vliegt ermee de gang in en werpt hem daar het raam uit zijn vrijheid tegemoet.

Uitgeput maar voldaan zakt ze op de grond om na te hijgen van haar impulsieve heldendaad.

'Gaat het?' vraagt Perma. Ze heeft haar labjas inmiddels uitgetrokken.

Het meisje kijkt op en zegt: 'Het spijt me, Marie. Ik verwacht niet dat je het begrijpt, maar dit was iets dat ik gewoon móest doen.'

Perma knikt. 'Je beseft wel dat we hier op de vierde verdieping zitten?' vraagt ze.

De heldin lijkt zich ergens in te verslikken en ontsteekt in een hoestbui.

'Ik ga even kijken hoe hij eraan toe is,' zegt Perma. 'Blijf maar even rustig hier met Jidde, dan komt alles goed.' Ze geeft me een seintje dat ik het meisje niet uit het oog mag verliezen en loopt via het trappenhuis naar de begane grond.

Nadat ik een paar keer hard op haar rug heb geklopt lijkt het weer een beetje te gaan met het slachtoffer. Eigenlijk vind ik dat ze met dit rood aangelopen hoofd en het haar alle kanten op wel iets wilds en aantrekkelijks heeft. 'Heb je misschien interesse in een blind date met een vriend van mij?' vraag ik.

Ze begint weer te hoesten.

In minder dan vijf minuten tijd is Perma terug. 'Hij is nergens meer te bekennen,' zegt ze. 'Ik denk dat hij ontsnapt is, het bos in.'

Opgelucht haalt het meisje adem.

'Kom, ik begeleid je wel even naar buiten,' biedt Perma aan, het meisje onder lichte dwang de lift in werkend. De display boven de schuifdeuren gaat van vier naar nul, blijft daar even op staan en loopt weer op naar vier. De schuifdeuren openen zich en mijn collega stapt uit. 'Vrouwen zijn mietjes,' zegt ze.

'Hoe is het écht met Winston?' vraag ik.

Ze glimlacht flauwtjes. 'Het is niet de meest voor de hand liggende manier om een konijn af te maken,' antwoordt ze, terwijl ze naar het trappenhuis loopt, de deur opent en een vuilniszak te voorschijn haalt. 'Maar de botten zijn nog wel bruikbaar.'

Ze schudt de zak leeg op de werkbank en pakt het aardappelschilmesje erbij.

Er zijn van die dagen dat alles wat je doet fout gaat
Dat soort dagen noemen we *werkdagen*

3

Zeven uur. De radiowekker springt aan met het nieuws en Charlotte duwt me het bed uit. 'Jíj moest per se zo vroeg op,' kreunt ze.

Kwart over zeven. Ik kijk naar buiten. De eerste herfstdag van het jaar is nat en winderig, op de radio wordt dat bevestigd. De boom in de tuin van de onderburen tikt aritmisch met zijn takken tegen de reling van ons balkon en kleine regendruppels miezeren door het openstaande keukenraam naar binnen.

Half acht. Met windkracht zes in het gezicht fiets ik door de buitenwijken naar de campus. Ik word ingehaald door de nu nog lege pendelbus, waarin over een half uur de studenten dichter op elkaar gepakt zullen worden dan zelfs bij internationale varkenstransporten gebruikelijk. Het eerste gebouw op het campusterrein is de *blokkendoos* van de faculteit psychologie, vijf jaar geleden officieel uitgeroepen tot *sick building*, maar wellicht in de tussentijd spontaan genezen. Vervolgens passeren we de weilandjes met oefenschapen van diergeneeskunde, dan hellingop tussen de natuurkundebunker en de academie voor journalistiek – met op haar voorgevel uitdagende neonteksten en een lichtkrant (headline: *Regering vindt universiteiten belangrijk, minder bezuiniging dan aanvankelijk gepland*) – langs het bestuursgebouw van wereldberoemd architect Slakonijn, die in zijn ontwerp radicaal heeft gebroken met het dogma in de architectuur dat gebouwen functies hebben, en ten slotte voorzichtig over de bouwkeet van de bijna opgeleverde nieuwbouw voor de toegepaste wetenschappen.

Tien voor acht. Ik loop het werkhok in en zet mijn computer aan. Terwijl hij opstart, ga ik naar het toilet. Terwijl hij inlogt, haal ik koffie. Ik check mijn e-mail. Een paar onbekenden met een hoop medeklinkers in hun naam die vinden dat mijn hypotheek te duur is en mijn penis niet lang genoeg, een herinnering van Thomas dat we om tien uur een vergadering hebben met Vierklau en Schoen, en een berichtje van Joris:

> Jidde,
> Als je ooit met je hoofd in een bankschroef terecht bent gekomen en die hebt aangedraaid, kun je je misschien voorstellen hoe het is om hier te moeten werken.
> Ik wil je niet voor het blok zetten, maar zou je Vierklau kunnen aansporen mijn manuscript iets sneller na te kijken?
> Groet,
> Joris
> P.S.: Vergeet niet op tijd je abstract in te sturen voor het ABC-congres.

Vierklau aansporen? Dat doet ie maar mooi zelf. Ik mail terug:

> Joris,
> Ik stel het erg op prijs dat je me niet voor het blok wilt zetten.
> Groet,
> Jidde

Er wordt wat aan de deur gerommeld en Perma komt binnen.

‘Ik had niet verwacht dat er al iemand zou zijn,’ zegt ze. Terwijl haar computer opstart, gaat ze koffie halen.

Het gaat niet goed met mijn Noorse kamergenote. Sinds deze zomer haar grote liefde niet haar grote liefde bleek, heeft ze zich volledig op haar werk gestort en inmiddels woont ze nagenoeg op het lab. Als ik ’s ochtends begin is ze er al, als ik ’s avonds wegga is ze er nog steeds en zelfs als ik even in het weekend mijn cellen kom overzetten, tref ik haar hier aan.

Terug met koffie vertelt Perma dat ze gisteravond een date had met een meisje uit haar zangkoor. Ze waren naar een toneelvoorstelling geweest en daarna nog iets gaan drinken. Zonde van haar tijd was het. De date had nog twijfels over haar geaardheid en heeft daar de hele avond over lopen doorzeuren. ‘Dat vrouwen zich tot mij aangetrokken voelen, betekent niet per se dat ze ook lesbisch zijn,’ legt ze uit.

Ik heb de hele zomer lopen pielen met mijn DNA-bank, maar het is niet gelukt het systeem met de celkweken draaiend te krijgen. Er moet dus iets nieuws geprobeerd worden en snel, want mijn promotie staat gepland voor over tien maanden en het is wel de bedoeling dat ik voor die tijd iets belangrijks heb ontdekt. De professor is zich er zelfs mee gaan bemoeien. Na een hete zomer van strijd met het faculteitsbestuur over de herverdeling van de budgetten, heeft Vierklau met het aanbreken van het nieuwe studiejaar even een adempauze om zich met onderzoek bezig te houden. Straks om tien uur krijg ik hem voor het eerst sinds maanden weer eens te spreken.

We gaan iets nieuws proberen: RNA-inhibitie, een relatief nieuwe techniek, waarmee selectief genen uitgeschakeld kunnen worden, volgens Vierklau de toekomst van de tumorgenetica. Met de test van vanochtend ga ik uitproberen of ik de resultaten van anderen kan reproduceren en met RNA-inhibitie de afbraak van alcohol door levercellen kan platleggen. In principe is het een heel eenvoudig proefje. Je neemt een bak met levercellen zónder RNA en een bak levercellen mét RNA, voegt alcohol toe en kijkt na een uur of de alcohol afgebroken is. Als het goed is, doen alleen de cellen zonder RNA het dan nog.

Op het lab haal ik een celkweek uit de stoof, neem deze mee naar de flowkast en voeg trypsine toe. Ik noteer in mijn labjournaal:

> 8.35 u: Celkweek uit de stoof halen. Trypsine toevoegen.

Elke onderzoeker heeft zijn eigen labjournaal, een schrift waarin hij minutieus zijn werkzaamheden bijhoudt, zodat als een experiment mislukt of moet worden herhaald op deze aantekeningen kan worden teruggevallen. Zeker in het begin lijkt het de meesten overdreven om van alle proeven elke stap tot in het kleinste detail te noteren, maar als je het niet doet wreekt dat zich zonder uitzondering. Mensen vergeten vaak hoe weinig ze maar onthouden.

De trypsine moet even inwerken om de cellen los te weken van de plastic fles waarin ze gegroeid zijn. Aansluitend worden ze opgezogen, gespoeld met fosfaatbuffer en afgedraaid in de centrifuge.

> 8.45 u: Cellen opzuigen. Dertig milliliter fosfaatbuffer toevoegen. Centrifugeren.

Ik zet de radio aan. Er wordt een actrice geïnterviewd die tegenwoordig haar eigen show op televisie heeft. De radiopresentator complimenteert zijn gaste met haar programma, vooral omdat ze zich niets aantrekt van wat andere mensen ervan vinden. De actrice zegt dat de radiopresentator ook heel goed is, want hij weet altijd van die interessante gasten te strikken. Vervolgens vertelt ze wat haar lievelingskleur is, wat ze een leuke naam vindt voor een labrador en hoe vreselijk de Israëlisch-Palestijnse kwestie wel niet is.

9.00 u: De cellen zijn naar de bodem van de buis gezakt. Ik giet de fosfaatbuffer af en breng de cellen in verse buffer. Eén druppel hiervan pipetteer ik op een telraam onder een microscoop. Ik tel de cellen en reken uit: Vijftienhonderd cellen in één druppel x duizend druppels = anderhalf miljoen cellen in totaal.

9.10 u: Ik verdeel de cellen gelijkmatig over de 96 vakjes van een microtiterplaat en voeg in oplopende concentraties RNA toe. De microtiterplaat moet vervolgens een half uur in de stoof staan, voordat de alcohol erbij kan.

Schoen komt het lab ingestruind, zoals hij de afgelopen tijd elke dag bíjna doet. Hij heeft hulp nodig met het opstarten van PowerPoint. Ik loop met hem mee naar zijn computer en maak hem met één muisklik een gelukkig man.

'Het is eigenlijk de moeite ook niet om hiermee te leren omgaan,' besluit Schoen.

'Vergeet je de bespreking om tien uur met Vierklau niet?' vraag ik.

'Natuurlijk niet,' zegt hij. 'Hadden we een afspraak?'

Ik knik. 'Heb je trouwens even?' Ik trek de deur dicht. 'Wat ik al een tijdje wilde vragen: heb jíj Damian laatst op de verzendlijst gezet voor de notulen van het stafbestuur?'

'Waarom zou ik zo iets doen?'

'Ja of nee?'

Ja dus.

9.30 u: In het werkhok maak ik vast een spreadsheet voor de resultaten van de proef.

9.40 u: Marije stormt binnen, legt een pak papier op Perma's bureau en is meteen weer weg. Op het pak is een geel memobriefje geplakt: *Marie, wil je vóór vanmiddag twee uur hiervan twintig kopieën draaien! Dank je*. Het pak bestaat uit dertig vel labaantekeningen.

9.42 u: Ik haast me naar het lab om nog op tijd de alcohol toe te voegen aan de cellen. Over een uur moeten ze uit de stoof worden gehaald.

9.50 u: Terug in het werkhok. Mijn mobiel trilt. Een sms-je van Charlotte:
RAAD EENS WAT VOOR DAG HET VANDAAG IS.
Ik schat het bericht in als retorisch en besluit niet te reageren.

9.55 u: Perma komt de kamer ingelopen, ziet het pak papier dat op haar bureau is gelegd, leest het briefje en pakt de stapel op. Ze zegt: 'Vandaag leert Marije dat ze mijn collega is en niet mijn baas', en ze loopt ermee naar de oudpapierbak.

9.57 u: Ik sta voor het kantoor van Vierklau. De deur is dicht en door het raampje zie ik hem druk overleggen met twee mannen in blauwe pakken.
'Is ie zover?' schreeuwt Schoen vanaf het eind van de gang.
Ik roep terug dat de prof nog in bespreking is.
'In dat geval ga ik eerst mijn post ophalen.'

10.00 u: Thomas en ik zijn er klaar voor.

10.15 u: Thomas en ik zijn er klaar voor.

10.20 u: De bespreking van Vierklau is afgerond. Hij begeleidt zijn gasten naar buiten en is dan *zo weer terug*.
'Dat kan wel even duren,' zegt Thomas. 'Als jullie zover zijn: ik zit op het lab.'

10.35 u: Vierklau is terug. 'Waar is iedereen?' vraagt hij.
Ik zeg dat ik Thomas en Schoen meteen ga halen en haast me door de gang naar ons werkhok.

10.40 u: Thomas komt er zo aan, hij moet alleen eerst zijn data opslaan op cd-rom. Schoen weet ik los te rukken uit een gesprek met Felthoen over de kerstgeschenken-commissie. Hij geeft me een plaatje van het cadeau dat de commissie heeft uitgezocht. 'Zoek eens uit wat dit is,' draagt hij op.

10.43 u: Vierklau hangt aan de telefoon met een Engelsman. Hij tikt op zijn horloge, spreidt de vingers om aan te geven nog vijf minuten in gesprek te zullen zijn en trekt de deur van zijn kantoor dicht.
Thomas klopt op mijn schouder en vraagt of we al kunnen beginnen.

10.53 u: Wachten kan ik ook wel in ons werkhok.

11.00 u: Pjotr steekt zijn hoofd om de hoek en vraagt of iemand hem toevallig heeft gebeld.
'Niet dat ik weet,' zeg ik. 'Verwacht je een telefoontje?'
'Nee,' reageert Pjotr verbaasd, 'hoezo?'

11.05 u: Ik neem de telefoon op. Het is de secretaresse van Vierklau, die kwaad is dat we de prof zo lang laten wachten.

11.15 u: Het is gelukt. We zitten met ons vieren rond de tafel. Ik deel een verslag uit van mijn werkzaamheden en resultaten van de afgelopen maanden.
'Eigenlijk moet Marije hier ook bij zijn,' vindt Schoen. 'Ik ga haar even halen.' Als Schoen zegt dat hij Marije gaat halen, betekent dat dat hij in de kamer ernaast gaat zitten en iemand belt om haar te zoeken.

11.20 u: Vierklau neemt de *Science* van deze week door en ik maak tekeningetjes in mijn labjournaal.
'Dit is wel een mooie kamer,' merkt Thomas op.
'En lekker stil,' antwoordt Vierklau, duidelijk niet van plan in gesprek te treden.

11.25 u: Een sms-je van Charlotte:
EISPRONGDAG!!! BEN JE ER KLAAR VOOR?
Ik schat het bericht in als retorisch en besluit niet te reageren.

11.32 u: Ik heb een schuiftrompet getekend. Vierklau leest nog steeds in *Science*.
'Heeft u misschien leuke hobby's?' vraagt Thomas.
'Ga jij eens koffie halen,' zegt Vierklau, zonder op te kijken.

11.33 u: Thomas is koffie aan het halen.

Vierklau opent een lade van zijn bureau en haalt zijn oranje stressbal eruit. 'Hoe heet die jongen eigenlijk ook al weer?' vraagt hij.
'Die net weg is?' Ik zeg: 'We noemen hem *Bob*.'
'O ja, dat was het, *Bob*.'

11.34 u: Vierklau bedankt *Bob* voor de koffie. Thomas reageert niet op zijn nieuwe naam, maar hij lijdt dan ook aan een nauw emotioneel spectrum.
Ik haal de foto van het kerstgeschenk te voorschijn. 'Is dat een fruitmand?' vraagt Thomas.
'Dat is een koektrommel,' verbetert de prof hem, 'maar dan wel in de vorm van een weegschaal.'

11.38 u: De stressbal van Vierklau is onder een archiefkast gerold. De prof zit geknield op de vloer en grijpt tevergeefs naar zijn oranje speledingetje. Wel vindt hij iets anders. 'Hé, hier was ik al een hele tijd naar op zoek,' zegt hij en legt de map *Financieel jaarverslag* op zijn bureau.
'Haal jij die bal er eens onderuit,' draagt hij me op.

11.45 u: We verwelkomen Marije in ons midden. Ook Schoen is er weer. Ik heb mijn mouwen opgestroopt en lig op mijn buik op de vloer, maar kan er nog steeds niet bij.
'Wat een lelijke kandelaar,' zegt Marije en ze legt de foto van het kerstgeschenk weer terug op tafel.

11.50 u: Vierklau's secretaresse komt hem eraan

herinneren dat hij over tien minuten verwacht wordt bij de staflunch. We besluiten dat het zinvoller is een afspraak te maken voor vanmiddag. Om half twee kan iedereen.
'Ik heb 'm,' zegt Marije. Ze staat op en overhandigt Vierklau een groen stresskussentje.
'Ik vroeg me al af waar ik deze had gelaten,' zegt de professor.

12.01 u: Ik loop met Schoen mee terug naar zijn kamer.
'Wacht eens even,' zegt mijn baas. 'Wat stom van me: ik heb net gekeken in mijn reserveagenda en daar staan niet al mijn afspraken in.' Hij checkt zijn hoofdagenda en draagt me op de afspraak te verzetten naar een half uur later.
'Ik heb echt een vreselijk drukke dag,' klaagt hij, 'en dan moet ik ook nog eens die presentatie in elkaar zetten...'

12.03 u: Volgens zijn secretaresse kan Vierklau niet om twee uur vanmiddag. De afspraak wordt verzet naar drie uur.

12.08 u: FUCK! Ik ben mijn levercellen vergeten. Die kan ik nu wel weggooien. Gelukkig heb ik nog tijd om de proef een tweede keer in te zetten.

12.10 u: Microtiterplaat wegmikken. Nieuwe celkweek uit de stoof halen. Trypsine toevoegen. Cellen opzuigen. Dertig milliliter fosfaatbuffer erbij...

12.30 u: Snelle lunch met Thomas. Het is

Griekse week in de kantine. Op weg ernaar toe dump ik mijn aanmeldingsformulier voor het griepvaccinatie-programma in de brievenbus voor interne post. Thomas meent dat hij de enige is op de afdeling die dit formulier nooit heeft ontvangen. Anna bij voorbeeld – de researchanaliste van Vanderzee, die bij ons is komen zitten – heeft wel gewoon de oproep gehad.
Thomas zal wel niet in aanmerking komen voor het programma omdat:
A. er een fout is gemaakt bij de administratie
B. hij hiervoor niet als economisch waardevol genoeg wordt beschouwd
C. hij strikt genomen niet menselijk is

13.00 u: In het lab. RNA toevoegen aan de cellen. Terugzetten in de stoof.
Federico komt het lab binnenlopen en vraagt of hij nog iets kan doen. Hij wil vandaag graag iets leren. Daar was ik al bang voor.

13.09: Ook Pjotr tracht vandaag een experiment na te doen. Op een tafel achter me heeft hij allerhande materiaal en apparatuur uitgestald. Zijn experimenten zijn altijd goed te volgen, want hij voorziet ze standaard hardop van commentaar.

13.10 u: Pjotr zegt: ‘Nou moet ik heel voorzichtig de dop opendraaien.’

13.11 u: Pjotr zegt: ‘Mooi zo, dat is alvast gelukt. Dan komt nu het moeilijke gedeelte...’

13.12 u: Pjotr zegt: ‘Verwarmen boven de

brander. Jaah... en in een bakje met water afkoelen.'

13.13 u: Pjotr vraagt zich af: 'Zou het nog warm zijn...?'

13.14 u: Pjotr schreeuwt: 'Au! Verdomme!'

13.15 u: Pjotr zegt: 'Dit kan ik nou wel weggooien.'

13.32 u: Een sms-je van Charlotte:
IK HEB ER EEN GOED GEVOEL OVER!

13.40 u: Alcohol bij de cellen. Ik stel een stopwatch in en vraag Federico de microtiterplaat over een uur uit de stoof te halen en in de koelkast te zetten.

13.50 u: Felthoen wil graag het plaatje van het kerstgeschenk terug. Over een uur vergadert de kerstpakketcommissie en hij wil zich vast voorbereiden.
Ik vraag wat het nou eigenlijk voorstelt. Hij antwoordt dat hij het ook niet precies weet, maar dat het is gemaakt door de echtgenote van een van de commissieleden. Sinds de kinderen de deur uit zijn is zij namelijk kunstenares.

14.05 u: Federico komt kijken wat ik aan het doen ben. Terwijl ik het internet afstruin op zoek naar bepaalde chemicaliën, zit hij op een stoel naast me en verzendt berichtjes naar zijn vrienden in Bergamo.

14.10 u: Een van de tl-buizen in ons werkhok is gesprongen. De andere flikkert als een ontregelde stroboscoop. Ik pak de telefoon om de technische dienst te bellen, maar Pjotr wil hem zelf verwisselen.

14.15 u: Om bij de tl-buis te kunnen haalt Pjotr de printer los, zet deze op zijn stoel en gaat erbovenop staan. Hij zegt: 'Dat houdt ie wel.'

14.16 u: We hebben een nieuwe printer nodig.

14.17 u: We moeten een nieuwe stoel bestellen. Pjotr krabbelt op van de vloer en tracht de pijn uit zijn hand te schudden. 'Ik geloof niet dat ie is gebroken,' zegt hij, 'maar misschien is het toch verstandig als er een dokter naar kijkt.'
Federico biedt aan mee te gaan naar de Spoedeisende Hulp. Als ik het tenminste verder alleen afkan.

14.23 u: Een sms-bericht.
JE LIEVELINGS-SETJE AANGETROKKEN – ROOD KANT!

15.00 u: Marije en ik zitten met Vierklau rond de tafel. Thomas is Schoen gaan halen.
'Dit is wel een mooie kamer,' merkt Marije op.
'Ja,' zeg ik, 'en lekker stil.'
'Ga jij eens koffie halen,' zegt Vierklau.

15.02 u: Vierklau drinkt zijn koffie *zwart met melk en suiker*. 'Dank je, *Jonas*,' zegt hij.
Marije bijt op haar duim om haar lach te onderdrukken.

15.10 u: Ik ga kijken waar Thomas en Schoen blijven.
Perma staat te wachten bij de deur van Vanderzee's kantoor. 'Die stopwatch op de celkweekstoof, die al een half uur afgaat, is die van jou?' vraagt ze—
FUCK!

15.15 u: 'Ja, ik kom eraan,' wuift Schoen. In beide handen houdt hij een telefoon. 'Wacht maar bij Vierklau.'

15.20 u: 'Kunt u zich Joris nog herinneren?' vraag ik de prof, voorzichtig polsend naar hoe het staat met het nakijken van diens manuscripten.
Hij zegt: 'Mijn geheugen is als een zeef, met heel grote gaten.'
'Een soort hoepel dus,' concludeert Marije.
'Ga jij eens koffie halen,' zegt Vierklau.

15.25 u: Schoen kan toch niet en Vierklau ook niet. 'Om kwart over vijf gaat het zeker lukken,' zegt de prof. Zijn secretaresse moet leren haar scepsis beter te verbergen.

15.40 u: Er is nog tijd.
Celkweek uit de stoof halen. Trypsine erbij...

16.00 u: Op zoek naar Marije sluip ik langs Schoen, die aan het rommelen is met PowerPoint. Op zich zou ik hem best willen uitleggen dat je de muis niet zo hoog moet optillen.

16.10 u: Marije zit bij Todd de superanalist op de kamer rare bekken te trekken naar een zestig

centimeter lange gnoom in een kinderwagen. Daarnaast staat Anna als een bezetene te schudden met een rammelaar. Zelfs Perma kan haar oerdriften niet bedwingen en probeert de aandacht van het kind te trekken door het maken van een hoog piepgeluid dat voor Noorse kinderen vast een stuk minder angstaanjagend klinkt.
'Wat een geweldig leuk kind, Todd!' complimenteert Marije hem. 'Vind je ook niet Jidde?'
Als je één baby hebt gezien dan heb je ze allemaal wel gezien volgens mij. 'Hoe heet hij?' vraag ik.
'Yvonne,' zegt Todd. Hij legt uit dat de oppas ziek is en dat zijn vrouw de gnoom *er nu echt niet bij kan hebben*. 'Wil je haar misschien even vasthouden?' stelt hij voor.
Ik weet niet zo goed waar ik moet beginnen met uitleggen hoe slecht dat idee precies is.

16.15 u: Yvonne is in mijn armen in slaap gevallen en kwijlt nu uit haar mondhoek op mijn schouder. Ik word een beetje angstig van de wellustige blikken die Marije, Anna en Perma me toewerpen.

16.20 u: Een sms-bericht. Ik vraag of een van de dames Yvonne intussen vast wil houden. Het scheelt weinig of ze wordt in drie stukken gescheurd.
KINDERWAGENS IN DE AANBIEDING BIJ PRENATAL

17.00 u: Pjotr steekt zijn hoofd om de hoek. Hij is terug uit het ziekenhuis. 'Heeft er nog iemand voor mij gebeld?' vraagt hij.

'Ja,' antwoordt Perma, opkijkend van haar computer. 'De anatomie. Ze vragen zich af of je je hersens nog terugwilt.'
'Maar verder niemand?'

17.15 u: We zijn er allemaal. We kunnen beginnen.
'Hoe is het met je?' vraagt de prof aan Schoen.
'Ik krijg mijn presentatie niet af,' antwoordt hij, 'want er springt de hele tijd een paperclip doorheen.'
Vierklau werpt hem een wantrouwende blik toe. 'Simon, volgens mij werk je te hard.'

17.20 u: We wachten met ons vieren in het kantoor van de prof, die snel even naar het toilet is.
'Heb jij enig idee wie *Bob* en *Jonas* zijn?' vraagt Schoen mij.
Ik antwoord van niet.
'Volgens Vierklau lopen die twee hier namelijk de hele dag een beetje rond zonder ook maar ene flikker uit te voeren.'
Ik schud het hoofd.

17.30 u: 'Ik ga echt niet op alle toiletdeuren kloppen om te checken of de prof daar toevallig bezig is,' zeg ik.

17.40 u: Vierklau zit ook niet op een van de damestoiletten. Op het secretariaat biochemie kan ik me voorlopig beter niet laten zien. De secretaresses daar zijn niet zo ruimdenkend, heb ik net geleerd.
Sms-bericht: IK BEN ER HELEMAAL KLAAR VOOR!

17.50 u: Iedereen is boos op mij, omdat ze al tien minuten op me zitten te wachten. Het groene stresskussentje ligt kapotgeknepen op Vierklau's bureau.

18.00 u: 'Vertel maar,' zegt Vierklau.
'Je kunt vrijuit spreken,' verduidelijkt Schoen. 'We begrijpen allemaal dat het niet jouw schuld is dat het nu even iets minder loopt. Aan jouw inzet ligt het in ieder geval zeker niet.'
Ik leg uit wat er allemaal is misgegaan de afgelopen maanden. Cellijnen die niet meer levensvatbaar bleken, ratten die maar geen kanker wilden krijgen, monsters die verloren zijn gegaan, niet-reproduceerbare proefjes en nog veel meer ellende.
'Heb je dan helemaal niets?' wil Vierklau weten.
'Nou ja, niets,' zeg ik. 'Niets is óók weer zo weinig. Er zijn wel wát resultaten, bij de dierproeven althans, maar daar valt niets uit te concluderen.'
'Onzin!' roept Vierklau. 'Als je gegevens hebt, kun je conclusies trekken. Bob hier rekent wel iets leuks voor je uit. Daar is ie voor.' Hij knikt naar Thomas, die aantekeningen maakt op zijn blocnote.
'Inderdaad: opschrijven en opsturen,' vindt Schoen. 'Een vriend van me zit sinds kort in de redactie van *Cancer* en anders weet ik nog wel een geschikt Japans tijdschrift.'
'Geen probleem dus,' zegt de prof.
'Trouwens,' bedenkt Schoen, 'ik was het bijna vergeten te vertellen, maar ik heb net een van onze artikelen weggestuurd naar de *Acta*.'
Dat wist ik dus nog niet.

'Marije, jouw naam staat er ook op,' voegt Schoen eraan toe.
'Waarop?' vraagt ze.
'Het gaat eigenlijk best goed!' concludeert Vierklau.

18.20 u: Vierklau geeft me een hand. 'Wij zullen gewoon flink de schouders eronder moeten zetten,' vat hij samen. Dat *wij* hier geen meervoudsvorm is, hoef ik hopelijk niet meer uit te leggen.

18.30 u: Ik loop bij Schoen langs om te informeren hoe het nou zit met het *Acta*-artikel. Ik had het stuk dan wel alvast geschreven, de proeven zijn nog niet herhaald, de resultaten nog niet gereproduceerd.
Híj maakt zich echter geen zorgen. 'Het duurt maanden voor ze iets van zich laten horen en dan moet het altijd aangepast worden,' is zijn ervaring. 'Je hebt tijd genoeg.' Hij wijst naar zijn computer, waarop PowerPoint nog vastzit op de eerste blanco dia. 'Het lukt me gewoon niet om met dit programma te werken,' verzucht mijn begeleider. 'Kun jij niet even een presentatie voor me in elkaar draaien?'
'Sorry,' zeg ik, 'maar ik zit midden in een experiment. Wellicht heeft Thomas tijd...'
Schoen gaat hem meteen zoeken.

18.40 u: Kleuring van de levercellen met een kit om alcohol aan te tonen.

18.55 u: De kleuring van de cellen is mislukt. Het valt me nu pas op dat de kit twee jaar over datum is. Morgen opnieuw proberen.

19.10 u: Op weg naar de fietskelder, loop ik langs het kantoor van de prof. Zijn secretaresse zit gehurkt voor de archiefkast en tracht met een paraplu het stressballetje er onderuit te vissen.

19.11 u: 'Hé, ik vroeg me al af waar hij die had gelaten,' klinkt het uit Vierklau's kantoor.

19.12 u: De liftdeuren gaan open en Damian komt naar buiten gestapt. 'Wat grappig,' zegt hij, 'net op het moment dat ik begin met werken, houd jij ermee op.'
Sms-bericht.
JE ETEN WORDT KOUD – MAAR IK NIET...
Mijn werkdag is nog lang niet voorbij.

Een beetje kennis kan ontzettend gevaarlijk zijn

4.0

Maandagochtend net voor achten. De laatste die binnenkomt is Thomas, een koffertje onder de arm geklemd. We zijn nu allemaal aanwezig, de een weliswaar meer dan de ander. Ik zit tussen een halfslapende Perma en een nagelbijtende Vanderzee in. Achter me zijn Schoen en Pjotr verwikkeld in een luid gesprek over het nut van kinderveilige sluitingen en leest Todd de krant. Voor me bekijkt Marije zichzelf in een spiegeltje, maakt Damian zijn bril schoon en verzendt Federico sms-jes. Zelfs Felthoen heeft tijd vrij kunnen maken uit zijn drukke routine van vergaderingen, internet en koffie drinken. Anna trekt de deur achter Thomas dicht en neemt plaats naast Vanderzee.

'Mooi, jullie zijn er allemaal,' zegt Vierklau. Hij staat op, loopt naar het whiteboard en tekent een grote Q. Met de stift slaat hij tegen het bord. 'Wat wij willen is een topinstituut. Een instituut dat staat voor kwaliteit!'

'En dan vooral van die goede,' vult Schoen aan.

'Om kwaliteit te kunnen leveren, moet je constant aan kwaliteit denken. En om jullie er blijvend aan te herinneren waar wij voor staan, heb ik hier op het bord de Q van kwaliteit geschreven!' Vierklau zegt: 'De wetenschap is compleet veranderd sinds ons instituut vierenzeventig jaar geleden werd opgericht. DNA bestond toen nog niet, chromosomen bestonden nog niet, tumor-suppressorgenen en proto-oncogenen bestonden niet. Tegenwoordig zijn er voor onderzoek massaspectrometers nodig, en sequencers, en gas-chromatografen, en FACS-machines, dot-blots, flowkasten, NMRs, ultracentrifuges, thermocyclers, vacuümexicators, elektronenmicroscopen... Honderd jaar geleden kon een *man alleen* nog wereldschokkende ontdekkingen doen door in zijn bijkeuken intensief erwtensoep te observeren.' Vierklau is op dreef. 'We leven in interessante tijden. Roerige tijden. Om je als instituut te kunnen handhaven is inzet nodig, focus, leiderschap, visie. En geld. En dan met name dat laatste: geld, heel veel geld. Juist op dergelijke momenten moet je niet bevreesd zijn het roer drastisch om te gooien.'

'Mijn god,' fluistert Vanderzee in zichzelf, 'hij is weer manisch.'

'Naar mijn idee heeft deze universiteit als wetenschappelijk instituut haar langste tijd gehad,' legt de prof uit. 'Een onderzoeksschool hoort een bloeiende struik te zijn, waaraan vruchten kunnen rijpen, maar deze instelling is verworden tot weinig meer dan een dorre tak. Beslissingen over onderzoeksvoorstellen en -budgetten worden gemaakt door mensen die nog nooit een reageerbuis hebben vastgehouden, die het verschil niet kunnen uitleggen tussen nucleotiden en nucleosiden. Overheadkosten rijzen de pan uit en bungelen als een molensteen om onze nek. Bovendien ontbreekt het de wetenschappers hier aan moed en lijken de meesten hier in de eerste plaats bezig met het veiligstellen van hun positie en inkomen.'

Felthoen slikt.

Schoen veegt het zweet van zijn voorhoofd.

Vierklau smijt de stift weg. 'We moeten onze vrijheden herwinnen. Als we tegen grenzen aanlopen, moeten we die durven overschrijden. Als we geconfronteerd worden met nieuwe ideeën, moeten we die omhelzen. Ik zie een toekomst voor me waarin wij niet bang zijn onze reputatie op het spel te zetten. Waarin we bereid zijn offers te brengen voor dat waar we in geloven. Zelfs als dat inhoudt dat we de universiteit moeten verlaten. Zelfs als dat inhoudt de hele boel te verplaatsen naar een land waar onze ideeën wél welkom zijn—'

'Een lánd?' onderbreekt Damian hem.

'Korea, Japan, Saoedi-Arabië...' Vierklau haalt zijn schouders op en eindigt zijn boodschap met de vraag: 'Zijn jullie bereid je zekerheden en verworvenheden op het spel te zetten en je met mij in het diepe te storten?'

Stilte.

Ik kijk om me heen. Achter me fronst Schoen zijn wenkbrauwen, naast me is Vanderzee wit weggetrokken. Pjotr kijkt razend enthousiast, aan Thomas is niets af te lezen, Damian poetst zijn bril en Federico heeft net een sms ontvangen.

'Wanneer gaan we hier dan weg?' vraagt Pjotr.

'Voorlopig nog niet hoor,' zegt Vierklau. 'Dit is allemaal nog puur hypothetisch.'

...

Het boek heet *Waarom mannen nooit luisteren en vrouwen niet kunnen kaartlezen*. Charlotte is vandaag jarig en ze krijgt het van het weekdier.

'Dit boek heeft me door mijn moeilijke periode heengeholpen,' licht het weekdier toe.

'Is die periode al voorbij dan?' vraagt Charlotte's zus.

Ik zit midden op het bankstel, ingeklemd tussen twee vrouwen. Aan de ene kant mijn 'schoonzusje', die een recalcitrante bui heeft, en aan de andere kant Mathilde, die vroeger met Charlotte en zes anderen een studentenflat in een achterbuurt deelde.

Mijn vriendin houdt haar cadeau omhoog en vraagt of ik het toevallig ken.

'Als ik me niet vergis, is het een vervolg op *Waarom mannen altijd geil zijn en vrouwen niet staand kunnen pissen*.'

'Dat is absoluut niet waar,' wauwelt Mathilde. Sinds ze

deelneemt aan een assertiviteitstraining moet ze iets terugzeggen als ze zich aangevallen voelt en dat is bijna altijd. Ze wilde helemaal niet naar die training, maar het moest van haar moeder en ze durfde niet te weigeren.

Toon mij een amoeboïde massa zonder ruggengraat en ik toon u Mathilde het weekdier.

'Wat ontzettend aardig van je,' zegt Charlotte en ze staat op om haar te omhelzen. 'Dat had je nou niet hoeven doen.'

'Nadat ik het boek heb gelezen, ben ik tot de conclusie gekomen dat mannen zich geïntimideerd voelen door mijn opleiding,' zegt het weekdier.

'Jouw opleiding?' vraagt Charlotte's zus.

'Die ik ga doen binnenkort,' mompelt Mathilde.

Toen ik Charlotte net leerde kennen, werkte haar zusje nog bij zo'n dotcom-multimediaholding waar werknemers worden aangespoord hun fantasie de vrije loop te laten, en dan met name degenen op de financiële afdeling.[27] De zaak ging failliet en zij liet zich omscholen tot kwaliteitsfunctionaris. Tegenwoordig gaat ze bedrijven langs om ze te ISO-certificeren. Heel concreet houdt het in dat ze drie keer zo veel verdient als ik, maar mocht ze ooit met een campingvlucht neerstorten in een hooggebergte of op een onbewoond eiland, dan is zij de eerste die wordt opgegeten.

Ook twee collega's van Charlotte's werk zijn langsgekomen. Die in het beige mantelpakje en met het opgestoken haar heet Erika en is afgestudeerd juriste. Ze is momenteel werkzaam als directiesecretaresse, maar daar wil ze niet op afgerekend worden – heb ik net begrepen – want dit werk is slechts tijdelijk. Dat heeft ze vijf jaar geleden al besloten. Ze heeft een geboetseerde sierlamp meegenomen voor Charlotte, met aangeplakte steentjes en kraaltjes en een kap van gerecycled plastic ('Hé, wat leuk, je hebt zelf iets gemaakt...'), maar eigenlijk kan ze er geen afstand van doen. De hele avond doet

27 Toon mij artistieke vrijheid en ik toon u een creatieve boekhouding

ze niets anders dan het ding van tafel pakken om het uit verschillende hoeken te bekijken.

'Edgar vindt dit soort dingen prachtig,' begint de andere collega tegen me. 'Edgar heeft een voorliefde voor art nouveau.' Ik beredeneer dat 'Edgar' haar vriend is en dat deze zo geweldig is dat zelfs in zijn afwezigheid iedereen geïnteresseerd is in zijn mening.

'Houdt Edgar ook van dit soort vrolijke sofa's?' vraagt Charlotte's zus, duidend op het bankstel waar we met ons drieën op zitten en dat we hebben aangeschaft in het type woonwarenhuis waar de kapotte meubels niet uit de showroom worden verwijderd.

'Ik denk dat het niet helemaal zijn smaak is,' antwoordt de collega, alsof het de normaalste vraag van de wereld betreft.

De gezelligheid ís al ver te zoeken op deze verjaardag, maar de sfeer kachelt pas echt goed in elkaar als Charlotte's zus de televisie aanzet: een Nederlandse sitcom over een familie die een opa in huis heeft (onder het motto: als je nog niet zwakzinnig bent dat je hier naar kijkt, dan word je het er vanzelf wel van.)

'Het zwaartepunt van Nederlandse comedy ligt helaas nooit zo op de humor,' zegt Charlotte's zus en ze zapt tot ze een docusoap tegenkomt: het spannende en afwisselende leven van parkeerwachters. De camera zoomt in op een van hen terwijl hij het kaartje van een gele kever controleert. De kever mag nog vijf minuten blijven staan en de man vertelt dat hij over een kwartiertje de auto weer komt controleren. Een goede parkeerwacht let op details. Na elf uur 's avonds is het vrij parkeren bij voorbeeld. Veel mensen denken daarom dat het genoeg is om tot half elf of kwart voor elf te betalen, maar niets is minder waar. Parkeerbewijzen die net voor elven aflopen slaat hij op in zijn geheugen, om op het juiste moment toe te slaan. In februari heeft niemand zo veel bonnen uitgeschreven als hij. Parkeerwachter-van-de-maand was hij toen.

'Edgar gaat altijd in beroep als hij een bon krijgt,' vertelt Charlotte's collega. 'Hij vindt die bonnen pure geldklopperij.'

'Typisch Edgar,' vindt mijn schoonzus.

Charlotte staat op en vraagt of iemand nog iets wil drinken. Drie cola-lights, een spa rood en een biertje.

'Weten jullie wat de tien voordelen zijn van bier boven vrouwen?' vraag ik, om de stemming er weer een beetje in te krijgen.

'Echt iets voor een man, om zoiets te zeggen,' vindt het weekdier. Ze pakt haar zelfhulpboek erbij en citeert: 'Wanneer een man alleen is te midden van een grote groep vrouwen zal zijn onzekerheid hem ertoe bewegen sexistische opmerkingen te maken.'

Ik ga mijn eigen boek schrijven: *Waarom mannen bier drinken en vrouwen geen gevoel voor humor hebben.*

Als iedereen eindelijk weg is, haalt Charlotte een pakje te voorschijn. Ze heeft iets voor mij gekocht. Omdat ik zo goed mijn best doe.

Waarom vrouwen kinderen krijgen en mannen stropdassen.

Ik scheur het cadeaupapier open. Hij is zwart met een motief van grijze ballonnetjes. Als je de stropdas een kwartslag draait zijn het net zaadcellen. Edgar zou hem vast prachtig vinden.

Ze zag hem liggen en dacht meteen aan mij. Hij past zo mooi bij mijn blauwe overhemd met de bruine strepen.

'Weet je trouwens wat voor dag het vandaag is?' vraagt ze.

Afgaande op Charlotte's hand die mijn riem loswrikt en de tong in mijn oor, gok ik *Eisprongdag*.

...

Het moet uit de lengte of uit de breedte, en bij ons meestal uit de breedte.

Vierklau heeft iets voor me bedacht. Samen met Schoen zit ik op de prof te wachten in diens kantoor als Damian en Vanderzee binnenlopen en naast ons plaatsnemen.

'Jullie hier?' vraag ik.
'Kleine wereld,' antwoordt Damian.
Vanderzee tuurt wat om zich heen en trommelt met zijn vingers op tafel.
'Mooie kamer, hè,' zegt Schoen vals.
Vanderzee haalt zijn linkerwenkbrauw op.
'En lekker stil,' voeg ik eraan toe.

De subsidie waarmee Vanderzee de controle dacht te krijgen over het Farmacokinetisch Centrum is definitief afgeketst. Damian zag zichzelf al staan: dag in dag uit op het dierenlab konijnenbotten uitwrikken – en hij besloot het project rücksichtlos de nek om te draaien. De envelop met de aanvraag wist hij, nadat Vanderzee deze geautoriseerd had, te onderscheppen op het secretariaat. Mijn collega verwijderde een kwart van de vereiste documentatie en veranderde het postadres.
Het mooiste van Damian's actie is dat Vanderzee denkt dat hij de aanvraag zelf heeft verknald.

'Gaat dit lang duren?' wil Vanderzee weten, als de prof er ook is.
Vierklau schudt het hoofd. Dan kijkt hij Damian en mij aan en zegt: 'Ik heb besloten dat jullie tweeën nauwer moeten samenwerken. Jullie hebben elk heel specifieke en waardevolle kennis opgedaan, waarvan het zonde zou zijn als je die niet te combineert.' Hij wijst naar mij: 'Jonas hier...'
'Jidde,' verbeter ik.
'Dat zeg ik: Jidde hier, die weet alles van RNA-inhibitie, en dat is precies wat we in Damian's muizenproject moeten implementeren.'
Het voorstel van de prof lijkt me ronduit vreselijk:

A. Want eigenlijk weet ik bijna niets van RNA-inhibitie
B. Maar wel genoeg om de onuitvoerbaarheid van het idee in te zien

c. En als ik één ding niet wil, dan is het nauw samenwerken met Damian

'Ik geloof niet dat de techniek ooit bij zoogdieren heeft gewerkt,' zeg ik.

'Des te beter,' vindt de prof. 'Zie het als een uitdaging.'

Tot tien seconden geleden restte mij een schrijntje hoop dat Schoen voor me op zou komen, maar als je nog eens een dikke wetenschapper wilt zien kruipen, moet je nu komen kijken.

'Een geweldig idee!' buldert mijn begeleider en hij slaat in de lucht. 'Geniaal gewoon. Ik ben razend enthousiast. Dit moeten we meteen gaan doen!'

Zak.

Vanderzee haalt een hand door zijn haar. 'We kunnen kijken waar het toe leidt,' zegt hij voorzichtig. 'Het is niet onmogelijk, denk ik.'

'Jullie moeten de details maar onderling bespreken,' zegt de prof, terwijl hij opstaat. 'Laten we ergens begin januari een overleg plannen over de voortgang.'

Samen met Damian loop ik terug naar ons werkhok. 'De wegen van Vierklau zijn ondoorgrondelijk,' merk ik op.

'Hoezo?' vraagt hij. 'Mij is alles duidelijk. Maar als jij nog vragen hebt...' Bij de koffieautomaat stopt hij voor een beker chocolademelk. 'Wil jij ook?'

Ik hoef niets. 'Eén vraag maar,' zeg ik.

Damian grist het bekertje uit de automaat, brandt zich in zijn ongeduld aan de inhoud en laat het uit zijn handen vallen. Het slaat uiteen tegen de vloer en de inhoud spat omhoog over zijn broek en schoenen. 'Verdomme!' schreeuwt Damian en slaat uit alle macht tegen het display van de automaat. 'Fúck!' Hij pakt de zwarte kast met beide handen beet en schudt hem steeds harder heen en weer, totdat hij het zwaartepunt voldoende heeft verlegd om het apparaat op de vloer te doen knallen.

Het mist op een haar na mijn voeten.

Dit had ik niet echt zien aankomen. Ik wilde mijn collega

eigenlijk vragen waar hij zich precies mee bezig houdt, maar dat kan wel wachten tot een volgende keer.

'Wat sta je nou te kijken?' vraagt Damian. 'Jij hoefde toch niets te drinken?'

...

Is het een vogel?

Is het een vliegtuig?

Nee, het zijn Charlotte's hormonen, die kriskras door de ruimte schieten.

Het is wéér niet gelukt. Charlotte is ongesteld en pissig. Ineengedoken zit ze op de bank en leest het zelfhulpboek van het weekdier.

Vandaag begrijpt ze mij helemaal en ze gaat het me uitleggen ook. Weet ik wel waarom ik zo cynisch ben? Op bladzijde achtendertig staat de verklaring: omdat alle mannen kleine, onzekere jongetjes zijn! Weet ik wel waarom ik zo'n bindingsangst heb? Pagina zeventig. Omdat ik mijn moeder niet los kan laten![28] Weet ik wel waarom ik liever voetbal kijk dan met haar naar de film ga? Pagina honderdentwee. Omdat het me terugvoert naar het jagen in de prehistorie! Weet ik wel waarom ik haar nooit in mijn auto laat rijden? Omdat die auto een fallussymbool is! Weet ik wel waarom ik altijd zo vervelend doe tegen haar vriendinnen? Nou? Nou, zij ook niet, maar ze gaat het straks opzoeken en als ze het gevonden heeft ben ik de eerste die het hoort!

Charlotte raast door. Ze verwijt me dat ik haar alleen maar aan het lijntje houd, dat ik helemaal geen kinderen van haar wil, dat ik over haar gevoelens heenwals, dat ik de allergrootste egoïst ter wereld ben en nog veel meer. Ze schreeuwt, scheldt, krijst, vloekt... en dan valt ze stil. Ze begint te snikken – en schiet erbij in de hik.

---

28 Dat mijn moeder al zeventien jaar dood is even terzijde

Zucht.

Als ik naast haar ga zitten om haar te troosten, drukt ze haar hoofd tegen mijn borst. In mijn overhemd druppelen haar tranen, die langzaam tussen mijn borstharen naar beneden glijden. Het is vijf over acht. Met mijn handen woel ik door haar haren en ik fluister dat ze zich dingen inbeeldt. Dat ik net zo hard kinderen wil als zij. Natuurlijk wel. En een hond en een caravan en zo'n verjaardagskalender op het toilet en een tweezitsbankstel met van die pluizige kussentjes, waar die dan ook goed voor mogen zijn.

'Echt?'

'Heus.'

Waarom vrouwen moeten huilen en mannen moeten liegen.

Charlotte kijkt me aan en hikt met een glimlach. De tranen onder haar rode ogen veeg ik met mijn duimen opzij.

Ik kijk op de klok. Tien voor half negen. Over een kwartier begint voetbal. Het voorseizoen loopt ten einde en er staat heel wat op het spel.

...

Ze had zich met haar spullen geïnstalleerd in de sectie natuurkunde. Naast de klassieke mechanica om precies te zijn. Een blauw jasje droeg ze, met daaronder een witte blouse, de mouwen niet dichtgeknoopt. Haar glanzende, rossige haren had ze met clipjes vastgezet.

Het was juist die truttigheid die benadrukte hoe mooi ze was.

Ze viel me op toen ze zich verslikte in de chocolademelk die ze naar binnen had gesmokkeld en waar ze verborgen achter een grijze syllabus kleine slokjes van nam. Beschaamd sloeg ze de handen voor de mond en dook ze ineen in haar stoel.

Tegenover haar, bij de theoretische biofysica, bevond zich míjn koninkrijkje. Op dat moment studeerde ik voor het hertentamen Wiskunde 3. Het restte mij als laatste vak, maar de vooruitzichten waren uitgesproken somber. Wiskunde is nooit mijn sterkste kant geweest. Alle hoop had ik oorspronkelijk gevestigd op een week strikte isolatie en volledige toewijding aan de *Calculus*, de wiskundebijbel, maar inmiddels waren er van deze week al vier dagen verloren gegaan aan zomerfeesten en vakantiewerk en ik beschikte nog slechts over een krappe tweeënzeventig uur om vijfhonderd bladzijden in mijn kop te krijgen.

En toen zat zij daar dus. Wiskunde 3 leek opeens niet zo belangrijk meer.

Ik vermande mezelf, stond op, pakte de *Calculus* van tafel en liep op haar af. 'Ik vroeg me af of jij me misschien kon helpen,' zei ik.

Verbaasd keek ze toe hoe ik het boek voor haar opende.

'Ik heb nog maar drie dagen de tijd voor het tentamen en niemand kan me dit uitleggen.' Ik wees naar een meerpuntstransformatie waar ik daadwerkelijk niets van begreep.

Ze legde haar vinger bij een van de vergelijkingen en beet op het puntje van haar tong. 'Als je nou van de letter X zeven maakt en kijkt wat er dan uitkomt?' probeerde ze te helpen. Ze fronste de wenkbrauwen. 'Misschien kun je het beter aan iemand anders vragen. Van wiskunde weet ik niet zo veel af. *Recht en management* studeer ik.'

Je weet dat het een hbo-studie is als het gegeven wordt aan de zuidkant van de campus en een dubbele naam heeft: *recht & management*, *communicatie & journalistiek*, *personeel & arbeid*, *international business & languages*, *beeldende kunst & vormgeving*, *vrije tijd & toerisme*, *bestuurskunde & overheidsmanagement*, *maatschappelijk werk & dienstverlening*...

Ze nam haar syllabus erbij. 'Kijk, dit is alles wat ik weet van wiskunde. Honderd euro plus honderd euro is tweehonderd euro. Volgende week heb ik herexamen Boekhouden 2,' vertelde ze. 'Jíj zou míj moeten helpen.'

'Hé! Willen jullie een beetje stil zijn daarachter!' werd ons toegeschreeuwd vanuit de kwantumfysica.

Geschrokken keek ze me aan. 'Sssst!' fluisterde ze betrapt. En toen schoot ze in de lach. Een van haar lokken vocht zich vrij en bungelde ritmisch mee op haar gegrinnik. Met een verlegen hand streek ze over de haarclipjes.

'Heb je zin in koffie?' vroeg ik.

'Nee,' antwoordde ze. 'Beslist niet.' Ze schudde heftig haar hoofd heen en weer. 'Maar ik ga wel mee om je gezelschap te houden.'

Wiskunde 3 heb ik niet gehaald die zomer en Charlotte Boekhouden 2 ook niet.

...

Waar zie jij jezelf over tien jaar? En belangrijker nog: waar zag jij jezelf *over tien jaar*, tien jaar geleden?

Op de polikliniek fertiliteitsstoornissen?

Nee, ik ook niet.

Het spreekuur is uitgelopen en de wachtkamer zit vol. Tegenover ons is een stelletje dat er bijzonder onvruchtbaar uitziet ruzie aan het maken. Ze fluisteren precies zo hard dat ik ze niet kan verstaan, maar wel de strekking van de onenigheid meekrijg. Beiden hebben ze een vrije dag moeten opnemen en beiden menen daarmee een groots offer te hebben gebracht. De kerel, wiens grijze maatpak vloekt met zijn roze overhemd en zijn groene stropdas, voelt zich hier duidelijk niet op zijn plaats. Als onze blikken elkaar kruisen, kijkt hij bijna verontschuldigend.

De doktersassistente komt ze halen. Ze mogen mee naar de behandelkamer. 'Als het maar niet zo vervelend gaat als vorige maand,' klaagt de vrouw.

Ditzelfde spreekuur en daarmee ook deze zelfde wachtkamer is bedoeld voor de zwangerschapscontroles en ik vraag me af of dat wel zo'n goed idee is. Ik tracht Charlotte zo veel mogelijk af te leiden, maar met elke volgende dikke buik die plaatsneemt in de wachtkamer zakt haar humeur weer net iets dieper weg. De jaloerse blikken die zij de buiken toewerpt vallen niet alleen mij op. Een zwangere die haar zoontje heeft meegenomen besluit bij nader inzien niet naast ons te komen zitten. 'Straks verwachten ze zeker ook nog dat we voor ze op gaan staan,' zegt Charlotte, de tanden op elkaar geklemd. 'Die daar,' knikt ze, 'dat moet minstens een drieling zijn.'

De arts is een kerel van mijn leeftijd. Klein, blond en dapper. Onder zijn witte jas glimt een blauw zijden overhemd en om zijn nek hangt een gouden kruisje. 'Wat kan ik voor u doen?' vraagt hij.

Nog voordat ik een woord heb kunnen inbrengen, stort Charlotte een jaar aan frustraties uit. 'We willen ontzettend graag kinderen krijgen, maar het lukt gewoon niet. We proberen het nu al zo lang... ik... ik... ik kan er niet meer tegen...' En ze begint te huilen.

Nee, dáár zaten we nou echt op te wachten.

De dokter schuift een reeds aangebroken doos tissues haar kant op en mijn vriendin grijpt er een handvol uit om haar neus te snuiten. 'Het spijt me,' jankt ze, 'ik stel me aan.'

Dat kun je wel zeggen. Ik schaam me dood.

'We hebben alles geprobeerd,' vervolgt ze, 'maar het wil gewoon niet. U bent onze allerlaatste hoop'

Dat is waar. We hebben echt alles geprobeerd: op de kop gaan staan, ruime boxershorts, veel knoflook en eieren, wekenlange onthouding voor Eisprongdag, vruchtbaarheids-yoga, alcoholbeperkingen, eierstokmassage, Nico Haak-magneten en noem maar op... (Charlotte wist een hoop *noem-maar-op* te vinden).

'Hoe lang zijn jullie er al mee bezig?' vraagt de arts.

'Een jaar,' zeg ik.

'En zeven maanden,' verbetert mijn vriendin me.

Hij knikt. 'We zullen een aantal tests doen,' legt hij uit. 'Soms vinden we een oorzaak, maar vaak ook niet. Het is altijd het beste als we geen oorzaak vinden.'

Charlotte mag zich in een kamertje tegenover vast van onderen uitkleden – dan zal er een echo gemaakt worden van haar eierstokken. Ze heeft liever niet dat ik erbij ben.

Terwijl mijn vriendin zich voorbereidt, krabbelt de arts wat in het dossier. 'Het is zeker een hoop gezeik op zo'n spreekuur, met al die wijven,' zeg ik, om de ongemakkelijke stilte te doorbreken.

De dokter legt zijn pen neer. 'Vertel mij wat,' verzucht hij. 'Ik heb net een vrouw gefeliciteerd met haar zwangerschap terwijl ze dat helemaal niet was. Tuinbroeken schijnen weer in de mode te zijn.'

Als Charlotte en de arts terugkomen ziet ze er weer een stuk beter uit. 'Niets afwijkends te zien!' glundert ze. 'Dat is goed nieuws,' legt ze uit.

De dokter geeft haar een formulier om bloed te laten prikken en een kaartje waarop zij elke ochtend haar lichaamstemperatuur moet invullen. Aan de hand daarvan kan hij vervolgens vaststellen of ze nog wel eieren legt. Ikzelf krijg een doorzichtig plastic potje met een groen deksel, waarin ik mijn monster moet deponeren. Het hoeft niet helemaal vol.

...

Sommige mensen verliezen een afstandsbediening, een portemonnee, een zonnebril of een lippenstift tussen de kussens van hun bankstel, om die dan jaren later weer terug te vinden. Ook ik ben iets kwijtgeraakt in het bankstel op mijn studentenkamer, namelijk twee jaar van mijn leven, en die zijn voor altijd weg.

Er zijn meer schuldigen aan dit verlies: de televisie, de videorecorder en de spelletjescomputer valt ook veel te verwijten. Evenals mijn toenmalige overtuiging dat de mensheid erbij gebaat was als ik op die bank trachtte te komen tot alomvattende wereldschokkende inzichten.

Anderen ontdekken na twee jaar op de bank liggen de zinloosheid van het bestaan, ikzelf ontdekte slechts de zinloosheid van het twee jaar op de bank liggen. Aan mij is geen groot filosoof verloren gegaan.

Tegen het eind van mijn studie vond ik het wel mooi geweest. Het was tijd om spijkers met koppen te slaan, om mijzelf te bewijzen. Ik besloot de overstap te wagen van de harde chemie naar de softere maar meer dynamische biomedische wetenschappen en reageerde op een vrijgekomen stageplek bij de experimentele oncologie: bij Joris, die toen net een jaar aan het prutsen was met zijn transgene ratten.

Op dat precieze moment trachtte Joris in een diermodel aan te tonen dat vezelverrijkte voeding beschermend werkt tegen darmkanker. Vanderzee had geld geregeld bij de fabrikant van een soort zemelenpapje met een hoop vezels, en het was de bedoeling een studie te verrichten waarbij twintig ratten de zemelenpap kregen en twintig controleratten placebo-pap.

Tijdens deze stage ontstond mijn liefde voor het onderzoek, voor het werken aan vraagstellingen, het zoeken naar oplossingen, het bedenken van theorieën. Een hoop hiervan heb ik te danken aan Joris. Hij was het die me leerde omgaan met DNA, RNA en eiwitten, met celkweken en reageerbuizen, centrifuges, flowkasten, thermocyclers en sequencers. Hij was het die me leerde omgaan met proefdieren. Die uitlegde hoe ratten soms net mensen zijn: je kunt ze sturen en beperken, maar niet dwingen, ze blijven een eigen wil houden. En zeker zo belangrijk: hij was het die me leerde omgaan met Vierklau en Schoen (je kunt ze sturen en beperken). Het was ook Joris die het sollicitatiegesprek voor mijn AIO-baan regelde bij de professor.

De nacht voor de sollicitatie was Charlotte voor het eerst blijven slapen. Dat was ze helemaal niet van plan geweest, maar gelukkig had ze wel een tandenborstel en schoon ondergoed bij zich.

Ik had haar meegenomen naar een romantische Engelse speelfilm in de hoop dat ze de charmante onhandigheid van de mannelijke hoofdpersoon op mij zou projecteren. Overigens hoefde alleen de charme geprojecteerd te worden, onhandig werd ik in haar nabijheid automatisch. Mijn onverwachte uitbarsting van spontaniteit en zelfvertrouwen in de bibliotheek moest het gevolg zijn geweest van de manisch-eufore staat die het naderende onheil van wiskunde 3 in mij had losgemaakt – daarna veranderde ik weer terug in de vertrouwde Jidde, het verlegen studentje. Nog voor het begin van de film was ik al op de popcorn gaan zitten en in de pauze sloeg ik per ongeluk in Charlotte's gezicht toen ik vroeg of ze zin had in koffie.

Na afloop gingen we iets drinken in het café naast de bioscoop. Charlotte vertelde over het vrijwilligerswerk dat ze deed voor een mensenrechtenorganisatie en intussen rommelde ik nerveus met mijn bierglas heen en weer, totdat ik het omstootte en de inhoud over haar jas liet lopen. Ik wilde mijn excuses aanbieden, maar in plaats daarvan zei ik iets totaal debiels in de geest van 'Bier vlekt niet, het stinkt.'

Ze pakte mijn hand, trok hem naar haar gezicht en gaf er een kus op. 'Word je zo nerveus van mij?' vroeg ze.

'Ja,' biechtte ik aarzelend op, maar het was Charlotte die bloosde.

Tegen een uur of negen 's ochtends werd ze naast me wakker, rekte zich uit en drukte haar gezicht in mijn hoofdkussen. Ik streelde haar heupen en gaf haar kussen over de ruggengraat omhoog. De haartjes in haar nek kwamen overeind staan. Ze rolde van de buik op de zij, sloeg mijn arm om haar heen en beet op mijn duim.

De hele nacht had ik niets anders gedaan dan toekijken hoe zij sliep, hoe haar borstkas op en neer bewoog bij het ademen, hoe haar rode haren over haar schouders vloeiden, hoe de straatverlichting tussen mijn gordijnen door schoot en de contouren van haar bezwete lichaam in zilver uittekende. Nog steeds kan ik midden in de nacht wakker worden, Charlotte zien liggen en verliefd worden op het meisje dat drie jaar geleden voor het eerst bleef slapen.

'Ik heb om elf uur een deeltentamen,' fluisterde ze. 'Ik moet zo opstaan.'

'Rust nog maar even uit,' suste ik. 'Ik ga wel eerst douchen.'

Terug uit de badkamer trok ik de kledingkast open, wierp mijn blauwe overhemd en groene colbert op het bed en hield alledrie mijn stropdassen omhoog. 'Welke vind je het mooist?' liet ik Charlotte kiezen. Inmiddels had ze een van mijn T-shirts aangetrokken en zat ze in kleermakerszit op het dekbed. 'De groene, de paarse of die met Star Trek?'

'Heb je een feestje?' vroeg ze.

'Een sollicitatiegesprek, bij professor Vierklau,' legde ik uit.

Charlotte's ogen sprongen uit hun kassen. 'Wat? Zo kun je echt niet gaan solliciteren!' riep ze, vervuld van afschuw. 'Je moet iets nets aantrekken!'

Ik begreep niet helemaal wat ze bedoelde. 'Dat doe ik toch? Wat is hier mis mee?'

'Als je dat niet ziet, kan ik het ook niet uitleggen,' ageerde ze, 'maar we moeten nú nieuwe kleren voor je gaan kopen!' Gedecideerd sprong ze uit bed, fatsoeneerde voor de spiegel haar kapsel en kleedde zich aan. 'Kom op!'

'Je hebt toch een deeltentamen straks?' vroeg ik.

'Dit is honderd keer belangrijker,' vond ze. 'Het gaat hier om jouw toekomst, Jidde.' Ook toen al had ze het eigenlijk over ónze toekomst.

Charlotte moest me langs zes verschillende winkels slepen voordat ze vond wat ik nodig had. Haar deeltentamen kon ze op haar buik schrijven en uiteindelijk zou deze grap haar drie maanden studievertraging opleveren. Maar ík verscheen onberispelijk in mijn nieuwe pak op audiëntie bij professor Vierklau.

Het zou een kort gesprek worden.

'Dag meneer Hafkamp,' begroette hij me. 'Treedt u binnen.'

'Dank u professor. *Hartman*, is het eigenlijk.'

Hij nam plaats achter zijn bureau en haalde mijn cv uit een geel mapje. 'Juist, *Hartman*, zoals hier staat.'

Ik ging zitten.

'Dit is een topinstituut,' maakte de prof mij duidelijk, 'en we eisen hier honderd procent toewijding van onze medewerkers.'

'Dat begrijp ik.' Ik deed mijn best zo vriendelijk en geïnteresseerd mogelijk te kijken.
'Heeft u ervaring met DNA-werk?'
'Nee,' gaf ik toe, 'maar...'
'Heeft u hiervoor al eens met proefdieren gewerkt?'
'Nee, maar...'
'Wat doet u dan geloven dat wij hier een baan voor u zouden hebben?'
Dat was wel erg kort door de bocht. Wat moest ik daarop zeggen?
'Ik wil het heel graag geloven,' stotterde ik. Iets anders kon ik niet bedenken. 'Ik wil hier dolgraag werken en promoveren.'
Vierklau legde mijn curriculum op zijn bureau en maakte er met een dikke rode stift een aantekening op. 'Hier missen twee jaren,' mompelde hij. 'Wist u dat?'
Toen lag ik op de bank, dacht ik, maar dat zei ik niet hardop.
'Laten wij uw stageverslag afwachten,' besloot de professor. Hij schudde het hoofd, haalde zijn telefoon van de haak en toetste een nummer in. 'U komt er zelf wel uit, lijkt me.'

Tot de dag van vandaag begrijp ik niet waarom Vierklau me heeft aangenomen. Misschien is het mijn outfit geweest waarop hij me heeft geselecteerd, misschien was het de goede stagebeoordeling van Joris, misschien mijn scheikundige achtergrond of misschien kon hij gewoon niemand anders krijgen. Mijn stageverslag van het *vezels-en-darmkanker-in-ratten*-onderzoek zal in ieder geval weinig indruk op hem hebben gemaakt.
Joris had me al gewaarschuwd, ratten zijn soms net mensen. De studie mislukte volledig en de titel van mijn verslag werd noodgedwongen: *Waarom ratten geen zemelenpap lusten*.

...

Ik had er geen ene ruk zin om het in het potje te doen. Drie weken lang was het maagdelijk blijven staan op de wastafel tussen de tandpasta en Charlotte's lenzendoosje, maar nu kon ik er echt niet meer onderuit. Speciaal hiervoor was ik eerder naar huis gegaan.

Voor mij is de badkamer een plek om zo snel mogelijk weer weg te zijn. Charlotte echter verslindt daar complete encyclopedieën. Op dat moment was ze nog steeds bezig in het *Waarom mannen niet luisteren*-zelfhulpboek. Het lag naast het toilet ergens tegen het einde opengeslagen:

> *...bij de meeste koudbloedige dieren wordt de opvoeding van de jongen geheel en al overgelaten aan de moeder, dit in contrast tot de warmbloedige dieren, waar het grootbrengen van de jongen doorgaans een gemeenschappelijke inspanning is. Ook mannen kunnen op deze manier worden ingedeeld in warm- en koudbloedig...*

Vrouwen werden in dit boek niet ingedeeld, hoewel typedefinities als de leeuwin, die zorgt dat er eten op tafel komt, en de zwarte weduwe, die het mannetje na de paring verslindt, best een toegevoegde waarde zouden hebben. Ik legde het weg op de wasmand. Voor deze bijzondere gelegenheid had ik mijn eigen boek meegenomen.

Toon mij een zelfhulpboek dat zijn waarde in de praktijk heeft bewezen en ik toon u de *Penthouse*-kersteditie. Bladzijde vijfentwintig.

Halverwege mijn inspanning werd er aan de klink gerommeld. Charlotte was thuis. 'Dit is niet zo'n handig moment!' riep ik.

'Niet?'

'Nee!'

'O!' besefte ze opeens. 'Gaat het goed?'

Net nog wel.

'Wil je misschien een beetje opschieten,' verzocht ze.

'Opschieten?'

'Het spijt me, Jidde, maar ik moet echt heel nodig.'

Ik liet het erbij zitten, deed mijn broek dicht en opende de deur voor haar.

'Dank je,' zei ze, en ze haastte zich naar binnen.

Ik zat inmiddels op de bank de krant te lezen toen een geagiteerde Charlotte uitleg kwam eisen. 'Wat is dit?' vroeg ze, met mijn zelfhulpboekje in de hand. Ze trok er een ontzettend smerig gezicht bij. 'Ik snap niet wat je daar nou aan vindt.'

Ik haalde mijn schouders op. 'Iemand zou dat eens uit moeten zoeken.'

'Het voelt alsof je vreemdgaat,' verweet ze me.

'Als jij iets beters weet...'

'Ik hoef deze vunzigheid niet in huis te hebben, Jidde.'

'Ik doe dit alleen maar omdat jíj zo nodig kinderen wilt.'

'Omdat wíj kinderen willen, weet je nog!'

'Ik begin het me af te vragen.'

'Als je geen kinderen van me wou, dan had je dat wel eerder mogen zeggen.'

'Ja, ja, ja...' Ik stond op en wuifde haar kritiek weg.

'Jidde Hartman! Wij zijn hier nog niet over uitgepraat!' Met haar linkervoet tikte ze nerveus op het parket.

Mijn geduld begon snel op te raken. 'Geef nou maar!' beet ik. Ik rukte het blad uit haar handen en liep ermee terug naar de badkamer. De deur trok ik met een klap achter me dicht.

'Als het zó moet—!' krijste ze, zonder de zin af te maken.

Gezeur!

'Klootzak!' klonk het door de muur.

Toen ik thuiskwam uit het ziekenhuis, was Charlotte weg. Op het antwoordapparaat had ze ingesproken dat ze naar haar ouders ging. Haar moeder zou ziek zijn geworden. Er lag eten voor me in de koelkast.

Er is gelukkig altijd nog ruimte voor verbetering

4.1

Het was de dag dat Vierklau op een stoel ging staan om ons toe te spreken, de dag dat Damian bedacht dat het wel geinig zou zijn om een wodka-estafette te houden en Pjotr mijn DNA weggooide. Het was tevens de dag dat Perma leerde wat het Nederlandse woord 'engelenhaar' betekende en dat Marije ons aan haar minnaar voorstelde. Maar bovenal was het de laatste vrijdag voor Kerst.

Het was de dag na de dag van de jaarlijkse schoonmaakactie van de afdeling, waarbij het lab binnenstebuiten wordt gekeerd om van alles wat het afgelopen jaar ergens op een plank, in een koelkast of in een vriezer is terechtgekomen, te beoordelen of het nog langer dient te worden bewaard. Elk enzym wordt dan bekeken, elk serum, elke buffer, elk weefselmonster, elk DNA-isolaat, elk groeimedium, elke kit.

Het was de dag na de dag dat ik Federico er nog net van had kunnen weerhouden natronloogkorrels in zijn mond te stoppen. Damian had hem opgedragen de chemicaliënkast uit te ruimen en alles wat niet op de inventarislijst stond weg te gooien. 'Als je niet zeker weet wat iets is en of het nog bewaard dient te worden, moet je het eerst even proeven,' had Damian gezegd. 'Gooi geen dingen weg die naar keukenzout smaken.'

Het was de dag na de dag dat ik in een grote witte bak in de vriesruimte een buis met mijn initialen had aangetroffen.

DNA J.H. Mijn genen. Deze zouden uiteindelijk in de kankermuizen worden gebracht, in de hoop zo te achterhalen welke mijn goede genen waren en welke mijn slechte. De opzet was briljant in haar eenvoud en we zouden hiermee de eerste groep in de wereld zijn die op grote schaal in een diermodel zocht naar menselijke oncogenen.[29]

Het was de dag ná de dag dat ik de buis met mijn DNA had opgeslagen in de min-70-vriezer. Het was de dag dat Pjotr de buis leeggoot in de afvoer.

Het was ook de dag na de dag dat een in staat van onthutsing verkerende Pjotr me om advies was komen vragen. Dat hij had verklaard: 'Jidde, ik weet niet wat ik nu moet doen. Ik heb mijn hersenbiopten twee maanden lang bij kamertemperatuur laten staan, in plaats van in de koelkast, en nu groeien er allemaal schimmels op.' 'Was dat ook de bedoeling?' had ik voor de zekerheid geïnformeerd en ik had hem horen nadenken. 'Dat weet ik eigenlijk niet,' was zijn conclusie geweest en daarop had Damian voorgesteld Vierklau te bellen, om te vragen of het inderdaad de bedoeling was.

Het was de dag na de dag dat Vierklau Pjotr bijna had ontslagen.

Kerstmis viel op de vijfentwintigste dat jaar en in de aanloop ertoe hadden de AIO's van de biochemie de koffiekamer opgetuigd met slingers en kunstsneeuw. Op de grote tafel in het midden van de kamer was een soort alternatieve kerststal bij elkaar verzameld. In plaats van een os en een muilezel hadden ze Garfield en My Little Pony. Kindeke Jezus was hier een Teletubbie en de drie wijzen uit het Oosten – He-man, Skeletor en Ken – brachten het kindeke ammoniumsulfaat, kaliumpermanganaat en magnesiumoxide.

Het was de laatste vrijdag voor Kerst en er was een borrel georganiseerd op het instituut. In de koelruimte werden

29 Het werkte inderdaad voor geen meter

kratten bier en flessen witte wijn op temperatuur gebracht, in de koffiekamer was een computer vol MP3-bestanden aan een stereo-installatie gekoppeld en chips en borrelnootjes lagen alvast uitgestald in grote tupperware bakken.

Het was de dag dat ik bericht ontving van *Acta* dat mijn artikel geaccepteerd was. Zonder wijzigingen. In het mailtje werd ik bedankt voor de inzending en ervan op de hoogte gesteld dat het vermoedelijk begin februari zou worden geplaatst. Ik nam me voor meteen na de vakantie de proeven te herhalen en het artikel in te trekken indien de resultaten niet reproduceerbaar zouden blijken. Een voornemen dat – als zo vele andere – zou stranden in goede bedoelingen.

Het was de dag dat Schoen – na een half krat bier – bij nader inzien beter niet de trap had kunnen nemen (al gebruikt hij die enkel toch nauwelijks), dat Damian het lumineuze idee opperde nog iets te gaan drinken in de stad en dat we ons kerstgeschenk kregen: een koektrommel in de vorm van een weegschaal.

Het was de dag vóór de dag dat ik wakker zou worden in een vreemd bed en door Damian naar een leeg huis zou worden gereden. De dag voor de dag dat ik bedacht hoe leuk het zou zijn een mening te hebben.

Het was de dag dat ik geen pen kon vinden om mijn geniale inval op te schrijven: hét idee dat de tumorgenetica op haar kop zou zetten. Ik kwam erop terwijl Vanderzee met een glas cola in de hand uitweidde over zijn eigen promotie, lang geleden. Het was de dag vóór de dag dat dit idee definitief verloren ging in een waas van alcohol. Het was de dag dat een gebrek aan reproduceerbaarheid zich uitte in:

A. een geweldig idee, vergeten in nuchterheid
B. gesjoemel met onderzoeksgegevens
C. een negenentwintigjarige zonder spermacellen

Het was de dag voor vandaag: gisteren.

...

Ik ga nu even niet uitleggen wat Damian bij een poëzieclub te zoeken heeft, maar daar kent hij Tara dus van, een klein slank meisje met het geblondeerde haar in twee vlechtjes en een piercing door de rechterwenkbrauw. Tara straalt iets uit waardoor ze meer aanwezig is dan de vijftig andere mensen in het café tezamen. Ze zei iets dat indruk op me maakte, maar ik ben vergeten wat precies.

Ik krijg maar moeilijk hoogte van haar, want Tara laat zich definiëren door wat ze níet is. Zo is ze bij voorbeeld niet zo iemand die snel over zichzelf begint te praten, heeft ze me net uitgelegd. En ze is ook niet zo iemand die op zoek is naar een vriendje, vertelt ze, terwijl ze me indringend probeert aan te kijken. Ze loenst een beetje en ik richt mijn blik op haar linkeroog.

Het is net na middernacht en we zijn afgezakt naar een café aan de rand van het stadspark, waar Damian zojuist het barmeisje in tranen heeft doen uitbarsten door te vragen of ze ook als vrouw gebóren is. Marije staat intussen stiekem intiem te doen met een *oude bekende*, Perma en Thomas bewegen op de muziek en Pjotr is bezig met *Pjotr-dingen*.

Maar terug naar mij. Ik was in gesprek met Tara, die theaterwetenschappen studeert, want 'ik communiceer graag met mensen en zo.'

'Theaterwetenschappen... is dat geen contradictio in terminis?'

'Nee hoor,' legt ze uit, 'je kunt er gewoon studiefinanciering voor krijgen.'

'Oké,' beaam ik. 'En verder? Heb je verder nog interesses?'

'Ja hoor, ik doe bij voorbeeld aan een hoop leuke dingen.'

'Dat is mooi. Leuke dingen zijn zeker de moeite waard.'

Ze plukt aan haar linkervlechtje. 'En jij?'

'Ik doe net als Damian onderzoek naar kanker,' leg ik uit. 'Bij een van de bekendste hoogleraren van onze universiteit.'

'Bekend van televisie en zo, bedoel je?'
'Nee, dat niet, maar hij wordt gerekend tot de *hot shots* op het gebied van de tumorgenetica en is een van meest geciteerde onderzoekers op zijn gebied.'
'Nou, lekker belangrijk,' vindt Tara. 'Volgens mij ben jij zo iemand die een nerd is in het lichaam van een normale jongen.'
'Ik word er bijna verlegen van, als je dat zo zegt.'
'Ja...' humt ze. 'Jij bent vast heel goed in natuurkunde.'
'En scheikunde.'
'Is dat iets anders dan?'

Naarmate de avond vordert, leer ik Tara steeds beter kennen. Althans, ik kan steeds meer dingen wegstrepen die zij níet is. Ze is bij voorbeeld niet zo iemand die op zondagmiddag de auto wast en die in de supermarkt op zoek gaat naar de allerkortste rij. Of zo iemand met Ralph Lauren-overhemden en geruite sokken, die anderen in hokjes probeert te stoppen. En ze is al helemaal niet zo iemand die snel tevreden is, of die zich iets wijs laat maken, of die haar mening onder stoelen of banken steekt. Wat Tara wel is – begin ik te beseffen – is *de maat van alle dingen*. Als zij iets niet begrijpt is het *onbegrijpelijk*, als zij iets niet wil is het *onwenselijk*, als zij iets niet gelooft is het *niet waar*.
Hoe dan ook: lekker belangrijk! Het enige wat telt is dat ze niet zo iemand is die de hele dag aan mijn kop zeurt over kinderen en caravans en de Achterhoek.
Het enige wat telt, is dat Tara geen Charlotte is.

...

Tara woont op de dertiende verdieping van een studentenflat net buiten de singels, een pand dat eigendom is van een vereniging voor sociale huurwoningen. Het zijn bijna allemaal eerstejaars- en uitwisselingsstudenten die hier gehuisvest zijn – iedereen probeert hier zo snel mogelijk weer weg te komen. Het gebouw staat trouwens hoog in de top tien van voorkeurlokaties in deze stad om het *springen van grote hoogte zonder parachute* te beoefenen.

'Leuk meisje, hè, die Tara,' zei Damian eerder vannacht in het café. We stonden op het punt weg te gaan.

'Zeker: grappig, spontaan, gezellig...'

Hij grijnsde. 'En driedimensionaal bovendien.' Voor een bioloog is Damian erg wiskundig.

'Denk je dat het wel verstandig is om met haar mee naar huis te lopen?' vroeg ik.

'Hoezo?' antwoordde hij. 'Je bent toch niets van plan?'

'Nee, natuurlijk niet.'

Ik ben dus met Tara meegelopen en niets van plan. We staan bij de ingang van de flat. Zij leunt tegen de brievenbussen naast de deur en zuigt op een pepermuntje – ik spring op en neer om mezelf een beetje warm te houden.

'Dit is waar ik woon,' legt ze ten overvloede uit. 'Op de allermooiste kamer van alle kamers.'

'Is dat zo?'

'Geloof je me niet?'

'Het lijkt me dat je data overlegt die bij zich uitstek lenen om onafhankelijk geëvalueerd te worden. Het lijkt me dat iemand eens uit zou moeten zoeken of jouw kamer daadwerkelijk zo mooi is. Als je dat goed vindt, tenminste.'

'Par-don?'

'Wat ik bedoel, is dat ik misschien even binnen moet komen.'

'O,' glimlacht ze. 'Je wilt bij me naar binnen.' Ze richt haar ogen ten hemel en verzucht: 'Was ik maar slim en niet zo mooi.'

In de allermooiste kamer van alle kamers staan een bed, een doos en een kast.

'Jouw binnenhuisarchitect is vast een minimalist,' concludeer ik.

'Ik ben hier pas afgelopen week ingetrokken,' verklaart ze. 'Ga zitten, ik haal wat te drinken.'

Ga zitten? Op het bed dan maar.

Als ze terugkomt met een fles rode wijn en twee glazen, heeft ze haar vlechtjes losgemaakt en hangen haar gekreukelde haren uitdagend voor haar gezicht. 'Jij bent toch niet zo iemand die heel moeilijk gaat doen over wijn?' vraagt ze, terwijl ze inschenkt.

'Nee hoor.'

'Wacht,' zegt ze, 'ik wil je eerst iets laten zien.'

Ze trekt haar shirtje er voor uit: borstimplantaten. Twee stuks. Ze wil weten wat ik ervan vind. 'Je mag er best aankomen,' moedigt ze me aan. 'Ze knappen heus niet.'

Ze knappen inderdaad niet.

'Net echt, hè?'

'Ja, maar dan groter.'

'De natuur heeft mij van alles gegeven,' vertelt ze, 'maar een aantal dingen heb ik zelf moeten regelen.' Ze haalt haar hand over mijn gezicht en stopt haar vingers in mijn mond. 'Vroeger had ik bij voorbeeld ook nauwelijks een onderkaak, maar die hebben ze gebroken en naar voren gestoken.'

Charlotte! Uit het niets slaat een ongewenst schuldgevoel op me in. Alsof de adem me uit de longen wordt gezogen. Beelden van mijn vriendin dringen zich aan me op: de ruzie van eergisteren, het bezoek aan de fertiliteitspoli, talloze Eisprongdagen. Het zelfhulpboek van het weekdier schiet door mijn hoofd: *Waarom mannen vreemdgaan en vrouwen daar zo'n probleem van maken*.

Tara onderbreekt mijn gedachtenstroom. 'Wacht je soms ergens op?'

Het gevoel is weer weg. Ik heb alleen nog oog voor de halfnaakte vrouw die naast me op het bed is komen zitten.

'Kom hier!' beveelt ze, en trekt me naar zich toe. Ze fluistert: 'Sex is symbolisch.'

Toon mij diepgang.

En nog meer diepgang.

En dieper.

En dieper.

…

De arts van de fertiliteitspoli zei een hoop verschillende dingen over de telefoon.

Wij maken geen fouten, was er een van.

Daar valt niets aan te doen, was er ook een.

En: *Komt u binnenkort op de poli om de uitslag te bespreken.*

En: *Nee, die verándert daar niet door, natuurlijk.*

Hij klonk erg gehaast, maar op de laatste vrijdag voor kerst mag je niet te veel aanspraak doen op iemands tijd. Hoe dramatisch het nieuws ook is dat die persoon brengt.

'We hebben uw monster bekeken, meneer Hartman,' was de arts zijn verhaal begonnen, 'en er zat niet één spermatozo in.'

Al die moeite voor *niets*.

…

Mijn god. Van alle mensen die ik vanochtend niet had willen tegenkomen in de keuken van Tara's studentenhuis... Ik ga hem niet eens vragen wat hij hier te zoeken heeft.

Damian zit in zijn boxershorts en geruite overhemd op het aanrecht de krant door te nemen. Zijn blonde haren staan alle kanten op en zijn bril hangt op het puntje van zijn neus. 'Ik lees hier dat volgend jaar de koopkracht gaat dalen met een half procent,' zegt hij. 'Wat vind jij daar nou van, Jidde?'

'Moet ik daar iets van vinden dan?'

Hij zegt: 'Het schijnt dat de A2 dan uiteindelijk toch over de gehele lengte een zesbaansweg wordt. Enig commentaar?'

'Ook daar sta ik betrekkelijk onverschillig tegenover.'

'De huizenprijzen zijn het afgelopen kwartaal met drie procent gestegen.'

'Ik neem het voor kennisgeving aan.'

Damian kijkt me over de krant heen aan. 'Dat vind ik juist zo goed aan jou,' zegt hij. 'Jij hebt geen mening.'

Ik schenk mezelf een kop koffie in en ga zitten aan de

keukentafel. Een van Tara's huisgenoten heeft er een mierenkolonie op gezet: twee stukken plexiglas met zand en insecten ertussen. Je kunt zien hoe de beestjes gangen hebben gegraven en ondergrondse kamers hebben aangelegd. Boven de grond slepen ze takjes en bladeren heen en weer. 'Dit is ook interessant,' zeg ik.

Damian legt zijn krant weg, hupt van het aanrecht af en komt naast me staan. 'Ja, mooi hè?' antwoordt hij. Hij tikt tegen het doorzichtige plastic. 'Indrukwekkend gewoon: al die kleine schepseltjes die zich gezamenlijk inspannen om één groot bouwwerk neer te zetten.' Hij wijst: 'Hier heb je de broedkamers, dit is een voorraadkamer en daar zit de koningin.' Hij tilt de het ding op en zegt: 'Het is een klein wonder.'

Ik ben steriel. Wat vind ik daarvan? Ik heb überhaupt nooit kinderen gewild, dus het zou me niets mogen uitmaken, denk ik.

Damian zegt: 'Wist je dat een mierenkoningin in haar leven ongeveer één miljoen eitjes legt?'

Het gedoe met Tara afgelopen nacht, kan Charlotte waarschijnlijk niet erg waarderen. Maar vreemdgaan telt toch überhaupt niet:

A. als een van de partners naar haar ouders is gevlucht
B. op de laatste vrijdag voor kerst
C. bij een kans op bevruchting gelijk aan nul

Wat vind ík daar eigenlijk van?

Damian kijkt me aan en legt uit: 'Mieren zitten het liefst in de buurt van de verwarming, want ze zijn voor hun lichaamstemperatuur volkomen afhankelijk van de omgeving. Aan koud weer hebben ze een hekel, maar weet je wat ze écht verschrikkelijk vinden?'

'Nou?'

'Dit!' zegt hij en hij schudt de kolonie een paar keer hard op en neer. Als hij hem weer terug op tafel zet, rennen de mieren in paniek heen en weer, graven ze zich uit het zand en trachten ze de eitjes in veiligheid te brengen.

'Jij zou een slechte god zijn geweest,' merk ik op.

'Bestaat er dan nog een ander soort?'

Tara komt de keuken ingelopen in een zwarte badjas. Het haar heeft ze in een staart gedaan en ze draagt een rode bril met jampotglazen. Ze komt achter me staan en knijpt in mijn schouder.

Ze werpt een blik op Damian. 'Jij hier?'

'Wat zie je er weer heerlijk uit vanochtend,' lacht hij.

'Wat is er met de mierenhoop gebeurd?' vraagt ze.

'Aardbeving,' verklaart mijn collega.

Ze geeuwt. 'Zijn jullie nou vrienden van elkaar?' wil ze weten.

Damian kijkt me aan. 'Sinds kort zijn Jidde en ik directe collega's,' legt hij uit. 'Samen gaan we onderzoeken wat het effect van dubbelstrengs-RNA is op tumorgroei.'

'Juist,' zegt ze. 'Op júllie planeet maken de mensen zich daar vast heel druk om.' Ze opent de koelkast en pakt er een fles drinkyoghurt uit.

Terwijl Damian zich gaat omkleden, zoent Tara me op de wang en bedankt me voor het meelopen afgelopen nacht. 'Zul je aan me denken vandaag?' vraagt ze.

'Ik zal mijn best doen,' beloof ik.

Damian biedt me een lift aan naar huis. Ik loop met hem mee naar zijn auto, die om de hoek staat geparkeerd. Het blijkt een gigantische, glimmende, zwarte limousine te zijn, zo'n roofdier dat jaagt op middenklassers en zich voedt met boodschappenautootjes als die van mij.

'Wat is dit,' vraag ik, 'een tweedehands lijkwagen?'

'Nee, nieuw.' De lichten knipperen twee keer en het slot springt open.

'Wat mag dat wel niet hebben gekost?'

'Drie jaarsalarissen.'
We stappen in.
'Toe maar.'
Damian doet zijn gordel om en start de motor. 'Als student heb ik een tijdje extasy geproduceerd,' legt hij uit. 'Via het lab waar ik stage liep bestelde ik de grondstoffen, die waren toen nog niet zo moeilijk te krijgen. Daar heb ik toen bakken mee verdiend.'
'Waarom verbaast mij dat nou niets?' vraag ik, terwijl de auto optrekt.
Hij zegt: 'Wist je dat alcohol voor onderzoek vijftien euro kost per vijftig liter? En dat je alcohol kunt mengen met thee en het verkopen als whisky? Je wordt er niet eens blind van.'
Als een bezetene vliegt mijn collega door de straten. Het handschoenenkastje valt open en gunt mij zicht op een zwarte boksbeugel.
'Hier gelden de wetten van de natuur,' zegt Damian, 'het recht van de sterkste.'
'Ik zou het op prijs stellen als je naar de weg zou kijken, in plaats van naar mij.'
'Sorry, ik wilde niet onbeleefd zijn.'

Wonder boven wonder bereiken we ongehavend mijn woonerf. De parkeerplaats voor mijn huis is leeg. Charlotte is nog niet teruggekomen.
'Hier is het,' geef ik aan.
Damian zet de auto stil en laat me uitstappen.
Als ik hem bedank voor de lift, laat hij het ruitje aan de passagierskant zakken en zegt: 'Je dénkt alleen maar dat je me kent.' Hij knipoogt en rijdt weg.
Wat een onzin, ik denk absoluut niet dat ik hem ken. Sterker nog: ik begrijp geen hout van die kerel. Damian, onze beroeps-sociopaat met zijn totaal onvoorspelbare agressieve uitvallen, nooit te beroerd om mensen op de meest lompe manier af te branden, is wat mij betreft één groot mysterie. Ik heb geen flauwe notie wat hij te zoeken heeft in een onderzoekslab:

mensen als hij – in Armani-pakken en met ziekenfondsbrilletjes – horen woekerwinsten te maken met de verkoop van wapens aan Latijns-Amerika en donker Afrika. Die horen vijandige overnames te doen van familiebedrijven. Ze horen drugskartels op te zetten. Sportschoenen te produceren in derdewereldlanden (om kinderen van de straat te houden).

En wat wéét ik nou van hem? Ik weet niet waar hij vandaan komt, ik weet niet waar hij woont, ik weet niet waar hij heeft gestudeerd, ik weet niet wat hem zo vijandig maakt ten opzichte van willekeurige vreemden en wat ik moet denken van zijn *ik-rem-voor-negers*-bumpersticker weet ik al helemaal niet.

Mijn vriendin is nog steeds niet thuis. Ik ga op de bank naast de telefoon zitten en wacht tot ze belt. Dat duurt niet lang.

'Hoi Jidde, met mij!' klinkt het vrolijk.

'Dat dacht ik al. Hoe is het met je moeder?'

'Een stuk beter. Ik denk dat ik vandaag wel naar huis kan komen.'

'Gelukkig maar. Ik wacht met smart op je.'

'Gekkerd!' zegt ze.

Mijn vriendin is dermate voorspelbaar geworden, dat haar handelingen gevat zouden kunnen worden in een procedurehandboek:

PROCEDURE: RUZIE MET JIDDE

Schreeuw dat hij een klootzak is
Vlucht met een excuus naar de Achterhoek
Bel na drie dagen
Doe alsof er niets is gebeurd

Als ik alle richtlijnen op papier zet, kan ze wel worden ge-ISO-certificeerd door haar zus.

Vandaag het lab, morgen de wereld

4.2

De F zit weer in de maand. Buiten is het guur, koud, vies en donker. Binnen is het tenminste niet koud.

De samenwerking met Damian verloopt onverwacht soepel. Ik bedoel, het blijft een sadistische klootzak, maar je kunt wel zaken met hem doen. Het is een harde werker, hij is secuur, georganiseerd, denkt vooruit en, wat misschien nog wel het allerbelangrijkste is: je hoort hem nooit zeuren.

Ik wou dat je dat van mij kon zeggen.

Oorspronkelijk werkte Damian met SCID-HU-muizen, muizen die geïnfecteerd kunnen worden met hiv. Volgens hem liep dat best aardig, maar kon hij in zijn eentje niet meer meekomen. De halve wereld werkt aan hiv: wat je ook doet, tien andere wetenschappers verspreid over de planeet doen op dit moment precies hetzelfde. Gedegen onderzoek alléén voldoet niet meer om je bevindingen gepubliceerd te krijgen in prestigieuze bladen. Het vereist vrienden op de juiste plek. Succes moet je worden gegund.

De redacties van wetenschappelijke tijdschriften bestaan uit anonieme panels van onderzoekers die aan dezelfde onderwerpen werken als de persoon die het artikel instuurt, mensen die er helaas niet altijd vies van zijn hun eigenbelang mee te laten wegen in een beoordeling. Het zijn immers allemaal concurrenten: ze vechten om dezelfde eer, ze dringen om dezelfde beurzen. Waarom zou je niet trachten iemand anders' publicatie te vertragen of tegen te houden als jij zelf op het punt staat een soortgelijke bevinding te publiceren?

Om aan deze slangenkuil te ontsnappen heeft Damian zich de afgelopen twee jaar bekwaamd in het maken van zogenaamde knock-out-muizen: muizen waarbij selectief een gen is uitgeschakeld. Hij is inmiddels zover dat hij in staat is proefdieren te fabriceren waarbij hij de genen naar believen aan- of uit- kan zetten. Daarvoor bouwt hij in hun DNA een soort schakelaar die reageert op een hulpstof: geef je de muizen de hulpstof, dan onderdrukken ze het gen. Geef je de stof niet, dan werkt het gen gewoon. Die schakelaar zit op een virus dat zich op een bepaalde plek in het genoom van muizenembryo's dringt. Dat is Damian's specifieke, waardevolle kennis, die we moeten combineren met míjn specifieke, waardevolle kennis.

De baas heeft soms een routebeschrijving nodig om zijn lab te vinden, maar hij blijft altijd de baas, dus we doen wat hij zegt en bedenken maar wat. Damian gaat kankergenen inbouwen in onze muizen en vervolgens tracht ik de kanker te onderdrukken met RNA. De ene helft van de muizen krijgt het RNA en de andere helft niet. Zie het als een spelletje: *goede goden, slechte goden*.

...

De werkelijkheid: tien ton graniet, recht in het gezicht.

FEIT: Eén op de tien mannen is onvruchtbaar
FEIT: Die ene ben ik

Ik heb het Charlotte trouwens nog niet verteld. Laten we het erop houden dat de gelegenheid daarvoor zich niet heeft aangediend. Het onderwerp kinderen is de afgelopen anderhalve maand niet meer aan de orde geweest en we hebben zelfs een Eisprongdag overgeslagen. Niet alleen een Eisprongdag trouwens, ook een eerste en tweede kerstdag, een nieuwjaarsdag, een driekoningendag en al die dagen daaromheen.

Vanavond tijdens het eten begon Charlotte over vakantie. Ze wil een week weg, maakt niet uit waarheen. Ik kreeg allerlei folders in mijn gezicht geduwd – Kroatië, Portugal, Griekenland, Cuba, Frankrijk... appartementencomplexen, kuuroorden, viersterrenhotels...

'Deze leek me wel wat,' zei ze bij die van een Spaans resort. Foto's van grootouders met tennisrackets in de hand, vaders op de golfbaan, moeders aan het strand. Spelende kleuters in het pierebad.

> FEIT: Eén op de tien kinderen is stiekem een bastaard

Nu, in bed liggend en zo naar het plafond starend, bedenk ik opeens dat ik niet weet hoe het komt dat het douchegordijn naar binnen wordt getrokken als je de douchekraan opendraait. Ik moet dat eens uitzoeken.

Mijn vriendin lost intussen een kruiswoordraadsel op. 'Dit weet jij vast wel,' zegt ze, 'tien letters: *celonderdeel dat genetische informatie bevat*. Eindigt op een M.'

'Nou, wat denk je? Een *waterstofbrug* zal het wel niet zijn.'

Charlotte tikt met de pen tegen het puzzelboekje. 'Nee,' zegt ze, 'dat past ook niet.'

Ze laat het er verder bij zitten en doet het licht uit. Ze rolt naar me toe, slaat haar arm over mijn borst en drukt zich tegen me aan. 'Voor ik het vergeet,' zegt ze, 'je vader belde. Over drie maanden is hij weer in Nederland.'

Geweldig.

Mijn vader is kapitein op een olietanker en vaart de hele wereld rond. Eens in de zoveel tijd is hij in het land en komt hij me opzoeken. Dat zijn altijd bijzonder ongemakkelijke middagen, want we hebben elkaar werkelijk niets te melden. Het interesseert hem geen ruk wat ik doe met mijn kankercellen en labratten, en andersom sta ik niet in voor mezelf als hij nog één maal vertelt over de scheepskok die voor een euro een worm opeet en de tweede stuurman die ooit probeerde een steen kapot te slaan met z'n voorhoofd. Ik ben geadopteerd, dat moet wel.

> FEIT: Als je ouders geen kinderen konden krijgen dan kun jij dat ook niet

...

'Het is gelukt!' schreeuwt Damian door de telefoon. Hij staat in het DNA-lab en heeft net de resultaten van zijn PCR bekeken. 'Een van de muizen heeft een bandje! En de controles kloppen ook allemaal!' Hij rommelt met wat papieren en zegt: 'Muis nummer zeven draagt ons genconstruct.'

Damian heeft het gen met de aan/uitschakelaar in honderd embryo's gebracht, dertien van die embryo's zijn uitgegroeid tot muis en bij één daarvan zit het construct ingebouwd in de chromosomen. Muis nummer zeven. Een mannetje.

'Ik zie je zo bij de kooien,' spreekt hij met me af.

Ik sluit de computer af en begeef me in alle rust naar het dierenlab, waar bij aankomst Damian de muizenkooien al staat te bezichtigen. Hij is zo diep in gedachten verzonken dat ik hem aan moet stoten voor hij mijn aanwezigheid bemerkt.

'Kijk zelf maar,' zegt hij en hij drukt me een foto van de PCR-resultaten in handen. Het bandje dat hoort bij muis zeven is inderdaad een stuk groter dan dat van de twaalf broertjes en zusjes.

'Is ie niet prachtig?' vraagt Damian. 'Ik *zíe* gewoon dat het goed is.'

'Jazeker,' beaam ik. 'Welke is het precies?'

Hij wijst er een aan die zich aan het wassen is in de drinkbak. Het beest duikt even met de kop onder water, gaat dan rechtop staan en schudt zich droog. Zijn haren staan alle kanten op.

Damian krijgt de foto weer van me terug. 'We moeten hem nog wel een code geven,' zegt hij.

'Wat is een goede code voor de eerste recombinantmuis waar we samen onderzoek mee gaan doen?' mijmer ik.

'Dat lijkt me duidelijk,' vindt mijn collega. '*Christiaan*, natuurlijk!'

...

Op een luie zaterdagochtend nemen we in bed de krant door. Er staat een ingezonden brief van professor Christiaan Vierklau in, waarin hij zijn beklag doet over de administratieve chaos binnen de universiteit. Genuanceerd is anders. Vooral ons faculteitsbestuur moet het ontgelden en Fassbinder in het bijzonder. De verwijzingen naar met Oscars bekroonde misdaadfilms en heel oude beroepen had hij beter achterwege kunnen laten.

Charlotte droomt weg in het lifestyle-segment. Ik kijk mee over haar schouder en leer dat Intertoys deze week een rammelaar-actie houdt. Twee halen, één betalen.

...

Marije loopt ons werkhok binnen en gooit de *Acta* van deze week op mijn bureau. 'Gefeliciteerd met je baanbrekende artikel,' zegt ze sarcastisch.

'Jouw naam staat er ook op.'

'Ik denk dat het de lezers geen van beide zal opvallen.'

'Het gaat er niet om hoe hoog de impact-factor van een blad is,' zeg ik. 'Het gaat erom of die door jouw publicatie hoger of lager wordt.'

'Droom lekker verder,' antwoordt Marije. Ze pakt de *Acta* weer terug en zegt: 'Het is niet altijd een zegening ergens medeverantwoordelijk voor te zijn.'

Het is typisch dat zij dat zegt, want als er íemand is die de neiging heeft zich verantwoordelijkheden toe te eigenen, zich overal tegenaan te bemoeien... Er zijn hier overigens mensen die dat nóg slechter trekken dan ik. Ongevraagd begon Marije afgelopen week Damian en mij allerlei adviezen te geven over statistische modellen, over RNA-protocollen en vooral over het doorfokken van onze recombinantmuis. 'Jullie moeten hem eerst kruisen met een ouder wijfje, dat al een keer geworpen heeft,' vond ze.

'Je hoeft mij echt niet uit te leggen hoe ik een zuiver nageslacht verkrijg,' antwoordde Damian geïrriteerd. 'We hebben al lang een kruisingsschema opgezet.'

Dit schema gaat over een week in, als Christiaan wat ons betreft geslachtsrijp is. Dan moet hij allemaal kleine Christiaantjes verwekken en aan hen het genconstruct overdragen. Daartoe hebben we een dozijn wijfjes voor hem uitgezocht, stuk voor stuk nichtjes en tantes van hem.

Hij zal flink moeten doorpezen. Er wacht hem een uitputtend aantal Eisprongdagen.

...

Charlotte weet dat haar vader in een vrolijke bui is als hij citeert uit de Psalmen. Ze weet dat haar vader in een filosofische bui is als hij citeert uit het boek Job. Verder weet ze dat hij Exodus en Leviticus gebruikt om haar terecht te wijzen en dat hij Prediker reserveert voor wanneer de dominee op bezoek komt. Wat ze ook weet, is dat hij versregels uit de Kronieken slechts aanhaalt om indruk te maken. Het hele dorp weet dat Charlotte's vader gedronken heeft als hij op een stoel gaat staan om voor te dragen uit het Hooglied.

Vandaag is haar vader filosofisch. 'De mens wordt tot moeite geboren; gelijk spranken der vurige kolen, jongeman.'

We zijn weer eens teruggereisd in de tijd naar Charlotte's dorp. Met haar ouders zitten we aan tafel koffie te drinken, terwijl Charlotte zich beklaagt over haar werk, waar ze op dit moment bijna in omkomt – de opdrachten stromen de laatste maanden met bakken tegelijk binnen en tot overmaat van ramp is haar secretaresse met zwangerschapsverlof. 'Het is altijd hollen of stilstaan bij ons,' zegt ze, ‘en voorlopig is het hollen alsof ons leven ervan afhangt.’

‘Kan dat niet beter worden gepland?’ vraagt haar moeder.

‘Nee, natuurlijk niet. Dat gaat gewoon zo.’

‘Ja, maar waarom?’ dringt haar moeder aan.

‘Waarom, waarom? Dat gaat gewoon zo, ik weet ook niet waarom,’ zegt Charlotte geërgerd. ‘Voor antwoorden moet je bij Jidde zijn – die kan alles uitleggen.’ Ze wijst naar mij. ‘Híj kent woorden van tien letters die eindigen op een M en híj weet waarom de ene persoon honderd wordt en de andere op zijn twintigste dood gaat aan kanker.’

‘Omdat bepaalde cellulaire processen ontsporen en aanleiding geven tot ongeremde delingsactiviteit,’ leg ik uit.

‘Omdat God dat zo heeft gewild,’ verklaart haar vader.

We kijken hem alledrie aan. Toon mij, wat is het eigenlijk— overtuiging?

De man blijft filosofisch: ‘Wie is hij, die de raad verduistert met woorden zonder wetenschap?’ Hij glimlacht: ‘Ik zal jullie een verhaal vertellen...’

Charlotte weet dat volgens haar vader Koningen een spannend verhaal is, dat eindeloos herhaald kan worden.

...

De hordes kleine Christiaantjes, waar we op rekenen om de wereld mee te veroveren, laten behoorlijk op zich wachten. Christiaan blijkt namelijk niet bepaald een hitsige dekhengst. We zetten hem regelmatig in een kooi samen met de meest bevallige van zijn bronstige zusters, maar hij vertikt het gewoonweg om ze te bespringen. Zo wordt het nooit wat.

Damian lijkt het bijna persoonlijk op te nemen. Als Christiaan weer eens verlegen in een hoek van de kooi kruipt, kan het beestje steevast rekenen op een scheldkanonnade van zijn maker. ‘Waarom valt dat rukbeest niet gewoon dood!’ schalt het door het dierenlab, gevolgd door een aantal uitdrukkingen die niet zijn opgenomen in het woordenboek. Mijn collega kent krachttermen waar elke fatsoenlijke muis aanstoot aan zou nemen. 'Zo hebben we niets aan hem,' klaagt hij.

'Overdrijf niet,' zeg ik. 'Als ik hem door de lucht laat vliegen, vang jij hem echt wel op.'

'Breng me niet in verzoeking!' gebiedt Damian.

...

Lunch met Thomas, onze emotioneel gehandicapte epidemioloog. Aan zijn bloeddoorlopen ogen is af te lezen dat hij weer veel te lang naar het computerscherm heeft zitten staren.

'Word je daar niet knettergek van,' vraag ik, 'de hele dag turen naar cijfers op een beeldscherm?'

Thomas zegt: 'Ik kijk door de getallen heen.'

'Dat bedoel ik: al die cijfers!'

Thomas zegt: 'Het zijn meer dan cijfers. Ze hebben een betekenis.'

'*Een betekenis* in welke zin?'

Thomas zegt: 'Alles is getalsmatig uit te drukken.'

'De getallen weerspiegelen de realiteit, bedoel je?'

Thomas zegt: 'De getallen zíjn de realiteit.'

Hier spreekt een epidemioloog die minder koffie moet drinken en wat vaker onder de mensen moet komen.

Thomas zegt: 'Het is net als in die film waarin iedereen in een computerwereld leeft en waarin zo'n jongetje speelt met een lepel die hij met zijn gedachten overal naar toe kan buigen, als een soort Uri Geller.'

'O?'

'Maar er is dus geen lepel. Alleen nullen en enen in een computerprogramma. De cijfers zijn echt – de rest is betekenis die wij eraan toekennen.' Hij zegt: 'Als jij zorgt voor de nullen en enen, zorg ik voor de lepel.' Thomas weet me te vertellen dat Vierklau sinds de Kerst onafgebroken bezig is geweest met het zoeken naar investeerders om de afdeling te verzelfstandigen. 'Hij heeft alleen nog de steun van Brussel nodig,' legt Thomas uit, 'want zonder hun geld ben je nergens. Het moment dat zij hun fiat geven, gaan we hier weg.'

'Weg?'

'Los van de universiteit.'

'Helemaal?'

'Ja.'

'Maar dan kan ik toch niet meer promoveren?'

Bedenkelijk kauwt hij een stuk boterham weg. 'Nee,' zegt hij. 'Daar heb je wel een punt.' Hij spoelt het brood na met een beker melk. 'Dat is óók wat.'

...

De kreet van Damian.

Ik ren het dierenlab in, om getuige te zijn van een weerzinwekkend tafereel. Versteend staart Damian naar kooi twaalf, de handen over zijn neus en mond gevouwen.

'Jezus Christus! Wat is hier gebeurd!'

Christiaan is dood. Zijn lichaam ligt aan stukken gereten in een hoek van de kooi – er loopt een bloedspoor van het lijkje naar het midden van de bak. De moordenaars, zijn eigen broertjes en zusjes, hebben zich opeengepakt in de andere hoek, alsof ze bij elkaar bescherming zoeken tegen de vreselijke dingen die Damian ongetwijfeld met ze gaat doen.

'Dit is vreselijk,' zeg ik. 'Nu moeten we weer van voren af aan beginnen.'

Damian zoekt steun bij de muur om zijn evenwicht te bewaren. 'Het is op zich geen ramp,' antwoordt hij, met een vibrato in zijn stem. 'Ik heb het nu wel redelijk in de vingers. Over een maand hebben we net zo veel Christiaantjes als we maar willen.' Zijn woorden verhullen niet hoe de slachting hem heeft aangegrepen. Zo bleek en ontdaan heb ik hem niet eerder meegemaakt.

'Ik had nooit verwacht dat je je zo druk zou maken om een dode muis,' zeg ik.

'Wat dacht je dan!' reageert hij fel. 'Ik had hem zélf

gemaakt...' Hij pakt de kooi van de plank. 'Ik handel dit verder wel af,' zegt hij ten slotte.

'De shredder?' vraag ik, al wil ik het eigenlijk liever niet weten.

Hij hoeft er niet eens over na te denken. 'Thuis in de magnetron.'

Mijn proefdieren hebben wel eens vaker hun agressie op elkaar gebotvierd, maar een moordpartij als die van vandaag heb ik nooit eerder meegemaakt. Labdieren horen te overlijden doordat we ziekte bij ze opwekken, ze volpompen met medicijnen of simpelweg hun nek breken over een stokje. Soms ook doordat we slechte genen bij ze inbouwen.

Laat echter één ding hier duidelijk zijn: Christiaan is overleden mét zijn genconstruct, niet áán zijn genconstruct. Damian en ik wassen onze handen in onschuld.

...

Nu moet het er maar eens van komen. Het is zaterdagavond en ik zit op de bank een film te kijken. Een romantische komedie die op een gegeven moment quasi-spannend wordt. Naast me neemt Charlotte een stapel rapporten door.

Het logo van de omroep verdwijnt uit de hoek van het beeld en we krijgen een aantal mededelingen. Ik zet het geluid zachter en zeg tegen mijn vriendin dat ik haar iets moet vertellen.

'Hmm,' antwoordt ze bevestigend. Ik ben bijna net zo interessant als de dossiers van haar werk.

'Dit is niet makkelijk voor me,' leg ik alvast uit en ik wacht net zo lang tot ze me in de ogen kijkt. Langzaam maar zeker vat ik moed.

'Zeg nou maar,' dringt ze aan.

'We moeten het hebben over de fertiliteitspoli.'

Ze staat op om bij me op schoot te komen zitten. Charlotte glimlacht. 'Ja, wanneer gaan we daar weer mee door?'

‘Het heeft geen zin om door te gaan,’ antwoord ik.

‘Wát zeg je?’

‘We hoeven niet meer terug naar de poli. Ik kan geen kinderen krijgen.’

‘Probeer het op z’n minst,’ snauwt ze, ‘dat ben je me wel verschuldigd.’

‘Ik zou het maar al te graag willen, maar de arts zei dat het kansloos is.’

Ze fronst. Langzaam maar zeker dringt het bij mijn vriendin door wat ik probeer te zeggen. ‘Je bedoelt toch niet...’

Jawel.

Terwijl Charlotte tegelijkertijd huilt en mij probeert te troosten, zingt er slechts één gedachte door mijn hoofd. Iets wat ik sinds gisteren besef, sinds we onze mutante muis doodgebeten aantroffen in zijn kooi.

> FEIT: Er bestaan geen goede en slechte genen. Er bestaan genen die worden doorgegeven en genen die vergaan met hun gastheer.

Kennis is net hiv, je komt er nooit meer van af

5

Als boodschappers die alvast een weg uitzetten, vertrekken wij op congres. Roependen in de woestijn zijn we nog, maar we effenen het pad voor DE WAARHEID ZOALS VIERKLAU DIE ZIET.

Ruim twee uur voor de vlucht vertrekt moeten we op Schiphol zijn. Damian en Pjotr zijn nog nergens te bekennen en ik besluit alvast in te checken en het eerste stuk terroristencontrole te doorlopen. De veiligheidsbeambte die mijn handbagage inspecteert, hooguit een jaar of twintig, compenseert zijn gebrek aan opleiding en ervaring door bits te kijken en hard met koffers te smijten.

'Kan dat wat voorzichtiger!' maan ik hem.

Je ziet hem balen dat hij geen pistool mag dragen.

Aansluitend word ik geholpen door een Amerikaanse grondstewardess. Weliswaar is ze wat aan de mollige kant en beschikt ze over wallen waar je een waterkering mee zou kunnen aanleggen, maar ze heeft haar dat regelrecht uit een shampooreclame lijkt geplukt en een neus waar de gemiddelde plastisch chirurg alleen maar van kan dromen. Vroeger was ze ongetwijfeld heel mooi en ze gedraagt zich alsof ze dat nog steeds is. Zonder me aan te kijken grist ze het ticket uit mijn handen, draagt me op mijn bagage op de weegband te plaatsen en begint allerlei vragen te stellen over het doel van mijn reis

We hebben een vlucht geboekt met een soort luxetoeslag,

tourist class plus. Voor vijftig euro extra serveren ze je een iets betere maaltijd en sturen ze niet opzettelijk je bagage naar Kuala Lumpur. Vriendelijker service krijg je er echter niet mee. De instapkaart, die aangeeft dat ik geplaatst ben tussen twee andere passagiers, wordt me zowat in het gezicht gesmeten.

'Ik wil graag een plek aan het gangpad,' besluit ik.

Ze kruist de armen en kijkt me voor het eerst aan. 'Had u dat niet eerder kunnen zeggen!'

Ik sta op het punt kwaad te worden als een stem achter me inbreekt in het gesprek. 'Misschien wilt u míjn bagage ook meteen inchecken,' zegt Damian en hij hijst zijn zwartleren koffer op de weegschaal. 'We willen graag naast elkaar zitten,' voegt hij toe.

Het is opvallend hoe een hoop mensen bang zijn voor Damian. Terwijl het eigenlijk maar zo'n ielig mannetje is.

Op weg naar de gate wordt onze gang over de loopband versperd door een lawaaiige familie met vier kinderen, die er een basiskamp heeft opgezet. Ze begrijpen duidelijk noch het gedeelte 'loop' in het woord 'loopband', noch het gedeelte 'hand' in het woord 'handbagage'. Vijftien meter voor hun blokkade grijpt Damian me bij de mouw. 'Houd maar wat afstand,' raadt hij me aan. 'Zo meteen stopt de vloer onder hen met bewegen en dat gaat vast niet goed.' Het gaat inderdaad niet goed en we kunnen nog maar net over ze heen springen.

Onze gate bevindt zich aan het eind van de pier en als we aankomen zijn de veiligheidsprocedures al in volle gang. We krijgen een formulier met strikvragen voor terroristen als:

> Bent u van plan aanslagen te plegen in de Verenigde Staten?
> Behoort u tot een geheime of verboden organisatie?
> Neemt u vuurwapens mee aan boord?

Nadat we de papieren hebben ingevuld, mogen we in de rij gaan staan voor het kruisverhoor. De helft van de passagiers is al door de controles heen als Pjotr met twee gele plastic tassen komt aangerend. Hij roept: 'Ben ik nog op tijd?' en sluit zich bij ons aan.

'Je hebt toch geen islamitische maaltijd besteld?' vraag ik voor de zekerheid.

Een controleur wenkt ons dat we kunnen komen. Omdat we samen reizen, worden we ook samen ondervraagd. 'Hoe lang kennen jullie elkaar al?' wil de man weten.

'Drie jaar,' antwoordt Pjotr.

'En jullie kunnen voor elkaar instaan?' vraagt hij mij.

Ik kijk naar Pjotr en Damian en begin plotseling te twijfelen. Hoe goed ken ik die twee eigenlijk? 'Ja, volledig,' zeg ik snel.

'Wat is het doel van jullie reis?' vraagt hij Damian.

'Wij zijn op een missie,' zegt mijn collega. 'Op zoek naar de Waarheid.'

Gelukkig beschikt déze veiligheidsbeambte over gevoel voor humor.

Het vliegtuig vertrekt precies op tijd. Terwijl het naar de startbaan taxiet, geven de stewardessen uitleg hoe te handelen in geval van nood: bij het wegvallen van de cabinedruk, bij noodlandingen, als het vliegtuig ontploft, et cetera. Sommige passagiers luisteren zelfs.

'Heb jij wel eens gehoord van de *kippentest* voor vliegtuigen?' vraagt Damian.

'Is dat net zoiets als de *elandtest* voor auto's?'

'Hmm, weet ik niet, die ken niet.' Hij tikt tegen het raampje en wijst naar de vleugel. 'Voordat een straalmotor in gebruik mag worden genomen, moet hij de kippentest doorstaan. Dan katapulteren ze een kip de motor in en wachten af wat er gebeurt.' Met zijn armen doet hij een katapult na en opeens begin ik te twijfelen of ik wel weet wat de *elandtest* inhoudt.

We hangen inmiddels ruim een uur in de lucht als Pjotr, die

een tiental rijen achter ons is geplaatst, een praatje komt maken.

'Zeg jongens,' vraagt hij, 'wisten jullie dat er niet gerookt mag worden op intercontinentale vluchten?'

'Ja, Pjotr.'

'Ook niet op het toilet...'

'Ja, Pjotr.'

'Wisten jullie dat er een rookmelder hangt op het toilet?'

'Ja, Pjotr.'

Hij fronst zijn wenkbrauwen en keert terug naar zijn stoel.

Om de tijd door te komen is er de mogelijkheid op een LCD-scherm van drie bij vier centimeter verschillende series en films te volgen. We hebben onder meer de keuze tussen een politieserie die zich afspeelt in Las Vegas, een remake van een jaren-vijftigklassieker waarin Italianen elkaar voor de kop schieten en een tekenfilm over een vis die door de plee wordt gespoeld. Ik dommel weg bij een Amerikaanse sitcom waarin een misverstand leidt tot allerlei hilarische situaties.

Na tien uur vliegen komt eindelijk het moment dat de gezagvoerder aankondigt dat hij de landing gaat inzetten. Er wordt ons opgedragen de tafeltjes in te klappen, de riemen vast te maken en de rugleuningen van de stoelen rechtop te zetten. Het personeel komt langs om te controleren of we hieraan gehoor geven.

Een homozygoot in de rij naast ons vraagt een van de stewardessen om twee plastic bekertjes en plaatst deze over zijn oren. 'Ik heb altijd zo'n last van het drukverschil bij het landen,' legt hij uit. De verandering in druk, die niet door de stalen kooiconstructie van het vliegtuig teniet kan worden gedaan, laat zich – volgens Einstein hier naast me – kennelijk oplossen met twee plastic bekertjes.

'Je kunt ze na de landing natuurlijk niet opeens weghalen,' bemoeit Damian zich ermee.

'Niet?'

'Nee, wat dacht je? Dan komt opeens alle druk in één keer vrij. Misschien ontploffen je oren dan wel.'

Dáár had hij nog niet over nagedacht.

'Het beste kun je heel voorzichtig eerst de ene en dan pas de andere eraf halen,' suggereert mijn collega.

De man kijkt vertwijfeld.

'Vertrouw maar op mij,' zegt Damian, 'ik ben bioloog.'

Elf uur 's avonds Chicago-tijd is zes uur 's ochtends in Nederland. Compleet uitgeput ploffen we neer op onze kingsize bedden. Na de landing moesten we om onduidelijke redenen een half uur blijven zitten in het vliegtuig, om vervolgens een uur in de rij te staan voor de douane en daarna nog te wachten op onze bagage.

De rest van het instituut is hier op uitnodiging of met een door de industrie gesponsord arrangement. Schoen en Vierklau zitten in het Sheraton, Vanderzee in het Crown Plaza, de postdocs in het Embassador. Zelfs Pjotr heeft nog een kamer in het Holiday Inn. Voor Damian en mij was dat helaas geen optie. Ons reisbudget was aan de nogal krappe kant en we hebben moeten bezuinigen op het onderkomen. Via internet heeft Damian het hotel geregeld. 'Je moet geen Hilton verwachten,' zei hij, 'maar we hebben zeker waar voor ons geld.' Ik moet hem nageven, het hotel is die ene ster meer dan waard.

Onze kamer is op de zesde verdieping bij de lift links, aan het eind van de gang rechts, met de bocht mee, dan weer rechts voorbij de brandtrap en de koffieautomaat en net om de hoek de vierde deur. In de kamer naast ons bivakkeert een jong zwart echtpaar. Jerry Springer en hun schreeuwende kinderen bonzen door de muur, maar in een land waar iedereen een vuurwapen mag dragen ga je niet snel vragen of het misschien wat zachter kan.

...

Klaarwakker ben ik. Het is drie uur 's nachts en stikdonker. Ik doe mijn leeslampje aan om naar het toilet te gaan. Van het nachtkastje gris ik mijn mobiel, die flikkert om aan te geven dat ik een bericht heb ontvangen.

Intussen ligt Damian te slapen als een engeltje, in foetushouding met het hoofd rustend op zijn in elkaar gevouwen handen. Zijn voldane glimlach verraadt een aangename droom.

In het verblindende tl-licht van de badkamer lees ik dat Charlotte me een *fijne en leerzame tijd* toewenst hier in Chicago en dat ze *aan me denkt*. Het lukt me niet de juiste woorden te vinden voor een geschikt antwoord. Ik zoek in mijn toilettas naar pijnstillers voor de bonzende koppijn waarvan ik me langzaam gewaar begin te worden.

Terug in bed kijk ik nog eenmaal op mijn horloge voor ik het licht uitdoe: kwart over drie. Klaarwakker ben ik en doodmoe.

...

DAG EEN

Het American Bio-engineering Congres, of ABC, is met ruim tienduizend deelnemers het grootste op het gebied van de moleculair-biologische technieken. Er zijn slechts vier Noord-Amerikaanse steden toegerust om een dergelijk aantal congresbezoekers te ontvangen en daarom maakt het circus elke vier jaar het rondje Chicago – San Diego – Washington – Toronto. De schrikkeljaren zijn in Chicago.

Een voordeel van grote congressen is dat er meerdere sessies tegelijkertijd worden gehouden en je halverwege saaie presentaties kunt weglopen zonder dat er iemand opkijkt.

De ochtend van de eerste dag is bedoeld om de definitieve inschrijving te regelen. Aan een lange balie, alfabetisch gesorteerd op landnamen, ontvangen we een congresprogramma, een toegangspas, een boek met samenvattingen van alle presentaties en een stapel folders van de sponsors. De vrouw die ons de benodigdheden uitreikt zegt ons land altijd nog een keer te willen bezoeken. De vader van haar grootmoeder kwam er vandaan en ze heeft van vrienden gehoord dat Holland het mooiste deel van Zwitserland is.

Bij een kop koffie en een paar vette donuts bekijken we welke sessies voor ons interessant zijn. Damian's belangstelling gaat duidelijk uit naar heel andere onderwerpen dan die van mij. Met een gele marker streept hij aan wat hij wil gaan bekijken, vooral de presentaties over transgene proefdieren. Zelf zoek ik in het schema zo veel mogelijk naar onderwerpen op het gebied van de moleculaire biologie van cellijnen.

Net voor het middaguur spreekt de voorzitter van de Amerikaanse Vereniging voor Biotechnologie zijn welkomstwoord. Alles is goed: wij zijn goed, hij is goed, de locatie is goed, de organisatie is goed, de sponsors zijn goed en het congres is wat hem betreft nu al een succes. Dit jaar waren er alweer meer inschrijvingen dan alle voorgaande jaren en tevens hebben ze een recordaantal *abstracts* mogen ontvangen.

Halverwege zijn toespraak loopt Marije de zaal binnen en neemt plaats op een van de stoelen voorin. Uit haar handtas haalt ze een spiegeltje om haar gezicht te inspecteren. Verder geen bekenden hier. Als de toespraak is afgelopen en de massa zich in beweging zet, verdwijnt Marije voor ik haar gedag kan zeggen.

's Middags worden er drie verschillende sessies tegelijk gehouden en ik kies voor degene die heel bescheiden *Grensverleggende projecten* is gedoopt. Het begint met een Koreaanse die de plannen van haar instituut uiteenzet om uitgestorven diersoorten weer tot leven te wekken, à la *Jurassic Park*. Daarvoor zoeken ze een soort die sterk lijkt op het na te maken beest en gaan dan één voor één genen wissen, toevoegen of aanpassen.

Op dit moment zijn ze bij voorbeeld bezig met het ombouwen van een pinguïn tot iets wat door moet gaan voor de IJslandse reuzenalk. Eind negentiende eeuw begonnen biologen en masse reuzenalken te verzamelen voor hun collecties zeldzame en bijzondere dieren en daarmee waren ze ook nog maar net op tijd want de vogel was hierop binnen de kortste keren uitgestorven. De Europese natuurhistorische musea echter puilen uit met opgezette exemplaren. Volgens de Koreaanse was het een koud kunstje om geschikt weefsel te verkrijgen voor het in kaart brengen van de belangrijkste genetische eigenschappen.

De eerste pinguïngenen hebben ze inmiddels al omgezet in reuzenalk-genen. Ze toont een foto van een van die dieren. Persoonlijk zie ik het verschil met de gewone huis-tuin-en-keukenpinguïn niet, maar volgens haar moet er met name gelet worden op de lengte van de rudimentaire vleugels.

Ze sluit af met een lijst van andere dieren die ze terug willen brengen. Nooit geweten dat de Tasmaanse tijger uitgestorven was.

De volgende spreker is ene Zimmermacher, een Zwitser die heeft besloten in zijn lab de evolutie na te bootsen. Volgens Vanderzee, die zojuist naast me is komen zitten, is deze man nog gekker dan een deur – en gevaarlijk bovendien. 'Scientology,' fluistert de biochemicus samenzweerderig.

De Zwitser vertelt over de oorsprong van het leven. Hoe cellen zonder kern, bacteriën of prokaryoten, zich ontwikkeld hebben tot cellen met een kern, eukaryoten. Hij zet een aantal theorieën uiteen, laat het een en ander aan recent onderzoek de revue passeren en doet de nodige aannames.

Zoals het woord al zegt, blijft de evolutietheorie nog altijd een *theorie*. Bewijs is er nooit voor geleverd – er heeft nog nooit een bioloog naast een aquarium zitten wachten tot de vissen benen kregen en een eindje gingen wandelen – maar dat kun je beter niet hardop roepen als je academische leven je lief is. Je wordt zowat gekruisigd. Zeker in de ogen van mensen als Zimmermacher, evolutionair biologen van de harde lijn, zijn onderzoekers met twijfels over of reserves bij de theorie weinig meer dan afvallige heidenen die op de brandstapel behoren.

In zijn fanatisme wil Zimmermacher het ontstaan van eukaryoten nadoen door twee bacteriën onder de juiste omstandigheden bij elkaar te gooien in een reageerbuis. Het idee is namelijk dat eukaryoten ooit zijn ontstaan doordat de ene bacterie de andere binnendrong en in een celkern veranderde. Hij zegt: 'Waar de natuur drie miljard jaar over heeft gedaan, daarvoor zullen wij in ons lab slechts enkele luttele weken behoeven.' Hij glundert bij het idee.

Naarmate de afronding van zijn presentatie nadert, gaat hij steeds harder praten. 'Binnenkort zal dit ons lukken!' roept hij bij zijn laatste, samenvattende dia. Hierbij kijkt hij niet meer de zaal in, maar omhoog. Bedachtzaam spreekt hij zijn profetische slotwoorden: 'Binnenkort zullen wij voor het eerst in de geschiedenis de evolutie hebben nagebootst...' Een vuist gaat de lucht in. '...en overtroffen!'

'A-men,' zegt Vanderzee.

Applaus blijft uit. Een groot deel van het publiek voelt zich duidelijk ongemakkelijk. Enige plaatsvervangende schaamte is mij op dit moment ook niet vreemd.

Er mogen vragen worden gesteld.

Vanderzee staat op. 'Dus we moeten pas in de evolutietheorie geloven als uw proefjes lukken?' concludeert hij.

'Als mijn proefjes lukken, dan hoeft u niet meer in de evolutietheorie te gelóven,' antwoordt Zimmermacher, 'want die is dan bewézen.'

In de grote zaal speelt zich intussen het symposium *Oude problemen / nieuwe uitdagingen* af. Voor een lezing over het pokkenvirus hebben ze een expert uitgenodigd die er in de jaren zestig nog baanbrekend onderzoek naar verrichtte. Toen iedereen was gevaccineerd en het virus de wereld uitgeholpen, viel er niets meer aan te onderzoeken en dit luidde het eind in van zijn carrière. Het is nooit zo'n goed idee om onderzoek te doen naar ziekten die wellicht binnenkort niet meer bestaan.

De jaren zeventig, tachtig en negentig bracht hij door ergens weggestopt in een lab zonder ramen tussen de korenvelden van Indiana. Het had er alle schijn van dat hij daar ook zijn laatste dagen zou slijten, maar de angst voor terroristische aanslagen met het pokkenvirus heeft hem plotseling weer gemaakt tot een gewild spreker op congressen en symposia. Sinds kort vliegt hij als een levend relikwie de wereld over.

De man wordt hartelijk welkom geheten. 'Eerlijk gezegd dacht ik persoonlijk dat je al lang dood en begraven was,' zegt de voorzitter. 'Des te verheugder zijn we daarom dat je toch kon komen vandaag.'

Het onderwerp spreekt me niet aan en ik verlaat de zaal.

...

Ezekiël heet hij en waar hij vandaan komt is dat de normaalste naam van de wereld. Hij is vertegenwoordiger bij GenTech, het bedrijf dat vanavond het diner organiseert, en hij heet ons welkom bij de ingang van de eetzaal. De regels voor sponsoring zijn onlangs aangescherpt en bedrijven mogen universitaire medewerkers nu alleen nog diners aanbieden als deze zijn gekoppeld aan een wetenschappelijk programma. Derhalve zijn Schoen en Vierklau ingehuurd om na het eten korte presentaties te houden voor de gasten. Dank zij hen zijn ook wij hier uitgenodigd. Als Damian en ik binnenkomen zitten Pjotr, Marije en Schoen al aan tafel.

'Noem me Izzy,' zegt Ezekiël, terwijl hij ons zijn visitekaartje geeft. 'Mijn vrienden noemen me Izzy.' Hij heeft zo'n markante Amerikaanse kop, compleet met ringbaardje en gigantische vliegeniersbril. Net weggelopen uit een line-dancefestival. De hals van zijn dieprode overhemd is precies een maat te klein voor zijn gespierde stierennek en zijn das is geknoopt in een driedubbele Windsor. Hij vertelt dat GenTech zich verdienstelijk maakt met het ontwikkelen van allerlei genetisch gemodificeerde oplossingen voor voorheen onoplosbare problemen. Zoals pitloze sinaasappels, vorst-bestendige geraniums, blauw gras en lichtgevende guppen.

Vooral de lichtgevende guppen voorzien in een grote maatschappelijke behoefte – ze zijn niet aan te slepen. 'Ik zal jullie even jullie plaatsen wijzen,' zegt Izzy en hij begeleidt ons naar de tafel waaraan onze collega's zitten.

'Dag jongens!' begroet Schoen ons. 'Zo zie je nog eens wat van de wereld, hè.' Hij schijnt de hele dag vergaderend te hebben doorgebracht in restaurants, hotellobby's en nog meer restaurants. Voor morgen staat een belangrijk gesprek met het NIH op het programma. 'Als daar iets uitkomt kunnen ze wat ons betreft in Brussel verder doodvallen,' pocht hij.

Aan de andere kant van de zaal is Vierklau in gesprek met twee grote Japanners.

'Raad van bestuur GenTech,' wijst mijn baas. 'Niet te vertrouwen!'

Damian pakt zijn servet en vouwt het vast open over zijn schoot. 'Wat ga je straks eigenlijk presenteren?' vraagt hij Schoen.

'Gewoon, wat ik altijd vertel om indruk te maken.'

'Om *indruk* te maken of *een* indruk?'

Het diner wordt opgediend en Ezekiël neemt plaats naast Schoen. 'De beste steaks in Chicago,' belooft hij.

Ook zijn collega van de afdeling marketing schuift bij ons aan. 'James,' stelt deze zich voor, maar wíj mogen hem Jimmy noemen.

Of het de beste steaks in Chicago zijn weet ik niet, maar het zijn vast de grootste. Ze worden geserveerd met gepofte aardappelen – die volgens de huidige Amerikaanse regering gelden als groente – en vleesjus.

'Dat ziet er nog eens goed uit!' juicht Ezekiël. Hij schuift de groente opzij en priemt zijn mes in het vlees. 'Ik volg een koolhydraatarm dieet,' legt hij uit, wijzend naar zijn bescheiden buikje. 'Er moet nog zeker vijf kilo af.' Hij kijkt de tafel rond. 'Ik heb er nog een goed boek over, als iemand daarin is geïnteresseerd...'

Schoen voelt zich aangesproken. 'Diëten helpen niet bij mij,' stelt hij resoluut, ‘zelfs als ik vast, kom ik aan. Daar is niets aan te doen.’

Had ik al verteld dat mijn begeleider een bijzonder man is? Zijn lichaam onttrekt zich aan de wetten van de thermodynamica.

Schoen zet zijn tanden in een stuk steak en laat het vet op zijn bolle pens druipen. ‘Moeten we nou nog echt een verhaal houden straks?’ vraagt hij met volle mond.

Ezekiël knikt minzaam. ‘We zien er allemaal erg naar uit,’ glimlacht hij.

Bij het dessert vertelt Ezekiël dat hij in de avonduren een cursus filosofie volgt, om zo de wereld beter te leren begrijpen. ‘Kijk,’ zegt Ezekiël, ‘een boom valt om in het bos, maar er is niemand om het te horen. Maakt hij dan geluid?’ Hij draait zijn hoofd scheef en plukt aan zijn ringbaardje.

‘Natuurlijk,’ antwoord ik.

‘Jaaa...’ zegt Ezekiël, ‘maar er is niemand om het te horen! Daar zit hem juist de moeilijkheid.’

‘Ik begrijp niet wat daar zo moeilijk aan is. Een boom valt, dat veroorzaakt trillingen van de lucht en dus geluid, of we daar nou naast gaan staan of niet.’

‘Misschien kan ik beter beginnen met iets makkelijkers,’ zegt hij hoofdschuddend. ‘Je moet leren staan, voordat je kunt leren lopen. Als je begrijpt wat ik bedoel.’

Ik heb geen idee wat hij bedoelt. ‘Ja,’ antwoord ik, ‘in Nederland zeggen we: *Een kale kip kan niet vliegen*.’

‘En *met onwillige koeien is het moeilijk hazen vangen*,’ helpt Damian.

Tegen het eind van de avond houdt Schoen dan toch zijn presentatie: onderzoeksresultaten van Thomas, over het verband tussen een aantal verschillende genen en prostaatkanker. In zijn overmoed heeft hij niet de moeite genomen het onderwerp voor te bereiden en dat had hij beter wel kunnen doen: Thomas’ gebrek aan inlevingsvermogen is namelijk zelden zo duidelijk geïllustreerd als nu door de diavoorstelling die hij voor Schoen heeft samengesteld. Een korte moleculair-biologische inleiding en dan acht dia's statistiek, waar Schoen natuurlijk geen hout van begrijpt.

Met exponentieel toenemende wanhoop klikt hij ze weg. 'Dit spreekt wel voor zich...' vertelt hij bij een chi-kwadraat-berekening met een p-waarde van 0,02. 'En dit is niet zo belangrijk...' slikt hij bij een subanalyse.

De aandacht begint te verslappen. Izzy kijkt op zijn horloge. Aan de tafel naast ons wordt een ober gewenkt een fles wijn te brengen. Achterin zijn Vierklau en de Japanners beleefdheden aan het uitwisselen.

Ik zeg: 'Beter één dia in je hoofd, dan tien op het scherm.'

Damian zegt: 'Je praat, maar niemand luistert. Besta je dan?'

...

DAG TWEE

De tram, die zich in Chicago voortbeweegt over een soort ijzeren geraamte vijf meter boven de grond, brengt je in een half uur vanaf het centrum voor de deur van Chicago's medische faculteit, waar Joris nu postdoc is. Ik heb de ochtend vrijgenomen om te komen kijken op zijn nieuwe lab en krijg de toeristische rondleiding. Inmiddels heb ik zijn werkplek op het lab gezien, de kamer waar zijn bureau staat, het dierenlab en de sterilisatieruimte. We staan nu in het P3-lab, waar onder andere gewerkt wordt met de wat minder veilige virussen als hiv, hepatitis, gele koorts, dengue en dergelijke. Over het algemeen zijn de Amerikaanse labvoorschriften soepeler dan de Nederlandse. Met mutante bacterie-klonen werken hoeft niet in beveiligde ruimtes, radioactief materiaal kan gewoon door de gootsteen.

'*King of the nerds*,' fluistert Joris en hij wijst naar een kalende jongen die achter een microscoop naar zijn celkweken tuurt. 'Niet mee praten,' waarschuwt hij, 'Fransman...'

We verlaten het P3-lab en lopen naar de sequence-faciliteit.
'Tien procent van de onderzoekers aan deze faculteit is Europeaan,' vertelt Joris. 'En één op de drie komt uit Azië. Zonder de Aziaten zouden ze de boel wel kunnen opdoeken.' Hij spuwt zijn kauwgom in een vuilnisbak. 'Die mensen hebben een werkelijk geweldige mentaliteit,' vindt hij. 'Ondanks het feit dat het ze totaal ontbreekt aan carrièreperspectief hier, hoor je ze nooit zeuren. Al komt dat misschien ook doordat niemand ze verstaat.'

'Mis je onze afdeling al een beetje?' vraag ik.

'De afdeling? Niet echt,' antwoordt hij, 'maar jullie wel.'

Na de rondleiding neemt hij me mee naar het kantoor van zijn baas, Roy Hackfield, dé wereldautoriteit op mijn onderzoeksgebied. Of één daarvan tenminste. Hackfield is een grote, joviale man met gitzwart haar die alles *wonderfull*, *great*, *excellent* en *lovely* vindt: Nederland, Vierklau, Vanderzee en zelfs Joris. Terwijl hij mijn hand schudt en die daarbij zowat vermorzelt, laat hij me weten dat ik altijd van harte welkom ben om bij hem onderzoek te komen doen. Ik voel me gevleid door het aanbod, al is Joris vooralsnog niet bepaald in staat geweest het enthousiasme daarvoor bij me aan te wakkeren.

We keren terug naar Joris' werkplek, waar ik mijn jas heb achtergelaten. Tegenover is een Chinese jongen komen zitten, druk in de weer met het overpipetteren van DNA-oplossingen in plastic cupjes.

Joris overhandigt me mijn jas. 'Morgenavond zien we elkaar weer,' bevestigt hij.

'Stel je me niet voor aan je collega?' verbaas ik me.

Hij kijkt om zich heen. 'O, die bedoel je... Ik zou wel willen,' antwoordt hij, 'maar ik weet niet hoe hij heet.'

'Is ie nieuw?'

'Niet echt, hij was er eerder dan ik.'

Joris zit hier bijna een jaar, heeft al die tijd tegenover de jongen gezeten en kennelijk nooit een woord met hem gewisseld.

'De mensen hier zijn niet zo spraakzaam,' verduidelijkt hij. 'Trouwens, ze gaan hem toch ontslaan, al moet nog steeds iemand hem dat vertellen.'

Ik denk dat ik het aanbod van Hackfield maar laat schieten.

...

's Middags, weer terug in het congrescentrum, bezoek ik tussen de presentaties door de stand van GenTech, waar Izzy en Jimmy laserpointers weggeven aan mensen die zich inschrijven op een mailinglijst. De mannen begroeten me hartelijk en bieden me een kop koffie aan.

Terwijl James producten doorneemt met een potentiële zakenrelatie, komt Ezekiël bij me aan hun tafeltje zitten.

'Waar zijn die fluorescerende guppen nou?' vraag ik.

'We mogen ze nog niet exporteren,' legt Ezekiël uit, 'maar ik voorzie ook hier een gigantische markt.'

'Het geeft vast een goed gevoel om te handelen in lichtgevende vissen.'

'Alles is beter dan wat ik hiervoor deed,' glimlacht de verkoper.

'O?' vraag ik.

'Tot een jaar geleden hield ik me bezig met klinisch onderzoek,' vertelt hij. 'Met name voor fabrikanten van homeopathische middelen. Mierikswortelextract tegen hoofdpijn, blauwe zeealg tegen hooikoorts, et cetera.'

'Helpt dat?'

'Als je het maar vaak genoeg onderzoekt wel.'

'Hoe bedoel je?'

Ezekiël kijkt even goed om zich heen of er niemand meeluistert en schuift dan zijn stoel wat dichter naar de mijne. 'We deden die studies een paar keer achter elkaar in korte tijd,' vertrouwt hij me toe, 'en daar kwam steeds weer wat anders uit. Als de resultaten gunstig waren, dan bracht zo'n fabrikant ze in de openbaarheid en anders verdwenen ze ergens achter in een archiefkast.'

Volgens Ezekiël is alles bewijsbaar voor de juiste geldsom. 'Er was bij voorbeeld eens een vitaminedrankje,' weet hij zich te herinneren, 'dat we dertig keer moesten onderzoeken voordat het een positief effect had op verkoudheden.'

Voor bepaalde gezondheidsclaims is een minimum aan onderzoek vereist. Als een bedrijf beweert dat zijn product kanker geneest of de kans op hartinfarcten verkleint, dan moet hier een wetenschappelijke basis voor zijn. Dit geldt echter lang niet voor alle claims. Zo lang er geen aanspraak wordt gemaakt op een specifíek ziekte-helend effect is bijna elke reclametekst toegestaan:

bevordert de gezondheid
voor meer weerstand
veilig omdat het natuurlijk is
geeft energie
reinigt het lichaam
dringt diep door in de haarwortel
past in een cholesterolverlagend dieet
herstelt de natuurlijke balans

De lijst met beweringen die zonder consequenties op producten geknald mogen worden is schier oneindig. Allemaal loze termen die feitelijk slechts aangeven dat er noch tabak noch alcohol in het product zitten, want een pak sigaretten of fles rum aanprijzen met '*voor een gezond en sportief leven*' is nog net wel verboden.

Gezondheidsclaims als deze verleiden mijn vriendin ertoe bronwater te kopen dat over duizenden kilometers is vervoerd, maar in de meest geavanceerde chemische laboratoria niet kan worden onderscheiden van wat er bij ons uit de kraan stroomt. Zo zuiver dat je er zo veel van kunt *drinken*[30] als je wilt.

---

30 kopen

Tracht overigens niet om logica te brengen waar zij niet kan bestaan. Importeurs en fabrikanten zullen zich altijd tegen de grondbeginselen van de scheikunde blijven verweren, zoals organisatoren van piramidespelen altijd zullen weigeren de basisprincipes van de wiskunde te erkennen.

Naast de op slecht onderzoek gebaseerde en nietszeggende uitlatingen, heb je ook nog de beweringen die wel waar zijn, maar zo vanzelfsprekend dat ze in feite de intelligentie van consumenten beledigen: pakken suiker waarop vermeld staat dat het product *100% vetvrij* is, alsof er ooit suiker heeft bestaan waar wél vet in zat. De term *dermatologisch getest* op cosmetica, alsof het toegestaan zou zijn huidsmeersels op de markt te dumpen die níet onderzocht zijn op schadelijke bijeffecten. *Kan veilig gebruikt worden bij pinda-allergie* op een pak homeopathisch zout (omdat er geen pinda's inzitten).

...

Aan het eind van de dag heb ik zelf een presentatie bij de postersessies proefdieronderzoek. Op een poster van tachtig bij honderdvijftig centimeter beschrijf ik wat we allemaal met onze kankermuizen kunnen doen. Dat we ze longkanker bezorgen door ze bloot te stellen aan sigarettenrook, maagkanker door zoutzuur in hun maag te laten lopen en leverkanker door alcohol in hun bloed te spuiten. Teelbalkanker is me nog niet gelukt.

Poster-presentaties zijn er in alle soorten en maten. Losse A4-tjes uitgespuwd door dot-matrixprinters met resultaten en ideeën van ongewassen vegetariërs – maar ook posters van meerdere vierkante meters groot, afgedrukt in fotokwaliteit, verwijzend naar nog mooiere internetpagina's, die bewaakt worden door snelle kerels in kostuum en dito vrouwen in mantelpakjes. In het algemeen kun je stellen dat de impact van een onderzoek omgekeerd evenredig is aan de hoeveelheid gegevens die op de poster worden geknald.

Japanners met digitale camera's lopen langs, zetten de posters op de foto en knikken beleefd. Soms blijven ze zwijgend voor je staan, alsof ze je niet goed durven aanspreken. Als je ze daarop benadert, komen ze zonder uitzondering met een debiele vraag waarvan ze zeker weten dat die bevestigend kan worden beantwoord. *Is dat uw naam op de poster?* Of: *Zijn dat uw resultaten?* Of: *Is dit uw onderzoek?* Er volgt nooit een tweede vraag.

Volgens de voorschriften van het congres moet je minstens anderhalf uur bij je poster staan, en als je je drukt kun je voor drie jaar worden geschorst. Ík tenminste – belangrijke mensen niet natuurlijk. Na een half uur begin ik een beetje eenzaam te worden. Niemand komt me een serieuze vraag stellen en zelfs de kerel bij de poster naast me wil geen praatje met me maken. Ik besluit een ruime plaspauze in te lassen.

Bij terugkomst word ik door iemand opgewacht. 'Ik sta hier al ruim een kwartier,' overdrijft hij, 'ik had het bijna opgegeven.' Deze man kennen we. Van As, onze hoogleraar genetica. Incognito in een groene lamswollen trui en bruine ribbroek, de handen in de zakken. 'Dus hier hou jij je mee bezig,' merkt hij op. 'Wat leuk.' Zijn kwaadaardige varkensoogjes priemen zich in mijn voorhoofd.

'Wilt u dat ik er wat meer over vertel?' vraag ik.

De prof schudt zijn hoofd. 'Ik weet genoeg,' zegt hij. 'Jouw poster spreekt boekdelen.'

'Wilt u dan misschien een sheetje met de belangrijkste gegevens?'

'Misschien kun je me met iets anders helpen...' Hij doet een stapje naar me toe en nadert me tot minder dan die armlengte afstand waar ik anderen graag op houd.

Ik zet een pas naar achter.

'Sinds enige tijd ben ik voorzitter van de ethische commissie proefdieronderzoek,' legt de professor uit. 'Jij werkt toch ook met proefdieren?'

Kennelijk laat mijn poster met de cryptische titel '*Zo bezorgen wij ratten kanker*' nog ruimte voor twijfel over deze vraag.

'De laatste tijd zijn wij gestuit op enige onregelmatigheden bij de aanvraagprocedures,' gaat hij verder. 'We krijgen het idee dat er onderzoekers rondlopen die misbruik maken van de vergunningen die we verlenen – om heel andere proeven te doen.'

'Is dat zo?'

'Het zou jammer zijn als iemand zich daarmee in de nesten zou werken. Zeker als het gaat om intelligente jonge kerels als jij, die nog een hele carrière voor zich hebben,' waarschuwt hij.

'Dat zou inderdaad uitermate vervelend zijn,' antwoord ik.

De professor knijpt zijn ogen samen. 'Je kunt altijd langs komen om te praten,' zegt hij. 'Je weet me te vinden.' Hij geeft me een schouderklopje, knipoogt en draait zich om. Over de linoleum vloer van de congreszaal slentert hij weg, van poster naar poster, de handen als een schaatser op de rug. Aan het eind van de rij met presentaties gekomen, net voor hij uit mijn blikveld verdwijnt, zwaait de prof nog even een keer naar me.

Ik zwaai terug.

Een Japanner zet mijn poster op de foto en dankt me beleefd voor de sheet die ik hem overhandig. Intussen vraag ik me af wat er daarnet eigenlijk is gebeurd.

Volgens mij heb ik zojuist de vijand gezien.

En hij kijkt gemeen.

...

We hebben voor vanavond afgesproken met een groep Nederlanders om een tocht over de Chicago River te maken.

Terwijl Damian zich voor de gelegenheid omkleedt, bel ik naar Nederland.

'Hallo?'

'Hoi, met Jidde.'

'Dat dacht ik al. Wat leuk dat je belt! Hoe is het in Chicago?'

'Geweldig. Ik heb vanochtend gesproken met Roy Hackfield, een gigantische hotshot op het gebied van de translationele inhibitie van oncogenen.'

'O, wat geweldig,' klinkt het. 'Dat is wat je altijd al wou, toch?'

'Zoiets, ja. Hij heeft me zelfs uitgenodigd een tijd bij hem op zijn lab te komen werken.'

Midden in het gesprek roept Damian vanuit de badkamer: 'Doe Charlotte de groeten van me!' Net een heel stuk harder dan me lief is.

'Wie is dat?'

'De antichrist,' zeg ik.

'Oké...' beaamt ze. Aan de andere kant van de lijn wordt gegaapt. 'Wanneer kwam je ook alweer terug?'

'Zondag.'

'Nou, tot zondag dan.'

Ik wens Tara een goede nachtrust en hang op.

Het valt moeilijk te ontkennen dat mijn relatie met Charlotte de afgelopen tijd heeft gewonnen aan complexiteit.

Om maar niet te zeggen dat het even bijzonder slecht gaat.

Om maar niet te zeggen dat ik binnenkort in de steek gelaten word.

Ik had verwacht dat mijn onvruchtbaarheid simpelweg *einde verhaal* zou betekenen, dat Charlotte zich erbij neer zou leggen dat wij geen kinderen konden krijgen en gezinsuitbreiding verder uit haar hoofd zou zetten. In eerste instantie had het daar ook alle schijn van. We zwegen de kwestie dood en pakten het leven weer op waar we het hadden gelaten vóór de confronterende doktersbezoeken en obligate Eisprongdagen. We brachten een lang weekend door in Stockholm om te vieren dat we drieënhalf jaar en twee maanden bij elkaar waren, we zopen ons een stuk in de kraag op de verjaardag van haar zus, om de dag daarop ziek op de bank in het schemerduister natuurdocumentaires te kijken. We besprongen elkaar weer op de meest ongelegen momenten en regelmatig kwamen we te laat op het werk nadat we ons 's ochtends helemaal hersendood hadden gecopuleerd.

Een maand of twee ging dat zo.

We hadden zojuist in de bioscoop een Deense cultfilm achter de kiezen en zaten in het café nog iets na te drinken, toen er plotseling een eind kwam aan de rust. Toen ze opeens begon over *andere oplossingen*. Er waren namelijk nog andere oplossingen. Talloze andere oplossingen, die ik niet zag. Die ik niet wílde zien. Natuurlijk konden we nog kinderen krijgen.

'Wil je er soms een adopteren?' vroeg ik.

'Dat is een mogelijkheid,' zei ze. Nerveus roerde ze met een rietje in haar cola. 'Maar wel een die heel lang duurt.'

'Waar dacht jíj dan aan?'

'Nou ja, er zijn heel veel opties.' Haar stem ging een eind omhoog. 'Donorzaad bij voorbeeld,' suggereerde ze en ze nam snel een slok frisdrank.

Ik moest er even om grinniken. 'Je wilt toch niet het kind dragen van een of andere onbekende kerel? Dat is belachelijk.'

Om maar niet te zeggen: *ondenkbaar*.

Om maar niet te zeggen: *krankzinnig*.

'Het hoeft niet per se een onbekende te zijn...' zei ze, zonder er een spier bij te vertrekken.

Ze had zelfs al iemand in gedachten.

...

We varen over de Chicago River, de enige rivier ter wereld die door mensenhanden van stroomrichting is veranderd. Aan weerszijden reiken Chicago's gigantische wolkenkrabbers majestueus naar de hemel, de een nog indrukwekkender dan de andere. Als je iets maar groot genoeg maakt, wordt het vanzelf wel mooi, denk ik.

De gids, een vrijwilliger van een lokale architectuurstichting, vertelt over de gebouwen – wanneer ze gebouwd zijn, wie ze ontworpen heeft, hoeveel ze gekost hebben, wat ze zo bijzonder maakt. Hij vertelt honderden details, waarvan ik er over een jaar niet één meer zal kunnen reproduceren. Er zijn mensen die het getal pi kennen op vijfhonderd cijfers achter de komma, er zijn mensen die alles weten over de gebouwen in Chicago.

Schoen heeft een filmcamera meegebracht en staat tegen de reling opnames van de kade te maken. Het wordt één lang shot vanaf het vertrek van de aanlegsteiger tot het aanmeren bij terugkomst. 'Da's leuk voor de kinderen,' legt hij uit.

'En voor de visite,' zeg ik.

'Net of ze er zelf bij zijn,' vult Damian aan.

De boot is afgehuurd door de Nederlandse Vereniging voor Biotechnologie als een soort integratie-uitje. Ik herken wat oud-studiegenoten en een aantal grotere namen uit andere steden. Van As is nergens te bekennen. Vanderzee en Pjotr staan op het achterdek foto's te maken. Ze trachten de weerspiegeling van de ene wolkenkrabber in de andere te vangen.

Op de voorsteven ligt Marije uitgestrekt in een mouwloos shirtje van de zon te genieten. Ik kom bij haar zitten en zij verschuift zich om haar hoofd op mijn schoot te laten rusten. 'Veel beter,' zegt ze.

'Hoef je geen gebouwen te kijken?' vraag ik.

Marije geeuwt. 'Als je één flat hebt gezien, heb je ze allemaal gezien.' Ze pakt mijn rechterhand, spreidt de vingers en begint hem te lezen. 'Je hebt een diepe hartlijn,' zegt ze, 'en ook een lange verstandslijn. Dat betekent dat je zowel emotioneel bent als berekenend.' Ze kijkt verder: 'Je pink kromt naar binnen, zoals bij alle twijfelaars, en de duimmuis is erg geprononceerd. Je weet toch wel wat ze zeggen over jongens met een geprononceerde duimmuis?'

'En verder?'

'Wat eelt, maar dat zegt meer over hoe het gaat tussen jou en je vriendin.' Ze wrijft met haar duim over de rimpels in mijn handpalm en kijkt nog eens aandachtig. 'O ja, je levenslijn,' meldt ze. 'Een beetje kort.'

Terug aan land besluiten we dat er gegeten moet gaan worden. 'Kom maar met mij mee, jongens,' zegt Schoen. 'Ik ken hier in de buurt een eetcafé waar ze verdomd lekkere kippenvleugeltjes serveren.'

We stappen met ons zevenen in twee grote gele Buicks en Schoen geeft de taxichauffeurs instructies. Tien kilometer verderop worden we afgezet aan Lake Michigan. Het eetcafé waar mijn baas het over had blijkt Hooters te zijn, dat ons in schreeuwend neon lokt met pitchers bier voor zeven dollar. Aan de deur worden we opgevangen door een geblondeerd zwart meisje dat ons plaats laat nemen op de krukken rond een hoge, ovale tafel.

Waar Hooters om bekendstaat, naast uiteraard de heerlijke kippenvleugeltjes, is de werkkleding van de serveersters, die er met name op is gericht hun vruchtbaarheid te benadrukken. De cliëntèle is dan ook in hoofdzaak mannelijk.

In de hoek is een vrijgezellenfeest aan de gang. Tien kerels in een *Jim-is-een-klootbommel*-shirt en één jongen in een *Ik-ben-Jim*-shirt doen een spelletje met bierviltjes en roepen elkaar obsceniteiten toe. Aan de bar volgt een groep mannen een honkbalwedstrijd, Chicago uit tegen Kansas. Het is de derde inning en de score is nog nul-nul.

Schoen bestelt voor ons allemaal en de aanvoer begint van schalen kippenvleugels en pitchers bier.

'Ik wil een toast uitbrengen op Vierklau!' heft mijn begeleider het glas.

Zeven bierpullen klinken tegen elkaar.

'En op de rest van de afdeling, niet te vergeten,' proost Vanderzee.

'Een toast op de uitdagingen die ons te wachten staan,' doet Marije ons uitbrengen.

De glazen zijn leeg en Damian vult ze bij. 'Op kankeronderzoek in het algemeen!' roept hij.

'Op significante resultaten!' vindt Thomas. 'Het liefst relevant en valide.'

'Op gezond verstand,' bedenkt Pjotr.

'En dat jij het ooit mag ontwikkelen,' zegt Marije.

Schoen slaat zijn bierpul bijna kapot tegen die van Vanderzee.

'Op vruchtbaar onderzoek,' roep ik, maar er valt niets meer

te proosten. De glazen zijn leeg en er moet worden bijbesteld.
Damian stoot me aan en zegt: 'Op onze Christiaantjes.'

Schoen schreeuwt door de tent om meer bier en spreekt ons vervolgens toe: 'Jullie doen me denken aan een jonge, gepassioneerde onderzoeker die ik twintig jaar geleden kende en die toen nog immunologisch onderzoek deed in Berkeley.' Mijn begeleider refereert graag aan zijn werk in Amerika. 'Een slanke, atletische en aimabele jongeman, die zich als een van de eersten toelegde op het bestuderen van MHC-moleculen en die, aleer hij terugging naar Nederland, voor zijn groep een groot NIH-project binnensleepte. Om zich daarna meer en meer toe te leggen op de oncologie.'

Een schaal gemarineerde kippenpoten wordt op onze tafel gedumpt en Schoen tast toe. 'Misschien vragen jullie je af hoe het hem is vergaan,' denkt hij hardop met volle mond, 'deze jonge held.' Hij wijst naar zichzelf.

'Jij hebt hem opgegeten?' raadt Damian.

De pitchers blijven maar komen, ik ben inmiddels de tel kwijtgeraakt. Pjotr en de twee postdocs zijn terug naar hun hotel en ook Schoen vindt het nu wel mooi geweest.

'Ik ga!' roept hij. Voordat hij opstaat hapt hij nog snel twee kippenpoten weg en slaat een halve bierpul achterover. 'Die kant op,' wijst hij en enigszins breedsporig begeeft hij zich in de richting van de uitgang. Je kunt een hoop zeggen van alcoholisten, met name dat ze veel drinken, maar ze vallen niet snel om.

'Moeten we niet even controleren of hij hier wel goed wegkomt?' bedenk ik hardop.

'Hoezo?' vraagt Damian. Hij wrijft in zijn ogen.

'Nog een pitcher!' bestelt Vanderzee.

'We kunnen Schoen toch niet zo laten gaan?' zeg ik. 'Straks dondert ie nog in het meer.'

Damian maakt zich minder druk. 'Die baas van jou blijft echt wel drijven,' analyseert hij. 'En de wind staat landinwaarts vanavond.'

De alcohol begint beschamend hoge niveaus van eerlijkheid in Damian's baas los te weken. Hij vertelt over zijn werk voor de industrie en hoeveel salaris hij wel niet heeft ingeleverd toen hij weer universitair ging werken. 'Ik ben natuurlijk niet teruggestapt in de academie om een beetje naar de pijpen van Vierklau te dansen,' verklaart hij.

'Niet?'

'Ik ben hier gekomen...' Hij haalt een hand door zijn haar. '...om de boel óver te nemen.'

'Verwar Frits niet met iemand die gevoel voor humor heeft,' verduidelijkt Damian.

'Ben je echt zo goed als je denkt?' vraag ik.

'Beter nog!' roept Vanderzee. Hij zwaait zijn vuist in de lucht en valt bijna van de kruk. 'Vierklau is verleden tijd!' roept hij. 'Wacht maar tot je... tot je morgen míjn verhaal hoort.'

'Ik kan mijn ongeduld nauwelijks bedwingen.'

Damian tikt op zijn horloge. 'Ik ga vast een taxi halen,' zegt hij en hij zwalkt naar buiten.

'Dat is nou een jongen... uit duizenden!' verklaart Vanderzee. 'Maar wel een engerd!'

Vanderzee's spraakzame stemming doet me besluiten hem te vertellen over mijn ontmoeting met de hoogleraar genetica. 'Professor Van As kwam vanmiddag tijdens mijn posterpresentatie naar me toe,' deel ik met de biochemicus. 'Hij wou iets van me, maar ik weet niet zo goed wat.'

Vanderzee knikt. 'Van As... zit achter Vierklau aan,' legt hij uit. Met veel inspanning weet hij zijn oogleden open te houden.

'Waarom?'

'Omdat Vierklau een... lul is die zich bij... iedereen onmogelijk maakt!' Het komt er steeds moeizamer uit – ik moet mijn oren spitsen om hem te blijven verstaan. 'Als hij niet zo'n ruzie had geschopt met Van As... en met Fassbinder... en met de ethische commissie... en met iedereen... en met nog meer mensen... dan zaten we nu niet zo in de problemen!'

'In de problemen? Hebben we problemen?'

'Wij... hebben... problemen! Pro-blé-men!' Hij wil zijn

bierpul pakken, maar grijpt ernaast. 'Wist jij bij... voorbeeld... dat jouw onderzoek met Damian... nooit is goedgekeurd door de ethische commissie...'

Ik schuif zijn pul dichter naar hem toe.

'Maar dit is alles wat ik je vertel...' besluit hij. 'Ik heb al veel te veel verteld... sterker nog, ik heb al meer verteld dan ik zelf weet...'

Een hels kabaal achter ons: luid gejuich, Chicago heeft een homerun geslagen. De gasten aan de bar springen en dansen van vreugde.

Ik joel met ze mee. Heerlijk voelt het om zo ongegeneerd hard te kunnen schreeuwen. Niets lucht zo op als een oerkreet uit het diepst van je ziel.

Als ik me weer omdraai, zit ik alleen aan de tafel. De kruk naast me is leeg, hetgeen merkwaardig is, want net zat Vanderzee daar nog en zo snel beweegt ie anders nooit. Ik tik wat nuchterheid in mijn hoofd en kijk nog eens goed.

Hé, verrek, hij is op de grond gaan liggen!

O, fuck.

Had ik gezegd dat Vanderzee saaier is dan een Duits-Frans woordenboek? Dat neem ik bij dezen terug.

Vanderzee ligt dus op de grond en maakt geen enkele aanstalten om weer op de kruk te komen zitten.

Ik ga staan en trap daarbij per ongeluk op zijn hand.

Terwijl ik de situatie nog grondig aan het evalueren ben, word ik op de rug getikt. Het is Damian, die vervoer heeft geregeld. 'Kom, we gaan,' zegt hij. 'De taxi wacht op ons.'

Ik kijk neer op Vanderzee. Hij beweegt nog steeds niet. 'Het is misschien een beetje moeilijk te zien, omdat hij op de grond ligt,' zeg ik, 'maar jouw baas is bewusteloos. We zullen hem moeten dragen.'

Mijn collega kijkt even goed. 'Tsja,' concludeert hij, 'zwaartekracht is niet facultatief.'

Damian pakt Vanderzee bij de schouders, ik bij de knieën en samen hijsen we de biochemicus Hooters uit. Een groep Amerikaanse zakenlieden in pak juicht ons toe. Damian maakt vereerd een buiging en verliest daarbij de grip op zijn baas. Vanderzee knalt met zijn hoofd tegen de vloer. De doctor gromt wat, maar wordt niet wakker.

Ik vraag me af hoe vaak je dronken mensen met hun hoofd op de grond kunt laten slaan voordat ze er last van krijgen, maar Damian is het nu aan het uitzoeken. Hij struikelt over de drempel en de biochemicus valt weer op de grond.

De Pakistaanse taxichauffeur kijkt bedenkelijk als we Vanderzee op zijn achterbank leggen. Hij maakt duidelijk dat overgeven in zijn taxi honderd dollar kost en verwijst daarbij naar zijn vrouw en vijf kinderen. We krijgen een foto van het gezin getoond.

'Maakt u zich maar geen zorgen,' zeg ik, 'wij weten waar we mee bezig zijn.'

'Ja,' zegt Damian, 'ik ben bioloog.'

De rit verloopt nagenoeg zonder incidenten, als we buiten beschouwing laten het moment dat Damian het nodig vindt zich af te vragen of Vanderzee niet dood is, waarop de taxichauffeur midden op een kruispunt de auto stilzet en eist dat we uitstappen en ons lijk meenemen. En als je niet meerekent de ongelukkige verspreking van Damian, die de man vraagt hoeveel koeien deze wil hebben voor zijn jongste dochter.

Bij het Sheraton worden we eruit gelaten. We verslepen Vanderzee naar de stoep voor het hotel en rekenen af met de chauffeur.

'*You have a good night, sir*,' zegt de man in zijn zware Pakistaanse accent. '*I will pray for your boss*.' Dat mag ook wel, voor tien dollar fooi. Met gierende banden scheurt de taxi weg.

In de frisse Amerikaanse lentenacht ligt een biochemicus hard te snurken.

'Dit had ik niet gezocht achter de grote Frits Vanderzee,' beken ik.

Damian schraapt zijn keel en spuwt op de grond. 'Mijn baas

is een stinkende randdebiel, van wie nooit is bewezen dat hij géén kinderporno downloadt via het universiteitsnetwerk,' besluit hij, 'maar is het mij misschien toegestaan iets ongenuanceerds te zeggen?'

'Ga je gang.'

'Ik mag hem niet zo, dus ik stel voor dat we hem hier op de stoep laten liggen en ons eigen hotel weer opzoeken.'

Ik heb een potje met vet, neuriet Damian, terwijl we langs Chicago River terugwandelen.

Ik hang tegen de muur van de entree voor de openstaande badkamerdeur, en wacht tot Damian klaar is.

Mijn collega steunt met beide handen stevig op de wasbak en bekijkt zichzelf in de spiegel. 'Was ik maar slim en niet zo mooi,' besluit hij. Uit zijn toilettas vist hij een stuk flosdraad.

'Damian, mag ik jou iets vragen?' zeg ik.

Hij haalt zijn schouders op en steekt de draad tussen zijn tanden.

'Je moet dit niet persoonlijk opvatten,' leg ik uit, 'maar waarom ben jij eigenlijk zo'n ontzettende klootzak?'

'*Niet persoonlijk*?' Hij richt zich op en keert zich naar mij. Zijn haar staat alle kanten op en waterdruppels zoeken zich een weg over zijn gelaat naar beneden. Het late uur heeft hem murw geslagen en hij heeft de muur nodig om in evenwicht te blijven. Er is geen spier in zijn gezicht die hij nog aanspant, maar het zijn twee rode ogen die verraden dat er nog een mens in Damian huist. 'Wil je het echt weten?' vraagt hij.

'Ik wil altijd alles weten.'

'Oké,' zegt hij en hij gaat erbij zitten.

Damian vertelt helder, duidelijk en beeldend. Kil en emotieloos. Zoals je een artikel in elkaar schrijft.

'Is dat allemaal waar?' vraag ik.

Hij knikt en zegt: 'Zelfs jij moet hier de ironie van kunnen inzien.'

...

Vijf uur 's ochtends zit ik klaarwakker op het toilet. Mijn darmen zijn totaal ontregeld en ik verga van de dorst.

Op ditzelfde moment, aan de andere kant van de wereld, denkt Charlotte aan mij en dan met name aan hoe ze van me afkomt.

Op ditzelfde moment, aan de andere kant van de wereld, ligt een eenentwintigjarige studente theaterwetenschappen bij te komen van een nacht doorhalen in een feestkelder – of was het een kelderfeest...? Over een uur of twee wordt ze wakker met een knallende kater en een slechte adem, leest ze mijn sms-bericht en draait ze zich nog een keer om in haar bed.

Tara kwam ik bij toeval weer tegen in de boekwinkel naast het stadhuis. Tussen de reisgidsen. Haar blonde vlechtjes hadden plaatsgemaakt voor roodgeverfde krullen en ze had zich gehuld in een roze regenjas met bijpassende plastic hoed. Het was de dag na de dag dat Charlotte me had uitgelegd wie ze in gedachten had om zwanger van te worden en ze hiermee mijn gevoel van eigenwaarde tot het absolute nulpunt had gehamerd.

Ik trof Tara aan verzonken in een fotoboek over Azië. Ze had zich afgesloten voor het overige winkelpubliek en wandelde langs eeuwenoude Thaise tempels, diepgroene Chinese rijstvelden en oneindige Nepalese hoogvlakten.

Na de bewuste zaterdag voor Kerst had ik niet meer gebeld, en ik aarzelde even haar te begroeten. Voor de zekerheid pakte ik van de tafel met aanbiedingen een stevige atlas als schild. Ik ging achter haar staan en tikte voorzichtig op haar rug. 'Hoi, Tara, hoe is het?'

Ze keek me aan over haar schouder en fronste de wenkbrauwen. De trap die ik verwachtte op een plek waar het pijn doet, bleef uit. 'Zeg eens Jidde,' vroeg ze samenzweerderig, 'heb jij wel eens een reisboek gejat?'

...

DAG DRIE

Het punt is – als er al een punt te maken valt – het verschil tussen geheugen en herinnering. Laten we het emotie noemen. Laten we aannemen dat het juist de emotie is die de nuchterheid heeft weggenomen.

Ik weet alles nog wat er gisteren is gebeurd, maar ik kan de gevoelens die erbij horen niet meer oproepen. Het is of ik kennis heb genomen van iemand anders' belevenissen, alsof een film aan me voorbij is getrokken. Ikzelf heb nooit meegemaakt dat Vanderzee omviel, dat Damian zijn levensverhaal vertelde en dat twee politieagenten ons wilden inrekenen wegens landloperij. Of dat Marije de Heimlichmanoeuvre moest toepassen om een vastgelopen kippenbotje uit Pjotr's luchtpijp te persen, dat Schoen op het punt stond Damian een mep te geven en dat Vanderzee me uitlegde dat het onderzoek met onze Christiaantjes eigenlijk illegaal is.

Plichtsgetrouw heb ik mezelf op tijd uit bed gehesen voor de ochtendsessies. Het is druk in de zaal. Ik ben achter in de hoek gaan zitten met mijn hartkloppingen en suizende oren, en met een darmstelsel dat me dwingt om de dertig minuten naar het toilet te rennen.

Moleculaire virologie. De eerste spreker vertelt hoe hij in staat is geweest het poliovirus kunstmatig in elkaar te zetten en daarmee bedoel ik niet dat hij tekst en uitleg komt geven hoe hij het in zijn hoofd heeft kunnen halen zo'n gevaarlijk virus na te maken, maar dat hij een technisch verhaal houdt zodat anderen het na kunnen doen.

Dan volgt er iemand met een statistisch praatje. Hij heeft virussen blootgesteld aan röntgenstralen en gekeken of dit leidt tot meer veranderingen – mutaties – in hun DNA. Hij laat gegevens zien van onderzoek dat anderen vóór hem al hebben gedaan en bespreekt de verschillende conclusies die hieruit getrokken zijn. Dan komt hij met zijn eigen gegevens: verschillende virussen die bewerkt zijn met verschillende soorten en hoeveelheden straling en waar de mutaties op diverse manieren zijn bepaald. Hij heeft gegevens linksom en rechtsom geanalyseerd, opgesplitst en samengevoegd, gecontroleerd en gevalideerd. We krijgen een stuk of tien conclusies voorgeschoteld.

Als het verhaal afgelopen is, wil de voorzitter weten of röntgenstraling nou wel of niet leidt tot mutaties, want dat is hem, ondanks al die analyses, nog niet duidelijk geworden. De spreker antwoordt dat hij nog geen uitsluitsel kan geven over die vraag: daarvoor zijn meer gegevens vereist.

Het valt me nu pas op dat Damian er ook is. Op de eerste rij zit hij. Zwart pak, zwart overhemd, zwarte das, vale glimlach. Wachtend. Luisterend.

De voorzitter bedankt de tweede spreker en kondigt de derde aan – een Canadees die werkt aan hiv, net als de halve wereld. Rijke mensen gaan dood aan hiv, kanker en hartziekten en daarom is daar veel geld voor. Arme mensen gaan dood aan tuberculose, malaria en trypanosomiasis, dus daar is geen geld voor.

De spreker opent met een anekdote over de autoreis die hij hiernaar toe heeft gemaakt. Niemand lacht. Ontstemd merkt de Canadees op dat ook stand-up comedians wel eens grappen maken die niemand begrijpt.

'Inderdaad,' zegt de voorzitter, 'en dan met name de minder succesvolle.'

Gisternacht met Damian was verhelderend, wat hij vertelde werpt een heel ander licht op hem. Een ánder licht, niet per se een licht waarin hij mooier voor de dag komt. Zijn verhaal doet niets af aan zijn maligne karakter en verwrongen geest. Het neemt niet weg dat hij geen mogelijkheid onbenut laat om misbruik te maken van anderen. Het neemt niet weg dat er in de drie jaar dat ik hem ken niet één vriendelijk woord gemeend over zijn lippen is gekomen. Dat hij bij meerdere gelegenheden op het punt heeft gestaan mensen voor de kop te slaan om bijna niets. Hij wordt er geen beter mens door en het geeft hem zeker niet het recht zich als een totale asociaal op te stellen. Hooguit heb ik wat meer begrip voor hem gekregen. Hooguit waardeer ik iets meer hoe hij zich door het leven slaat.

Het praatje van de Canadees heeft weinig inhoud, maar hij brengt het met verve. Mooie foto's, indrukwekkende animaties, uitgedachte zinnen. Allemaal bedoeld om af te leiden van de magerte van zijn resultaten. Als afronding trapt hij nog even een paar open deuren in: hiv is een virus, het wordt overgedragen met bloed en door sexueel contact, en het is heel erg.

Zelfs jíj moet hier de ironie van kunnen inzien, zei Damian gisternacht. Dat weet ik zeker. Die paar woorden staan gebeiteld in mijn harde schijf.

De voorzitter geeft een aantal mensen de gelegenheid vragen te stellen. Mijn collega heeft er een. Hij steekt zijn hand op. 'Dus als ik uw verhaal goed heb begrepen, bent u naast een groot komiek, de ontdekker van hiv?'

De Canadees reageert gepikeerd. 'Ik vind dat een bijzonder kwetsende opmerking van u,' zegt hij, 'die ík nooit zou kunnen maken. In mijn leven zijn slechts drie elementen van wezenlijk belang: een gelukkig gezin, het vasthouden aan mijn normen en waarden, en het leveren van een wezenlijke bijdrage aan de wetenschap.'

'Twee uit drie is niet gek,' antwoordt Damian.

We laten alles even in het midden. We laten bij voorbeeld in het midden of het onderwerp van mijn presentatie aansluit bij de sessie *Intracellulaire signaaltransductie in oncologische processen*. Vierklau vindt van wel.

Nog tien minuten. De spreker vóór mij, die nu in een schema laat zien hoe hij zich de werking van het p53-gen voorstelt, komt uit Tokio en heeft zijn onderzoek reeds gepubliceerd in Japanse tijdschriften als *Biotechnology Tokio* en *The Asian Journal for Molecular Biology*. Met deze bladen maak je in Nederland weinig indruk, maar aan het *Nederlands Tijdschrift voor Biologie* hebben ze dáár weer geen boodschap. Overigens wordt slechts tien procent van al het Japanse onderzoek gepubliceerd in het Engels. God mag weten wat ze voor ons achterhouden.

Schoen en Vierklau zitten naast me op de eerste rij. Ik wil in het midden laten of ze daar zitten om me te helpen, me te controleren of me te intimideren. Zo meteen ga ik vertellen dat ontstekingsfactor NF-KB aanzet tot tumorgroei en ook hiervan wil ik graag in het midden laten of dat waar is.

Vorige week gaf ik in Nederland nog een proefpresentatie voor de afdeling. Ik had wat mooie plaatjes bij elkaar gezocht, beperkte me tot de gegevens van de eerste serie proeven, vergat voor het gemak dat ik ze nooit had weten te herhalen en sloot af met een genuanceerde conclusie – 'Dit is een niet eerder beschreven effect, dat nader dient te worden onderzocht,' eindigde ik.

Schoen klapte, meer voor zichzelf dan voor mij, de meeste anderen volgden getemperd.

Vierklau had echter nog wat reserveringen. 'Dat moet je beter formuleren,' vond hij. 'Je moet zeggen dat het gaat om een revolutionaire ontdekking die een omslag kan betekenen in ons concept van het ontstaan van kanker. Daar maak je meer indruk mee.'

'Ik denk dat we toch eerst meer proeven zouden moeten doen, voordat ik zo'n stelling kan poneren.'

'Onzin. Wat jij hier net hebt verteld is simpelweg de waarheid. Zo zie ik het.'

'Maar ikzelf geloof het nog niet.'

'Dan dóe je maar alsof je het gelooft!' brulde hij.

Einde discussie.

De Japanner is klaar, ík moet. Als schaap voor de wolven om de waarheid te verkondigen *zoals Vierklau haar ziet*. Ik sta op, loop naar het spreekgestoelte en tik tegen de microfoon. Hij doet het. Ik stel me voor en bedank de toeschouwers voor hun aanwezigheid.

Het valt me nu pas op. Zevende rij, vierde stoel: Van As. Die geniepige rat is ook komen kijken. Hij zwaait. Op zijn schoot ligt een notitieblok.

Zou het toeval zijn dat Damian, die nu net binnen komt lopen, naast onze hoogleraar genetica gaat zitten?

Ik reutel hetzelfde verhaal af als vorige week, met een sterker geformuleerde eindconclusie.

Schoen is enthousiast als altijd en ook Vierklau kijkt tevreden. Er worden wel vragen gesteld, maar omdat ik bij een totaal verkeerde sessie ben ingedeeld en er dus geen experts in de zaal zitten, is geen daarvan overdreven kritisch. Voorlopig is het allemaal goed afgelopen.

Na mij is het de beurt aan Vanderzee, die komt spreken over de nieuwe geneesmiddelessays die hij heeft opgezet met Perma. Onberispelijk gekleed, met geen haar die de verkeerde kant op staat.

'Gaat het?' fluister ik, terwijl ik hem de laserpointer overhandig.

'Alleen een beetje koppijn,' stelt hij me gerust, 'alsof ik een paar keer op mijn hoofd ben gevallen. De drank is bijna mijn systeem uit.'

Misschien hadden we beter eerst even de microfoon uit kunnen zetten.

...

Joris heeft ons uitgenodigd bij hem thuis te komen eten en ik zit nu met Damian in de metro. Onlangs is onze ex-collega verhuisd naar een driekamerappartement in een bejaardenflat aan de zuidkant van Chicago. Het flatje in de gammele volksbuurt dat hij daarvoor betrok beviel niet meer zo. De eerste paar keer is het nog wel interessant als er iemand wordt neergestoken bij jou in de straat, maar daarna gaat de grap er snel vanaf.

Pas een paar haltes buiten de ring van het centrum gaat de metro ook daadwerkelijk de grond in en raakt hij steeds leger. Een jong Aziatisch stel met een paar schoenendozen onder de arm stapt uit en wij kunnen zitten.

Damian vraagt of ik tevreden was met mijn praatje vanmiddag.

'Uiteindelijk wel,' antwoord ik. 'Al was het behoorlijk afzien. Het blijft toch zwaar, na een nacht doorhalen als gisteren.'

'Zwaar?' snuift hij. 'De joden, díe hebben het pas zwaar.' Hij haalt zijn mobiel te voorschijn om te zien of er berichten zijn binnengekomen, en voor de zoveelste keer weet ik niet wat ik van hem moet denken.

We zijn inmiddels enkele haltes verder als Damian plotseling opgewonden begint te wijzen: 'Kijk, Jidde! Zag je dat? Een vleermuis!' Hij straalt als een kleine kernreactor.

Het kost me een hoop verbeeldingskracht om te zien wat hij bedoelt. Door de spelonken van de tunnel dwarrelt een schim om ons rijtuig.

Joris heeft zich niet bepaald voor ons uitgesloofd in de keuken, maar de pizza's zijn redelijk gelukt. 'De meeste wijn hier is niet te zuipen,' vertelt hij, terwijl hij de keuken uit komt lopen met een fles in de hand. 'Maar deze heb ik speciaal bewaard voor een gelegenheid als deze,' vertelt hij. 'Meegenomen uit Nederland. Ligt al een jaar te rijpen.' Hij begint onze glazen in te schenken.

Marije bedankt. 'Ik drink nu even niet meer,' zegt ze, wijzend naar haar buik. 'Veertien weken nu,' glundert ze.

'Dat is ook wat,' zegt Thomas.

'Wat ontzettend leuk voor je,' glimlacht Damian. 'Weet je ook wie de vader is toevallig?'

'Fantastisch!' roept Pjotr. Droge stukken pizza sputteren uit zijn mond en vliegen door de kamer. 'Fantastisch. Kinderen zijn fantástisch.'

'Gefeliciteerd,' zeg ik zachtjes.

'Werkelijk fantastisch!' benadrukt Pjotr nog eens. 'Kinderen krijgen is het mooiste wat er is en geen kinderen kunnen krijgen het vreselijkste wat er is.' Met zijn pinknagel verwijdert hij de etensresten van tussen zijn tanden. 'Daarom ben ik sinds een jaar donor bij de spermabank. Niet financieel bedoel ik, maar in natura.'

Ik verslik me in het bier. Pjotr zaaddonor? Mijn god, waar moet dat heen met deze wereld? Als ik íemand ken die een procreatieverbod verdient, dan is hij het wel. Hij is de reden dat ze abortus hebben gelegaliseerd.

Marije slaat me een paar keer op de rug en ik kan weer ademen. 'Gaat het?' vraagt ze. 'Of moet jij ons soms ook iets vertellen?'

I + I = 2

6

Pjotr denkt dat hij, als hij maar lang genoeg rondhangt op het radio-isotopenlab, op een dag superkrachten zal ontwikkelen.

Eigenlijk ben ik op zoek naar Damian – we moeten op de korte termijn de gegevens van het Christiaantjes-onderzoek overleggen – maar ik kan hem nergens vinden. Hij zit niet in ons werkhok, niet op het dierenlab of op de DNA-faciliteit en kennelijk dus ook niet op het radio-isotopenlab, waar Pjotr me aanklampt om zich te beklagen over de psychofarmacologen.

'Ik heb je advies nodig,' zegt hij. 'Er is onenigheid over het auteurschap op mijn volgende artikel.'

Voor een gedeelte van zijn onderzoek aan hersentumoren heeft Pjotr samengewerkt met de psychofarmacologen. Niemand had verwacht dat deze studie iets op zou leveren, maar als door een wonder heeft Pjotr – de collega bij wie we allemaal wel eens een keer gecheckt hebben of hij daadwerkelijk beschikt over opponeerbare duimen – een serie indrukwekkende resultaten verkregen. Voor de nare gifmengers reden om te gaan zeuren over de volgorde van de namen op het stuk.

Van alle namen die boven een artikel staan tellen er namelijk maar twee: de eerste en de laatste. De eerste auteur is, althans in principe, degene die al het werk heeft gedaan en die de eeuwige roem krijgt toebedeeld – de laatste is de baas. Om te bepalen wie er eerste auteur mocht zijn op hun artikel over de ontdekking van het DNA gooiden Watson en Crick destijds simpelweg een muntje op, maar vaak loopt dit proces toch een stuk stroever. In het geval van Pjotr zijn de nare gifmengers opeens van mening geworden dat zij een grotere bijdrage hebben geleverd dan hij en nu willen ze mijn collega wippen als eerste auteur. De farmacologen weigeren hun data te overhandigen en dreigen om deze op eigen houtje te publiceren.

'Ik ben altijd alleen als ik met ze overleg, want Vanderzee is te druk, en zij komen standaard met z'n vijven opdagen,' vertelt Pjotr. 'Daar kan ik dus nooit tegenop.'

Ik schud meewarig het hoofd.

De deur slaat open en Damian komt binnengewandeld in zijn witte jas. Hij torst een vrieskist met muizenembryo's mee, die hij met een harde klap op de werkbank laat neerkomen.

'Heren,' verklaart hij, 'vandaag schrijf ik geschiedenis!' Hij duwt zijn bril recht en zegt: 'Vandaag word ik de eerste man ooit die een embryo laat uitgroeien tot schildklierweefsel. Nee, alstublieft, geen applaus.' Hij maakt een kleine buiging.

'Damian, we moeten nog iets met elkaar bespreken,' zeg ik, 'maar wellicht wil je eerst Pjotr's probleem aanhoren?'

'Zeker! En niet eens uit zuiver leedvermaak!' Hij springt op de tafel en klapt in zijn handen.

Als Damian op de hoogte is gebracht van Pjotr's situatie, denkt hij even na en biedt dan een oplossing: 'Ik ken mensen die ervoor kunnen zorgen dat je nooit meer iets van ze hoort.'

'Damian maakt een grap,' verduidelijk ik voor Pjotr.

'Niet per se,' zegt Damian. 'Heb je een thuisadres voor me?' Uit zijn broekzak vist hij een pen.

'Man, doe niet zo raar,' zeg ik geïrriteerd. 'We zijn allemaal academici. Er moet toch tot een redelijke oplossing te komen zijn. Zelfs met de gifmengers.'

'Jidde, het is ieder voor zich hier,' glimlacht Damian. 'Het valt me tegen dat je dat na vier jaar nog steeds niet beseft. Je moet in die leercurve van jou toch wat meer helling zien te krijgen.' Hij wendt zich weer tot Pjotr: 'Wat zei je dat hun namen waren?'

...

'Zelfs jij moet hier de ironie van kunnen inzien,' zei Damian in Chicago. 'Ik werkte al bijna een jaar met hiv-muizen, toen ik erachter kwam. Op dat moment had ik nergens last van, maar ik kon een goedkopere verzekering krijgen als ik me liet testen.'

Het was te laat en ik was te dronken om verbaasd of geschokt te zijn.

Damian had me verteld over zijn heroïneverslaving en hoe hij hierin had voorzien met het produceren van extasy. Hij vermoedde besmet te zijn geraakt door het gebruik van een vuile naald, maar hij sloot niets uit. Hij had tijdens zijn studie wel meer dingen gedaan die achteraf niet zo verstandig bleken.

In Damian's hiv-besmetting dacht ik de verklaring te zien voor zijn sociopathie. Een reactie op het onrecht dat het leven hem had aangedaan. 'Dus dat rotte karakter van je heb je ontwikkeld toen bleek dat je seropositief was?' vroeg ik. In nuchtere toestand had ik het waarschijnlijk handiger geformuleerd.

'Hoe kom je dáár nou bij?' antwoordde hij verbaasd. 'Ik ben juist veel milder geworden de laatste jaren.'

...

Samen met Todd de superanalist wacht ik tot de resultaten uit de DNA-sequencer rollen. Hij heeft een aantal klinische monsters in staan en ik breng vijfduizend nucleotiden aan genoom van de Christiaantjes in kaart.

Todd vertelt me intussen dat zijn dochtertje Yvonne nu korte zinnetjes vormt door twee woorden achter elkaar te zetten. *Trein blauw*, *vork blauw*, *broek blauw*. Daarnaast heeft ze de woorden 'ja' en 'nee' ontdekt, waar ze zich probleemloos mee weet uit te drukken.

'Chocomel is *ja* en slapen is *nee*,' legt hij uit.

Ik geloof dat ik Todd nog niet zo uitgebreid heb voorgesteld, maar goed, er werken dan ook wel heel veel mensen bij ons op de afdeling. Todd is al vijftien jaar als analist verbonden aan het instituut, en hij is de enige die voor Schoen werkt en in vaste dienst is van de universiteit.[31]

De man is immer de rust zelve, het gekonkel op de afdeling interesseert hem absoluut niet. Hij doet zijn proefjes wanneer het hem uitkomt, plant zijn werkschema een week van te voren in, wijst ons AIO's vriendelijk maar dwingend terecht als we weer een puinzooi achterlaten op het lab en plaatst gelaten bestellingen voor alles wat Pjotr kapotmaakt. Vraag hem naar zijn Harley-Davidson als je hem tot leven wilt zien komen.

Todd genereert een hoop omzet voor het instituut met het onderzoeken van klinisch materiaal. Aanleg voor bepaalde vormen van kanker toont hij aan in het DNA van patiënten. Met name test hij voor het BRCA-gen, dat verantwoordelijk is voor tien procent van de gevallen van borstkanker. Als deze vorm van kanker veel voorkomt in je familie kun je als vrouw besluiten je te laten testen, om eventueel voorzorgsmaatregelen te treffen.

Een Amerikaans bedrijf heeft het BRCA-gen eind vorige eeuw ontdekt, gepatenteerd en een test ontwikkeld om het aan te tonen. Amerikanen kunnen een buisje bloed naar dat bedrijf sturen en krijgen dan een uitslag terug plus een rekening van drieduizend dollar. Dit geld wil het bedrijf niet alleen zien als het zelf de test uitvoert, maar ook als waar ook ter wereld iemand anders dat doet, zelfs al gebruikt die ander een totaal verschillende testmethode. Dit bedrijf claimt namelijk het eigendom van het BRCA-gen zelf, het copyright

31 Vaste dienst bereik je meestal doordat ze bij de afdeling personeel en organisatie een fout maken en je contract een keer te vaak verlengen

van een code die ze niet zelf gegenereerd hebben, van genetische informatie die het menselijk ras al ettelijke generaties bij zich draagt.

Die claim is toegekend.

Om deze reden heeft Schoen een constructie ingevoerd waarbij we het ingestuurde genetisch materiaal in studieverband onderzoeken, op een manier waardoor we toevalligerwijze ook het BRCA-gen kunnen tegenkomen. Dat laten we dan wel even weten. Het is onderzoek en we zijn geen commercieel bedrijf – al rekenen we wel graag driehonderd euro af aan administratiekosten – dus die belachelijk hoge patentrechten betalen we niet.

Net zoiets gebeurt bij de PCR-reactie waarmee DNA vermenigvuldigd wordt. Je hebt daarvoor een speciaal enzym nodig, het taq-polymerase. Op het enzym zelf zit geen patent, want dat was beschikbaar al lang voordat de PCR-reactie werd bedacht, maar het gebrúik van dit polymerase voor PCR is wel gepatenteerd. Als je zo'n reactie wilt uitvoeren moet je officieel het vrij dure spul aanschaffen waar de patentrechten voor zijn afgekocht.

Je hebt echter ook taq-polymerase voor paupers, dat overal voor gebruikt mag worden behalve voor PCR. Reken zelf uit: 1+1=... Vergeet het illegaal verspreiden en kopiëren van films en muziek. Elke zichzelf respecterende universiteit schendt op grote schaal het internationaal recht, pleegt intellectuele en industriële diefstal.

...

De ouders van Charlotte komen voor het eerst samen op bezoek bij ons thuis. Al de hele week loopt mijn vriendin gestrest door het huis op te ruimen, schoon te maken en te trachten alle sporen van onze eenentwintigste-eeuwse, Westerse decadentie uit te wissen. Mijn dvd-collectie is weggestopt achter in de voorraadkast en de aanstootgevende reproducties van Matisse in de gang zijn verdwenen onder het bed. Voor de gelegenheid heeft zij maar weer een lange rok aangetrokken.

De instructies die ik heb gekregen zijn duidelijk: geen alcohol, geen televisie, geen morele discussies. Liefst helemaal geen discussies. En ook geen grappen. Überhaupt zo min mogelijk praten eigenlijk.

Ik mag nog net wel opendoen als er wordt aangebeld.

Je kunt natuurlijk niet gereformeerd zijn en zomaar blij kijken.

Charlotte's vader staat in zijn zwarte, zondagse pak voor de deur. Hij geeft me een stevige hand en bedankt me voor de uitnodiging. Zijn vrouw komt in een lange blauwe jurk met een vest erover en draagt een hoed. Ook van haar krijg ik een hand.

Terwijl ik thee en koffie zet, laat Charlotte haar ouders ons appartement zien.

'Wat een groot huis!' schalt de stem van Charlotte's moeder. 'Toen je vader en ik trouwden, hebben we eerst nog twee jaar bij zijn familie ingewoond. Pas toen ik in verwachting was van jou zijn we op onszelf gaan wonen, in een veel te kleine woning trouwens. Jullie hebben al ruimte genoeg voor twéé kinderen.' Kennelijk heeft mijn vriendin haar ouders nog niet ingelicht over ons kleine probleempje.

Míjn kleine probleempje.

Charlotte komt terug naar de keuken met de thee die ik op tafel had gezet. 'Heeft het water wel gekookt?' vraagt ze.

'Ik weet het niet zeker,' verontschuldig ik me. 'Misschien niet. Ik heb ook alvast koffie gezet. Zal ik die anders inschenken?'

'Doe maar, dát kun je tenminste wél,' zucht ze venijnig en ze wrijft in haar ogen.

Ik zet even mijn gedachten stil. 'Wat bedoel je daarmee?'

'Waarmee?'

'Met: *Dát kun je tenminste wél...*'

'Je kunt geen thee zetten. Dat heb je net bewezen.'

'Is dat alles?'

'Alsjeblieft, Jidde,' smeekt ze. 'Niet nu. Niet waar mijn ouders bij zijn.'

Vandaag spelen we Charlotte's lievelingsspelletje. *Mooi weer* heet het.

...

Om te vieren dat we twee maanden en vijf dagen bij elkaar waren kocht ik kaarten voor een grote musicalproductie, waarvan ik wist dat Charlotte er dolgraag heen wilde. De voorstelling, die nog maar kort draaide, was nagenoeg uitverkocht en de enige beschikbare plaatsen bevonden zich in de VIP-boxen naast de orkestbak. De aanschaf ervan bracht mij van een toestand zonder geld naar een toestand met nog zorgwekkend veel minder geld, maar de blik in Charlotte's ogen toen ik haar bij de schouwburg onverwacht mee naar binnen begeleidde maakte het de twee weken droge macaroni die me te wachten stonden alleszins waard.

'Je hebt me zo blij gemaakt!' zei ze, net voor de voorstelling begon. Ze drukte haar mond op de mijne en zoende me lang en diep.

Ik glimlachte. 'De kaartjes, da's niets. Ik wist dat je het leuk zou vinden.'

'O, de musical is zeker heel mooi,' gaf ze toe, 'ik heb hem afgelopen weekend gezien.'

'Wat? Je hébt hem al gezien?' Mijn stem sloeg erbij over.

Ze knikte.

Driehonderd euro door de gootsteen. Vier weken honger lijden.

Ik raapte mezelf weer bij elkaar en vroeg hoe ik haar dan zo blij had gemaakt.

'Toen je me groette noemde je me *engel* in plaats van *schat*.'

Áls dat al zo was, dan had ik er niets van gemerkt. Kennelijk moest ik op mijn woorden gaan letten. 'Dus?'

'*Schat* is iets wat je zegt tegen iemand die je heel aardig vindt. Dat woord gebruikt iedereen – daar is weinig voor nodig, dat zeg jij al weken tegen me. *Engel* daarentegen is voorbehouden voor iemand die je leven heeft veranderd. Ingrijpend en ten goede. Dat hoor je bijna niemand ooit zeggen.'

'Ja?'

'Nou, ik heb niets wezenlijks veranderd aan jouw leven, dus dan is het alleen maar een gevoel dat je hebt. Je dénkt alleen maar dat je leven voor altijd is veranderd.'

'Ik kan het niet meer volgen, vrees ik.'

'Dus ik heb iets in je losgemaakt,' beredeneerde ze. 'Je houdt nu al van me! Al zul je dat vast niet direct toegeven.' Ze legde haar hoofd op mijn schouder en richtte haar aandacht op het toneel.

Ik wist niets te antwoorden. Charlotte's gedachtegang grensde aan de volstrekte waanzin, maar op haar conclusie viel weinig af te dingen.

...

Charlotte's vader vindt het tijd om weer een gesprek van man tot man te hebben. Met mij. Moeder en dochter zijn naar de bakker om de hoek om gebak te halen en wij zitten met onze koffie aan de eettafel.

Na mij een minuut in de ogen gekeken te hebben, steekt hij van wal. 'We hebben het niet willen laten merken,' zegt hij, 'maar in het begin hadden mijn vrouw en ik zo onze twijfels over jou en je stadse gewoontes. We vroegen ons af of jij wel goed genoeg was voor onze Charlotte.'

Verbijsterd schud ik het hoofd. 'Het is me inderdaad nooit opgevallen.'

'We hebben erg ons best gedaan het te verbergen.'

Ik neem een slok koffie. 'Dat waardeer ik.'

'Mijn vrouw en ik hebben echter onze mening moeten herzien. We denken dat onze dochter een goede invloed op jou heeft gehad. Je bent nu een ander mens dan wij twee jaar geleden ontmoetten.'

Het is aardig van hem dat te zeggen, maar als er iets in mij is veranderd is het zeker niet ten goede. Ik heb me zelden zo ellendig gevoeld in een relatie als nu, zo schuldig en zo waardeloos.

Hij zegt: 'We kunnen zien hoe gelukkig je Charlotte maakt.'

...

Marije heeft in Brussel geld gescoord voor Schoen. Ze willen daar dat wij uitzoeken of de Europese beurzen voor kankeronderzoek in het verleden goed zijn besteed. Heel concreet: Schoen moet nu met Europees geld een rapport schrijven over hoe zinvol de voorgaande Europese rapporten zijn geweest.[32]

Schoen kijkt van Thomas naar Marije naar mij. We zitten aan zijn bureau en hij legt uit hoe we het project gaan aanpakken. 'Ik ben wat druk deze maand,' zegt Schoen, 'dus ik zal jullie een hoop verantwoordelijkheid toebedelen.'

Schoen heeft zojuist het begrip 'verantwoordelijkheid' geherdefinieerd. Nu te gebruiken als in: *De metaalsector heeft actie gevoerd voor het behoud van de zesendertigurige verantwoordelijkheidsweek*. Als in: *Tijdens de zomermaanden is het aantal verantwoordelijkheidslozen met tien procent gedaald.*

'Allereerst moeten we draagvlak creëren bij de onderzoekers *in het veld*,' zegt hij. 'We moeten de relevante groepen betrekken bij onze analyse: Parijs, München, Oslo, Barcelona, Glasgow, Brussel...'

De reden dat we al die andere groepen bij het project betrekken – dat we *draagvlak creëren* – is niet zozeer dat we geïnteresseerd zijn in hun mening maar om te voorkomen dat ze na afloop beginnen te zeuren over de inhoud van het rapport. Als hun naam er eenmaal onder staat kunnen ze natuurlijk niet meer moeilijk gaan doen over de kwaliteit ervan.

---

32 Terzijde: soms wijzen ze projecten toe aan minder gerenommeerde instituten om zo te voorkomen dat er waarde wordt gehecht aan de uitkomst van zo'n rapport

'Marije, jij moet je daar maar op storten,' besluit Schoen. Hij concludeert: 'Dat is dan probleem nummer één.'

Probleem nummer twee is dat niemand in Brussel de rapporten die wij moeten evalueren nog terug kan vinden.

...

Er is hier altijd volop gelegenheid om het zinloze met het onaangename te verenigen.

We zijn weer eens genaaid waar we bijstonden. Vandaag, zaterdag, zijn doctor Thomas de Beer, doctorandus Damian Morgenster, doctorandus Pjotr Jakobs en doctorandus Jidde Hartman de officiële plaatsvervangende jury van de vierde interfacultaire studenten-wetenschapscompetitie. Vrijwilligerswerk, maar dan niet vrijwillig. Studenten van de verschillende faculteiten natuurwetenschappen komen hier verhalen houden over hun stages. Wij mogen de presentaties beoordelen en twee winnaars aanwijzen. Een soort spreekbeurten zijn het, net als op de basisschool, toen je nog voor de klas ging staan om je klasgenootjes te vertellen over *De gevolgen van de Eerste Wereldoorlog*, over *Zo wordt aardgas gewonnen* of over *Onze vriend de bever*. De voordrachten van vandaag hebben een hoog *onze-vriend-de-bever*-gehalte.

De wetenschapsdag wordt gehouden in een van de grote collegezalen van de faculteit geneeskunde. De zaal heeft de vorm van een amfitheater met omhooglopende banken voor de toeschouwers en onderaan een katheder voor de sprekers en een lange tafel voor de juryleden.

Thomas heeft de lijst met praatjes meegenomen. Hij geeft ons elk een exemplaar en zegt: 'Dit wordt een lange dag.' Er staan vijfentwintig sprekers op het programma, met onderwerpen uiteenlopend van theoretische astrofysica tot moleculaire epidemiologie.

Langzaam druppelt het publiek binnen en worden de zitplaatsen gevuld. Thomas besluit dat het tijd is om te beginnen. Hij heet de deelnemers en toeschouwers welkom en kondigt de eerste spreker aan.

Een vrolijke tweedejaars natuurkunde begint een theoretisch verhaal over tot nog toe onverklaarbare verschijnselen. Zijn eerste dia:

> *Omgekeerde entropie*
> *Door plotselinge entropie-verhogingen, kunnen voorwerpen uit zichzelf gaan bewegen*

De student legt aan de hand van kansrekenmodellen uit dat moleculen in principe ook allemaal dezelfde kant op kunnen bewegen en dat voorwerpen daardoor zouden kunnen gaan zweven. Hij meent dat het hiermee mogelijk is een hoop paranormale verschijnselen te verklaren.

Ik stoot Damian aan en zeg: 'Je gelooft het nooit... gisteren... mijn fiets...'

De volgende dia:

> *Spontane ontbranding*
> *Organisch materiaal kan onder bepaalde omstandigheden spontaan ontvlammen*

Aansluitend komt hij met een theorie over hoe warmte zich plotseling kan concentreren en een voorwerp in de fik doen vliegen.

Damian stoot mij aan en zegt: 'Je gelooft het nooit... vanochtend... mijn moeder...'

De natuurkundige sluit zijn presentatie af met de mededeling dat hij momenteel bezig is deze fenomenen in het klein te onderzoeken. Hij heeft een proefopstelling met knikkers gemaakt en een van die knikkers heeft al een keer spontaan twee millimeter bewogen.

Applaus.

Thomas geeft de mensen in de zaal de kans om vragen te stellen. Een jongen achter in de zaal wil weten hoe ze in staat zijn geweest het onderscheid te maken tussen omgekeerde entropie en kleine aardschokken.

'Met de daarvoor gestandaardiseerde technieken,' legt de natuurkundige uit – hetgeen betekent: *Dat snap jíj toch niet.* Natuurkundigen vinden zichzelf namelijk heel slim. Ze denken bij voorbeeld slimmer te zijn dan wiskundigen. Wiskundigen denken weer dat ze slimmer zijn dan scheikundigen, scheikundigen denken dat ze slimmer zijn dan geneeskundigen, geneeskundigen denken dat ze slimmer zijn dan biologen, biologen denken dat ze slimmer zijn dan psychologen en psychologen denken überhaupt nooit zo veel[33] .

De volgende presentatie. Een rasbioloog met een piercing door zijn wenkbrauw en iets wat op een baard lijkt legt uit dat varkens liever op hooi slapen dan op een metalen raster.

Hij heeft één dia:

> *ONDERZOEK NAAR HET SLAAPGEDRAG VAN VARKENS IN AGRARISCHE BEDRIJVEN IN DE PROVINCIE BRABANT DOOR ENGELBERT HAAFTINK ONDER BEGELEIDING VAN DOCTOR HANS VAN LEEUWEN AAN DE FACULTEIT BIOLOGIE. GEMETEN WERD HET AANTAL UREN DAT EEN VARKEN STIL KON LIGGEN OP CONVENTIONEEL ZONGEDROOGD HOOI EN OP EEN METALEN RASTER-CONSTRUCTIE VAN DE FIRMA HOOGHOUT EN VAN BIEZEN. HIERUIT BLEEK DAT VARKENS GEMIDDELD TIEN UUR ACHTER ELKAAR KONDEN SLAPEN OP EEN ONDERGROND VAN HOOI EN GEMIDDELD ZEVEN UUR OP EEN METALEN RASTER. SLAAP WERD GEMETEN MET EEN STOPWATCH. ALS WAKKER WERD GEREKEND MEER DAN VIJF BEWEGINGEN BINNEN EEN MINUUT. ONZE CONCLUSIE IS DAT EEN ONDERGROND VAN HOOI VANUIT DIERVRIENDELIJK OOGPUNT IS TE VERKIEZEN BOVEN EEN METALEN RASTER.*

33 Al vinden ze zelf van wel

Hij begint de tekst van de dia op te lezen, maar bedenkt na twee regels dat dat overdreven veel moeite is van zijn kant. ‘Het is net zo makkelijk als jullie het zelf lezen,’ zegt hij.

Terwijl de zaal met toegeknepen oogjes de tekst op het projectiescherm probeert te ontcijferen, staat hij erbij als een tuinkabouter op een huishoudbeurs.

‘Laat je het ons weten als je klaar bent?’ vraagt Thomas.

De student knikt.

De zaal wordt steeds rumoeriger.

‘Nou?’ dring ik aan.

‘Nou,’ concludeert de bioloog, ‘zo zit dat dus!’

De derde spreker is een wiskundige. Geweldig. Thomas leest zijn naam op en een schuchtere, ineengedoken jongen met wilde, zwarte krullen, die vanochtend vergeten is de roos van zijn trui te kloppen, komt naar voren geschuifeld.

Toon mij de bevestiging van een vooroordeel.

‘Ik wist niet dat klittenbandschoenen nog steeds worden gemaakt,’ zegt Damian.

Wiskundige presentaties kennen geen dia’s, maar beginnen met een blanco vel papier, een lege sheet of een schoongeveegd krijtbord. In ons geval dat laatste. De jongen zegt niets, maar pakt een krijtje en begint te schrijven:

$$a^n + b^n = c^n$$
$$y^2 = x\,(x - a^n)\,(x + b^n)$$

$$\frac{x}{2} \coth\left(\frac{x}{2}\right)$$

Hij stopt even. ‘Als jullie iets niet begrijpen, moeten jullie het vragen hoor,’ mompelt hij.

‘Waar ben je mee bezig?’ vraagt Thomas.

‘Ik toon een heel eenvoudig bewijs voor de stelling van Fermat.’ De jongen slaat wat krijt van zijn vingers en gaat door:

$$\frac{x}{2} \coth\left(\frac{x}{2}\right) = \sum_{n=0}^{\infty} \frac{B_n}{(2n)!} x^{2n}$$

'Misschien is het duidelijker met een grafiek,' bedenkt hij en hij maakt er een plaatje bij. Hij tekent iets wat lijkt op zo'n verkeersbord dat aangeeft dat je moet oppassen voor bobbels in de weg.

'Inderdaad,' zegt Damian, 'dat scheelt een stuk.'

Dan komt er een moeilijke:

$$B_n = -\frac{1}{2} - \frac{1}{(2n+1)} \sum_{k=0}^{n-1} B_{2k} C_{2n}^{2k}$$

Hij kijkt nog een keer goed naar wat hij heeft opgeschreven en zal wel niet helemaal tevreden zijn, want hij pakt een borstel en veegt de helft van het bord schoon. Het wordt:

$$B_n = -\frac{1}{2} - \frac{1}{(2n+1)} \sum_{k=0}^{n-1} B_{2k+2} C_{2n}^{2k+2}$$

Ook dat is niet goed.

'Nee! Nee! Nee!' roept hij gefrustreerd en hij begint met zijn hoofd tegen het krijtbord te bonken. 'Nee! Nee! Nee!'

'Hé, gek, laten we de boel de boel?' vermaant Damian.

'Nee! Nee! Nee!'

Thomas rolt met zijn ogen en staat op om de zaal toe te spreken. Het is tijd voor een korte pauze. Vóór de collegezaal wordt koffie, thee en warme chocolademelk geschonken.

'Nee! Nee! Nee!' blijft de jongen bonken, terwijl het publiek de zaal uitsjokt.

'Ik denk dat we moeten ingrijpen,' zegt Thomas, 'straks gaat het bord nog kapot.'

'Nee! Nee! Nee!' herhaalt onze jonge wiskundige.
Thomas loopt op de jongen af, slaat zijn arm over hem heen en zegt: 'Wat een geweldige presentatie!' Met zachte hand en onder een stortvloed aan complimenten werkt hij hem de zaal uit.

Na de pauze is de beurt aan een biologe die net terug is uit Australië en daar heeft meegewerkt aan psychologisch onderzoek bij apen.

Dia 1: *De theorie*

Als je oneindig veel apen oneindig lang laat typen,
zullen ze uiteindelijk de complete werken van
Shakespeare produceren

'Dit wordt vaak geroepen,' vertelt de studente, 'maar het is nooit bewezen. In Australië hebben we de proef op de som genomen en een groep chimpansees een aantal typemachines gegeven.' Ze toont een dia van een aap achter een toetsenbord.
'Ze reageerden in het begin wat achterdochtig op de machines,' gaat ze verder, 'maar nadat een aantal van hen zich er op had ontlast, begonnen ze inderdaad op de toetsen te slaan.'

Dia 3: *De resultaten*

1: Chimpansees hebben een uitgesproken voorkeur
voor de letters Q en A
2: Chimpansees gebruiken weinig spaties

Het experiment duurde niet oneindig lang, maar het meisje denkt niet dat het iets had uitgemaakt als de apen meer tijd was gegund. Het was ze in een week tijd niet gelukt ook maar een enkel woord foutloos te typen. 'Het is op z'n minst twijfelachtig,' concludeert de studente, 'dat chimpansees ooit de volledige werken van Shakespeare zullen uittypen.'

'Inderdaad,' valt Damian haar bij, 'voor sommige dingen is oneindig gewoon niet lang genoeg.' Hij kijkt hierbij naar Pjotr.

Een geneeskundepopje in een mantelpakje heeft kippenbloed geanalyseerd. Iets met glucose heeft ze gedaan. De presentatie is uitermate verzorgd. Zilverkleurige dia's met het logo van de universiteit, mooie plaatjes van kippen, buisjes en bloedcellen.

Het popje begint met het stellen van een vraag: 'Waarom is dit onderzoek zo belangrijk?'

Toon mij een zaal vol wetenschappers die een vraag niet begrijpen – kennis behoeft geen reden, het is een doel op zich.

'Ik ga het jullie uitleggen...' Het popje vertelt over de werking van een aantal giftige stoffen die ze aan het bloed heeft toegevoegd. Terwijl ze vertelt, ontstaan er rode vlekken in haar gezicht. Eerst op de wangen, dan op haar voorhoofd en kin.

Damian laat me zijn beoordelingsformulier zien. Hij heeft het volgekalkt met allerlei duistere afbeeldingen. Ik wijs naar een schets van een mannetje dat op een krijtbord schrijft. 'Het lijkt net een spook,' merk ik op.

'Dan is ie nog beter gelukt dan ik had gehoopt,' straalt Damian.

Het popje krijgt het wat moeilijker. Het zweet op haar voorhoofd schittert in het tl-licht, de rode vlekken in haar gezicht worden groter en beginnen te conflueren. 'Het is wel warm hier beneden,' verzucht ze bij een dia die uitlegt hoe de metingen zijn verricht. Ze verontschuldigt zich, ontdoet zich van haar jasje en rekt zich voor ons uit.

Toon mij oppervlaktespanning.

Toon mij onderzoek met een extra dimensie.

'Ik heb mijn winnaar al,' fluistert Damian.

De laatste dia. CONCLUSIE, staat er met grote letters:

Toevoegen van één procent paraquat aan kippenbloed verhindert extracorporeel glucoseverbruik en staat metingen toe tot 24 uur na afname

'Misschien vergis ik me,' zegt Thomas, 'maar dat was toch al lang bekend?'

'Jaaa,' geeft ze toe, 'maar wij hebben het bevestigd.'

Vierklau heeft een gratis lunch geregeld in de foyer voor de collegezalen. De studenten vallen over elkaar om de broodjes te bemachtigen, maar er blijkt te zijn gerekend op een veel grotere opkomst. Als iedereen zich heeft volgepropt, kunnen de restauratiemedewerkers nog een twaalftal manden vol overblijfselen bijeen rapen.

Voordat het middagprogramma begint, drinken Damian en ik snel nog buiten een kop koffie. Mijn collega blijft een buitenaardse verschijning. Voor de verandering heeft hij vandaag zijn scheiding naar links gekamd en een fonkelende, goudkleurige bril opgezet. De bovenste drie knopen van zijn rode, zijden blouse staan open en zijn zwarte pantalon wordt opgehouden door rode bretels met een beertjesopdruk.

'Heb je de laatste tijd nog een leuk gedicht gehoord op je poëzieclub?' vraag ik.

'De poëzieclub? Waar heb je het over?'

'Je zit toch bij een poëzieclub? Dat heb je me verteld, net voor Kerst. Je weet wel: waar je Tara hebt leren kennen.'

Zijn ogen lichten op: 'O, díe poëzieclub.' Hij staart in de verte en bijt op zijn lip. 'De poëzieclub,' glimlacht hij nogmaals. 'Die club was maar een treurige bedoening,' zegt hij. 'Ik ben snel afgehaakt.'

'Het leek me al niets voor jou.'

Damian schudt het hoofd. Hij blaast de condens boven de beker af. 'Je ziet Tara toch niet meer?' vraagt hij.

'Natuurlijk niet,' lieg ik.

Hij neemt een laatste slok koffie en gooit het bekertje op de grond. 'Als ik nog op een leuk gedicht kom, laat ik het je horen.'

We mogen weer.

Een bioloog die bij de immunologie heeft meegewerkt aan *intercellulaire signaaltransductie bij tuberculose*. Hij knalt er meteen in. Zeventig jaar onderzoek en twaalf Nobelprijzen zijn op één dia gestouwd. 'Dit hoeven jullie niet te onthouden hoor,' vertelt hij erbij, 'want het is toch niet belangrijk voor mijn verhaal.'

'Waarom laat je het ons dan zien?' vraagt Thomas.

'Ja, dat is een gevatte opmerking,' antwoordt de student. Hij klikt door naar een bescheidener dia.

Halverwege het verhaal staat Pjotr op en loopt de zaal uit.

'Waar gaat hij heen?' vraag ik Damian.

'Dat is moeilijk te zeggen. Nergens heen denk ik.'

'Ik bedoel niet in het algemeen, Damian, maar nu.'

'O. Naar het lab. Er staat nog een experiment van hem in.'

Het verhaal gaat enigszins aan me voorbij. Immunologie is niet mijn sterkste kant en ik ben inmiddels behoorlijk murw geslagen door de voorgaande sprekers.

'Uit mijn onderzoek blijkt dat intracellulaire killing IL1 gemedieerd is,' concludeert de bioloog na tien minuten. 'Goed hè?'

Het bewijs hiervoor staat samengevat op de laatste dia:

IL1 = KILLING

'Het lijkt me sterk dat je dat zelf hebt bedacht,' interrumpeert Thomas, 'want dan stond je hier nu niet.'

'Dank je,' zegt de student.

Ik wou dat ík het had bedacht, dan zát ik hier nu niet.

'Kijk eens,' zegt Damian. Hij stroopt zijn mouw op en toont een snee die over de gehele lengte van zijn onderarm loopt.

'Wat heb je met je arm gedaan?'

'Gisteravond... vrijdag... een bar... er vallen wat woorden... Je kent het wel.'

'Dat ken ik helemáál niet.'

'Dan moeten we toch eens een keer iets gaan drinken samen.'

'Doe je een beetje voorzichtig met je bloed? Je weet toch nog hoe hiv zich verspreidt?'

'We doen wat we kunnen,' zegt Damian. 'Ik zou nooit iemand opzéttelijk besmetten. Maar wie mij wil slaan met een bierflesje doet dat geheel voor eigen risico.'

Federico moest van Schoen ook iets presenteren: een samenvatting van wat Damian en ik van plan zijn met de Christiaantjes. Voordat het verhaal daadwerkelijk begint, krijgen we eerst vier dia's over hemzelf, zijn universiteit in Bergamo, de professor die hem bij ons heeft gedumpt – en blijkbaar een goede vriend is van zijn vader – en dan nog meer over zichzelf.

Het verhaal loopt bijzonder stroef. Afgezien van het feit dat Federico's Engels niet bepaald is om over naar huis te schrijven, begrijpt hij het onderwerp nauwelijks en ook zijn pogingen oogcontact te leggen met de blonde studente op de tweede rij komen de presentatie weinig ten goede. Tijdens zijn uitleg van ons celkweeksysteem, gaat in de zaal een mobiele telefoon af en grijpt een tiental mensen beschaamd verschrikt naar hun gsm. 'Misschien is het wel die van mij,' bedenkt Federico, als de telefoon blijft overgaan. Hij loopt terug naar waar hij zat en haalt zijn mobiel uit zijn rugzak. 'Hallo?' neemt hij op. '*Ah, mamma! Come stai...*'

Terwijl mijn student zijn moeder te woord staat, komt Pjotr de zaal binnengewandeld. 'Heb ik iets gemist?' vraagt hij.

'Dat lijkt me wel,' meent Damian.

'Bedoel je nu of in het algemeen?' vraag ik.

Na de laatste presentatie hebben we in de koffiekamer van de technische dienst een half uur de tijd om de twee beste aan te wijzen.

'Dit zijn de prijzen,' zegt Thomas. 'De winnaar krijgt een boekenbon en een oorkonde. De tweede prijs is alleen een oorkonde.'

Damian is er voorstander van de prijs aan het popje te geven, Pjotr voelt meer voor de natuurkundige die fietsen laat zweven en Thomas' favoriet is een wiskundige met een onbegrijpelijk statistisch verhaal en een p-waarde kleiner dan 0,05. Zelf had ik een scheikundige in gedachten die iets met eiwitten heeft gedaan.

'De inhoud kunnen we nauwelijks beoordelen,' motiveert Damian zijn keuze, 'dus het gaat hier vooral om de presentatie. En de presentatie die de meeste indruk op me gemaakt heeft is die van de geneeskundestudente.'

'Dat is wel erg kort door de bocht,' vindt Thomas. 'We moeten de keuze iets beter kunnen beargumenteren.'

'Zullen we dan een muntje opgooien?' stelt Damian voor.

'Een muntje opgooien?' reageer ik verontwaardigd. 'Wat is dát voor manier? Dat doet het Nobelprijscomité toch ook niet!'

'Niet?'

'Nee!'

'Hoe weet jíj dat nou? Die beraadslagingen zijn niet openbaar.' Daar heeft hij eigenlijk wel gelijk in.

Op Thomas' voorstel besluiten we alle deelnemers één tot tien punten te geven en hiervan de gemiddeldes uit te rekenen. Zonder elkaars waarderingen te bekijken, vullen we de puntenaantallen in op onze beoordelingsformulieren, waarna Thomas ze voorleest en de punten bij elkaar optelt. Al snel blijkt dat echter overbodig. Damian heeft onze beoordelingen irrelevant gemaakt door het popje tien punten te geven, Federico vijf en de rest één. Het is duidelijk: het popje eindigt als eerste en mijn niet volledig toerekeningsvatbare Italiaanse stagiair als tweede.

'Normale mensen zouden zich nu genaaid voelen,' zeg ik tegen Thomas.

'Het is ook wat,' antwoordt hij.

Aan Thomas als voorzitter de eer om de prijzen uit te rijken. Eerst de tweede prijs voor Federico. De golf van verontwaardiging die ik vanuit de zaal had verwacht, blijft uit. Mijn student houdt zijn oorkonde omhoog en knipoogt naar het blondje op de tweede rij.

'Je mag weer gaan,' leg ik hem uit.

Het geneeskundepopje heet Myrthe. Thomas laat haar naar beneden komen, overhandigt haar de oorkonde en de boekenbon en spreekt haar kort toe: 'Deze prijs is op zichzelf geen absolute graadmeter van kwaliteit, maar dient vooral afgezet te worden tegen het geheel van presentaties die vandaag de revue zijn gepasseerd. Beschouwt u het alstublieft als een indicatie van wat hier in doorsnee is gepresenteerd. Myrthe, van harte gefeliciteerd!'

Omdat niemand anders begint met klappen, doe ik het maar. De toeschouwers volgen en er klinkt een weinig overtuigend applaus door de collegezaal.

Het popje is dolblij met de prijs. 'Mag ik nog wat zeggen?' vraagt ze.

'Jawel,' mompelt Thomas, 'maar liever niet hier.'

...

Vanmiddag neemt de faculteit afscheid van de oude decaan. In afwachting van de toespraak van Fassbinder – die naast voorzitster van het faculteitsbestuur ook onze nieuwe decaan wordt – vertelt Felthoen me spannende verhalen over vroeger.

Zo zou er ooit een collega van hem geprobeerd hebben thuis zijn eigen deeltjesversneller te bouwen en een stroomuitval in de halve stad hebben veroorzaakt. Ook schijnt hij zelf ooit van de binnenlandse veiligheidsdienst de opdracht te hebben gekregen uit te zoeken hoe lang iemands voeten in een bak azijn moeten staan voordat ze overgaan in een staat van ontbinding.

'En nu?' vraag ik. 'Heb je nu nog wat onderzoek lopen?'

'Ik werk aan een Nederlandse aanvraag,' zegt hij. 'Ik tracht budget te krijgen voor een AIO of een analist om een studie op te pakken waar ik acht jaar geleden mee ben gestopt.'

De budgetten waar Felthoen op mikt worden toegekend in een soort van wedstrijd, waarbij de ingediende projecten punten scoren op allerlei verschillende onderdelen: maatschappelijke relevantie, haalbaarheid, budget, vernieuwing... De aanvragen die de meeste punten halen krijgen geld. Het is gigantisch moeilijk om zo veel verschillende onderzoeksvoorstellen met elkaar te vergelijken, laat staan een voorspelling te doen over de mogelijke resultaten, in de beoordelingscommissie verwacht je daarom de allerslimste wetenschappers ter wereld.

'Hoe groot is de kans dat jouw aanvraag wordt gehonoreerd?'

Felthoen knijpt zijn rechteroog dicht en begint te rekenen: 'Er zijn twintig beurzen te vergeven... en vorig jaar waren er, als ik mij niet vergis, tweehonderdzeventien aanvragen.'

'Een kans van nog geen tien procent.'

'Ja, negen komma twee procent, om precies te zijn.'

'Hoe lang ben je daar nu al mee bezig?'

'Inmiddels vijf volle weken, dus ik hoop maar dat ik hem krijg.'

Fassbinder tikt tegen haar microfoon om aandacht te krijgen.

'Welkom en dank voor uw aller komst,' spreekt ze. 'Vandaag nemen we afscheid van een van onze meest gewaardeerde collega's en *stabiele*[34] factoren binnen onze faculteit.' Fassbinder ragt er obligaat veertig jaar curriculum van de decaan doorheen, alsmede enige clouloze anekdotes, zodat ze weer snel over zichzelf kan praten. 'Hij verlaat de faculteit op een moment dat er grote projecten op stapel staan. Zo dient de aanstaande opening van onze subfaculteit toegepaste wetenschappen te worden bezien in het licht van *een groter geheel van kwaliteitsbevorderende maatregelen*[35]. In datzelfde kader wordt er bij voorbeeld ook gewerkt aan fondsenwerving om financiële ruimte te scheppen voor het aantrekken en behouden van de veelbelovende, innovatieve geesten die we voorheen moesten laten gaan.'

'Heeft ze nou net gezegd dat we meer geld krijgen?' vraag ik Felthoen.

---

34 vooruitgang-remmende

35 mijn ongeremde expansiedrift

'Je moet Fassbinder's woorden *kritisch wegen*[36],' antwoordt hij. 'Volgens mij heeft ze het over zichzelf.'

...

Dit zijn de momenten waarvoor je leeft, die je het eindeloos hard werken, het incasseren van mislukking op mislukking en de salarisstrook doen vergeten. Damian en ik hebben zojuist in ons werkhok de data van de Christiaantjes geanalyseerd en het is ons gelukt! We hebben het aangetoond: RNA-interferentie werkt in een zoogdiermodel. Als allereersten op deze planeet kunnen Damian en ik een kankergen stilleggen met RNA. Dit is *Science*. Wat zeg ik... bij *Science* zouden ze ons op de blote knieën moeten smeken onze bevindingen te mogen publiceren, stelletje meeliftende wetenschapsparasieten dat het daar zijn!

Damian zegt: 'Besef je wel dat wij op dit moment de twee enige mensen op aarde zijn die dit weten?'

'De enigen!' herhaal ik. 'Dit vraagt om de overwinningspolka!'

We zijn net een spastisch vreugdedansje aan het improviseren – Damian gabberhouse en ik klassiek ballet – als Perma binnenkomt. Ze kijkt ons aan, zegt iets over waarom ze lesbisch is geworden en loopt weer weg.

'Het meest geciteerde artikel van dit jaar wordt *Morgenster et al.* in *Science*!' roept Damian en trapt zijn voeten nog iets harder tegen de vloer.

Fuck, bedenk ik, dit was nog niet bij me opgekomen. Ik stop mijn impressie van de stervende zwaan.

'Damian...' rem ik zijn vreugde.

Mijn collega is een slimme jongen, hij begrijpt het meteen.

We kijken elkaar aan.

Hij zet zijn bril af en krabt zijn hoofd. 'Of *Hartman et al.*, natuurlijk...'

---

36 niet zo serieus nemen

Had ik maar een vak geleerd

7

PROLOOG

De redactie van *Acta* heeft me gevraagd te reageren op een ingezonden brief van een Tsjech die het oneens is met de conclusies van ons artikel. Hij meent onregelmatigheden aangetroffen te hebben in onze methodologie en het is hem niet gelukt onze experimenten te reproduceren. Tussen de regels door valt te lezen dat hij ons verdenkt van fraude.

Schoen was weinig onder de indruk van de brief. Schoen is zelden ergens van onder de indruk. Wel altijd razend enthousiast overigens. ‘Als die Tsjechen zo slim zijn, waarom is de *Acta* dan zo’n kloteblad!’ riep hij. Het bulderende lachsalvo dat hier op volgde voel ik nog steeds natrillen in mijn onderbuik.

‘Als de *Acta* zo’n kloteblad is, waarom sturen we daar dan stukken naar toe?’

‘Hé, dat is slim gevonden van je,’ grinnikte hij nog na van zijn eigen grap. ‘Slim gevonden,’ herhaalde hij. En toen moest ik weg.

...

Tara wijst naar een jongen met een grote haakneus, een mager gezicht en vlassige, vaalbruine krullen en zegt: 'Hoe kun je nou met goed fatsoen buiten de deur komen als je er zo uitziet.' Ze werpt hem een vuile blik toe.

Ik heb met haar afgesproken in de universiteitskroeg op de campus en we zitten tegenover elkaar op van die roodleren banken die eruitzien alsof ze uit een treincoupé zijn gesloopt. Het café is een meter de grond in gegraven, waardoor je omhoog kunt kijken naar de op straat passerende benen en jezelf een idee kunt vormen hoeveel mensen tegenwoordig nog ondergoed dragen.

De tent is volgelopen met wiskundigen die net een tentamen achter de rug hebben en één hiervan kan zijn ogen niet van Tara afhouden. Iemand zou trouwens eens uit moeten zoeken waarom mensen die in staat zijn uit hun hoofd multivariaatanalyses op te lossen, zich vaak armoediger kleden dan de gemiddelde bootvluchteling.

'Hij houdt je al in de gaten sinds we hier zijn gaan zitten,' zeg ik plagerig. 'Misschien vindt hij je leuk.'

'Hè, bah!' kokhalst ze.

'Overdrijf niet zo.'

Ernstig kijkt ze me aan. Ze verzucht: 'Je weet niet hoe het is om lastiggevallen te worden door dat soort kerels.'

'Is dat erger dan door kerels als ik?'

'Veel erger! Mijn dag is zo wel verpest. Die engerd moet gewoon vóór zich kijken.' Tara is niet zo iemand die meent dat lelijke mensen het recht hebben verliefd te worden.

Vergeef me trouwens als ik wat weinig loslaat over mijn relatie met een zekere studente theaterwetenschappen, maar het is niet iets waar ik nou heel trots op ben. Ik wil niet zo iemand lijken die stiekem sms-jes verstuurt terwijl zijn vriendin onder de douche staat, of zo'n type dat overmatige hoeveelheden eau de cologne spuit om geursporen van andere vrouwen te verbergen. Het laatste wat ik zou willen is geassocieerd worden met mannen die bij de kleinste tegenslag hun toevlucht zoeken tot overspel, of relatieproblemen misbruiken als excuus voor het buiten de deur botvieren van hun vleselijke lusten.

Tara heeft er genoeg van bekeken te worden en staat op. 'Kom op, we gaan,' besluit ze. Ze kruist de armen onder haar borsten. Is het trouwens mijn verbeelding, of zijn ze écht groter geworden? Zou er een ventiel in zitten?

'Zal ik eerst de rekening vragen?' stel ik voor.

Ze haalt de schouders op. 'Tsja, als je per se wilt betalen en zo...'

Ik knik. 'Trouwens,' merk ik op, 'ik heb liever dat je het peper-en-zoutstel weer terugzet.'

...

Ik laat de *Acta*-brief aan Marije zien. Ze zit achter haar pc en typt getallen over uit het financiële verslag van het afgelopen jaar. *Aanvraag zesde kaderprogramma* heet het document op haar computerscherm. Ze probeert financiering los te krijgen voor een nieuw project.

'Ik was al bijna vergeten dat ie bestond,' zegt ze als ze de brief heeft doorgenomen. 'Wie leest zo'n blad nou ook?'

'Ja, daar staat alleen maar onzin in,' geef ik toe, hopend op tegengas. Zó'n slecht blad is het nou ook weer niet.

'In ieder geval moet je niet bij mij zijn,' vindt Marije. 'Ik wist er sowieso niets van en ik ben veel te druk.' Ze pakt een stapel dossiers uit de archiefkast en laat ze op haar bureau kletteren om de uitspraak kracht bij te zetten.

'Schoen was ook al niet geïnteresseerd,' zeg ik zielig.

'De prof is eindverantwoordelijke,' vindt ze. 'Neem het maar op met hem.'

...

Perma helpt me bij mijn experimenten met de Christiaantjes. Zij verdooft ze met chloroform en ik breng buisjes in hun aderen om stoffen in hun bloed te kunnen spuiten. De laatste sporen van Perma's mislukte relatie zijn inmiddels uitgewist en de Noorse is koud, nors en nukkig als vanouds. 'Ik sta weer volop in het leven,' zegt ze. 'In Noorwegen hebben we daar een spreekwoord voor, maar dat is onvertaalbaar.' Ze houdt een zuurstofslangetje voor de neus van de slapende diertjes en zegt: 'Ik heb geleerd van mijn vorige relatie.'

Toen Perma haar ex ontmoette, woonde deze samen met een andere, Nederlandse, vrouw. Op dat moment leek het nog heel mooi en puur en romantisch om er met z'n tweeën vandoor te gaan, als twee geliefden in een Hollywood-productie die de wereld achter zich laten en de ondergaande zon tegemoet vluchten, alleen blijkt het achteraf helemaal niet mooi en puur en romantisch maar gewoon een patroon van haar ex dat zich elke zoveel jaar herhaalt, en Perma werd verlaten voor een ander meisje.

'Mannen hebben het ook veel makkelijker dan wij,' vindt mijn kamergenote. Met haar middelvinger port ze in de zij van een slapende muis die wakker moet worden.

Het buisje van alweer de laatste muis zit goed en voorzichtig spuit ik honderd microliter opgelost RNA in. 'Zouden ze dit nou heel vervelend vinden?' vraag ik me hardop af.

'Maakt dat uit? Als wij ze niet hadden gemaakt, speciaal voor dit onderzoek, waren ze er nooit geweest,' antwoordt Perma. 'En het is altijd beter om wel te bestaan dan om niet te bestaan.'

'Dus we mogen alles met ze doen?'

'Daar komt het wel op neer, denk ik.'

Voer voor mensen met veel tijd en die in staat zijn een mening te formuleren als een conclusie.[37]

...

Het zou natuurlijk ook helpen als Charlotte niet omkeek naar élke man in de vruchtbare leeftijd die ons op straat passeert.

37 ethici of zo

Rond de vijftig, toupet, goedkoop confectiepak, gedateerde zonnebril. Modaal inkomen schat ik.

We zijn de stad ingegaan om dingen te kopen. Het soort dingen waarvan je van tevoren niet wist hoe hard je ze nodig had. Een meloenschepje, een magnetisch boodschappenlijstje, een verchroomde schoenlepel, een oprolbare boekenlegger.

Twintig min, kaalgeschoren kop, spijkerbroek met kruis op de knieën. Woont nog bij z'n moeder in.

Vanaf het moderne winkelcentrum, waar onze auto geparkeerd staat, begeven we ons samen met de halve bevolking naar het oude stadshart. Een golf van kooplustigen stroomt de lokale middenstand binnen.

Mijn leeftijd, ongetwijfeld autoverkoper, bierbuik in aanleg, trouwring. Krijgt iets langer aandacht van mijn vriendin dan de rest.

'Iemand die je kent?' vraag ik.

'Wat?'

'Niets.' Ik schud mijn hoofd.

We vervolgen onze gang door de zaterdagdrukte van de hoofdstraat, langs de modieuze schoenenwinkeltjes, trendy bars en luidruchtige gokhal.

Veertig, slepend met het linkerbeen, gladde kop, gouden kettinkje. Strakke billen voor zijn leeftijd. Minder interessant dan de autoverkoper.

Charlotte stopt voor de bioscoop. 'Zullen we naar de film gaan?' stelt ze voor en ze wijst naar het affiche van een Hollywood-zwijmelfilm met in de hoofdrol een bejaarde Oscarwinnaar. Ze zegt: 'Een geweldige acteur vind ik dat. Zo'n man waar je als vrouw bij weg kunt dromen en—'

Mijn leeftijd, artistiek doch goed gebouwd, gele coltrui, blauwe bootschoenen. Museumdirecteur of zo. Zonder twijfel uitstekende genen.

Charlotte slaakt een zucht.

En opeens heb ik het gehad. Opeens heb ik er genoeg van mezelf elke dag een stukje verder weg te cijferen en begrip op te brengen voor de biologische tijdbom die mijn vriendin maakt tot een zaadjagend roofdier. Opeens heb ik absoluut geen zin meer elke man te moeten beschouwen als een potentiële vader voor een kind dat ik straks zonder enige genetische winst mag gaan opvoeden. Opeens heb ik er genoeg van elke keer dat Charlotte me voorstelt als haar vriend, in gedachte het bijvoeglijk naamwoord 'zaadloze' te horen.

Tot hier en niet verder.

'Als je hem zo geweldig vindt, dan neem je toch een kind van hem!' bijt ik haar toe. 'Of anders van de jongen die hier de kaartjes verkoopt, of van die museumdirecteur die net langsliep in zijn mooiste gele coltrui, of van je baas of van Pjotr of van Herman de blije refo! Laat je nemen door het Zambiaanse cricketteam of loop desnoods met je emmertje naar een darkroom! Wat boeit het ook! Wat ík wil maakt toch niets uit! Straks ben jij zwanger van de eerste de beste Neanderthaler die je bereid vindt drie minuten moeite in je te steken en heb ik het nakijken! Ga dan gewoon bij me weg als ik zo gigantisch te kort schiet en wordt zwanger van iemand anders!' Ik wil nog even doorgaan met de serie inseminatie-kandidaten en verwensingen, maar ze komen niet meer. Dit was het. Dit was alles. Mijn gedachten zijn op. Mijn hart is leeg en mijn woede verdampt. Ik hijg uit.

> FEIT: Je weet dat je zojuist een scène hebt getrapt als je ophoudt met schreeuwen en het is stil op straat

'Het liefst was ik zwanger van jou geworden,' fluistert Charlotte hakkelend, de ogen neergeslagen. Ze draait zich om en baant zich een weg door de menigte die zich om ons heen heeft gevormd.

Misschien was ik toch niet helemaal redelijk.

...

Als een opgegraven soldaat uit het leger der ondoden

strompelt Thomas ons hok binnen. Als je nu blaast valt ie om. Hij neemt plaats achter zijn pc, tovert een USB-stick te voorschijn, frutselt deze de computer in, klikt wat met zijn muis, geeft zichzelf met vlakke hand een pets tegen het voorhoofd en klikt nog wat door.

'Heb je even?' vraag ik.

'Hmm.' Thomas kijkt niet op of om. Hij tracht de geheugenstick uit de computer te trekken, maar die zit vast.

'Er zijn nog wat onduidelijkheden bij de analyses die je voor me hebt gedaan.'

'Hmm-hmm.' Hij klikt her en der op het scherm zonder enig effect. De computer is vastgelopen.

'Eigenlijk krijg ik het idee dat ik uit de getallen elke conclusie kan trekken die ik maar zou willen,' zeg ik.

'Hmm.' Hij drukt de aan/uit-knop in. Er gebeurt niets.

'Betekent dit dat er meer proeven moeten worden gedaan,' vraag ik, 'of gewoon dat de studie zinloos is?'

'Hmm.'

Ik verhef mijn stem: 'Het spijt me als ik u stoor, professor!'

'Hmm? O?' Hij kijkt op. 'Dat is niet erg hoor, Jidde,' zegt hij en draait zich weer om. 'Ik luisterde toch niet.'

...

Ik laat Damian de *Acta*-brief lezen.

Met zijn wijsvinger loopt hij de regels langs en staat stil bij elke taalfout. 'Wat verwachten ze precies van jou?' vraagt hij ten slotte.

'Een verweer. Ze beschuldigen me in feite van resultaatvervalsing.'

Hij fronst de wenkbrauwen. 'Dan schrijf je toch terug dat ze niet zo dom moeten lullen?'

'Misschien hebben ze wel gelijk.'

'Hoe kunnen ze nou gelijk hebben?' Hij staat op en geeft me de brief terug. 'Het is niet eens normaal Engels wat ze gebruiken.'

Tegen beter weten in loop ik met de brief naar het kantoor van Vierklau.

Ik kom niet eens voorbij zijn secretaresse.

...

Gisteren is het veel te laat geworden. Ik zat in een prettige alcoholroes die nog gedeeltelijk is blijven hangen, maar dan een stuk minder prettig. Onder mijn dekbed zweet ik me een paar kilo lichter.

Het is pas een uur of elf als de telefoon gaat: Charlotte, die na een week van de aardbodem verdwenen te zijn meent dat we moeten praten. 'Ik ben op weg naar je,' zegt ze. 'Over een minuut of twintig ben ik thuis.'

'Geweldig.'

Charlotte's moeder was zieker dan normaal deze keer, maar over twintig minuten is mijn vriendin weer thuis en kan het leven terugkeren naar de normaliteit. Geheel volgens haar ISO-richtlijnen.

Er moet alleen nog iets weg wat is blijven hangen van gisteren. Heel concreet: Tara. 'Hé,' stoot ik haar aan. 'Hé, tijd om op te staan.'

Tara kruipt naar me toe en blaast haar kater in mijn gezicht. 'Het is mijn verjaardag vandaag,' gromt ze. 'Je zet me toch niet op straat op mijn eigen verjaardag? Waar is mijn cadeau trouwens?'

Jarig? Ook dat nog. 'Je krijgt alles wat je maar wilt van me,' beloof ik, 'als je nu maar ophoepelt...'

Ze wrijft haar ogen uit en proeft de ochtend. 'Kan ik niet eerst even douchen?'

'Nee, onmogelijk,' leg ik uit. 'Charlotte komt zo en ik stel er geen prijs op dat jullie met elkaar kennis maken.'

'Charlotte? Dat was toch uit?' denkt zij zich te kunnen herinneren.

'Als jij hier blijft liggen zeker.'

Ze geeuwt in mijn oor. 'Heb ik net goed gehoord dat ik jou

mag vragen wat ik wil voor mijn verjaardag?' De giftige ondertoon in haar stem duidt onmiskenbaar op een oplopend bewustzijnsniveau.

'Alles.'

'Dat wordt een heel mooi verjaardagscadeau,' waarschuwt ze zachtjes, 'dit komt je duur te staan, Jidde Hartman.' Ze rolt van me weg en laat zich op de grond vallen naast het bed. 'Au!' klinkt het. 'Besef wel dat ik me niet zomaar laat wegsturen.'

Als ze de voordeur achter zich heeft dichtgetrokken check ik grondig de hal, de woonkamer, de badkamer en de slaapkamer of ze geen kledingstukken heeft laten liggen.

Fuck – bijna de keuken vergeten.

...

Het is te laat om te reageren op de ingezonden brief in de *Acta*. De deadline is eergisteren verstreken. Schoen, Marije en Vierklau waren niet geïnteresseerd en mijzelf is het niet gelukt een coherent antwoord te formuleren. Eigenlijk was ik het in grote lijnen wel met de Tsjech eens.

Bovendien: alsof ik al niet genoeg gezeik aan mijn kop heb!

OP EEN DAG WORD JE WAKKER EN BLIJKT DAT ALLES WAT JE TOT DAN TOE GEDAAN HEBT ZINLOOS WAS.
OP EEN DAG WORD JE WAKKER EN BEN JE ALLES KWIJT.
OP EEN DAG WORD JE WAKKER EN KUN JE TIEN KEER ZO VEEL REDENEN BEDENKEN OM TE BLIJVEN LIGGEN ALS OM OP TE STAAN.
OP EEN DAG WORD JE WAKKER BEN JE ONVRUCHTBAAR, LAAT JE VRIENDIN JE IN DE STEEK, WORD JE GECHANTEERD DOOR EEN TWEEËNTWINTIGJARIGE KLEPTOMANE STUDENTE THEATERWETENSCHAPPEN, LOOPT JE ONDERZOEK IN DE SOEP, BLIJK JE WETENSCHAPPELIJK LAAKBAAR GEDRAG TE HEBBEN VERTOOND EN STA JE VIJFDUIZEND EURO ROOD.

7

Charlotte vond dat er te veel gebeurd was om op de oude voet verder te gaan. Ik had haar meer pijn gedaan dan ze ooit had willen doormaken. Meer dan ze dacht dat ik haar ooit had kunnen aandoen. Ze had tijd nodig, en ruimte, ze kwam alleen langs voor haar kleren en dossiers.

Terwijl zij haar spullen bij elkaar zocht, bleef ik in de woonkamer voor me uit staren.

'Voorlopig zit ik bij mijn ouders,' zei ze bij de voordeur. Ze had twee weekendtassen volgepakt en stond klaar om naar haar auto te vluchten. 'Ik heb liever niet dat je belt – dat doe ik zelf wel, als ik er klaar voor ben.' Ze sloeg haar armen een laatste keer om me heen, drukte zich stevig tegen me aan en kuste me op de wang.

'Is het nou voorbij?' vroeg ik zachtjes.

Ze kneep met haar glazige oogjes. 'Dat weet ik nog niet.'

'Wat wil je van mij?'

'Jidde,' antwoordde ze, 'als ik het moet uitleggen heeft uitleggen geen zin.' Wat ze daar in godsnaam dan ook mee bedoelde.

...

> Op een dag word je wakker en is jouw wetenschappelijke integriteit geen vanzelfsprekendheid meer

Hoe Van As lucht heeft gekregen van het *Acta*-artikel is me een raadsel – en dat moet ik zeker nog uitzoeken – maar nu staat hij voor mijn neus met een afdruk van de ingezonden Tsjechische brief in handen en vraagt: 'Vind je niet dat we hierover moeten praten?'

A. Nee
B. Nee
C. Nee

'Hoezo?' vraag ik.

'Nou...' grijnst hij, 'het gebeurt natuurlijk niet élke dag dat een AIO aan onze faculteit wordt beschuldigd van wetenschappelijk laakbaar gedrag.' Hij strijkt het vest van zijn blauwgestreepte pak glad en gooit triomfantelijk het hoofd in de nek.

'Ik heb nergens in het commentaar een dergelijke beschuldiging aangetroffen,' verdedig ik me.

Hij knijpt zijn oogjes samen. 'Impliciet wel, meneer Hartman. Impliciet wel.' Hij kucht in zijn vuist. 'Dit verontrust mij voor wat betreft de rest van uw proefschrift. In díe mate dat ik voornemens ben een onderzoekscommissie in te stellen naar uw overig wetenschappelijk werk. Ik heb het onderwerp al uitvoerig besproken met collega-bestuursleden.'

'Is vast een drukke baan, dat faculteitsbestuur,' zeg ik.

'Uw cynisme wordt weinig op prijs gesteld, doctorandus Hartman.'

Ik geloof er niets van. Van As' interesse gaat niet uit naar onbelangrijke artikelen in vage blaadjes. Het enige wat hij wil is Vierklau pakken. Deze prof speelt *De zwakste schakel* en de zwakste schakel dat ben ik. Hij bluft en hoopt dat ik doorsla.

'Ik neem aan dat u professor Vierklau ook gesproken heeft,' concludeer ik heel onschuldig. 'Het lijkt me een onderwerp dat hem ten zeerste aangaat.'

'Alles op z'n tijd. U bent de eerste auteur, vandaar dat ik u als eerste benader.' Alsof dat logisch is. 'Er staan vier namen op het artikel,' laat hij vallen. 'Vaak is er bij wetenschappelijk laakbaar gedrag sprake van een hoofdverantwoordelijke en een aantal slachtoffers. Als u erover wilt praten, weet u me te vinden.'

Van As is aan het vissen en een grote vis als Vierklau vang je met een kleine vis als ik.

Sla de *Winkler Prins* open bij 'lambal' voor een foto van mijn begeleider.

In zijn kantoor is Schoen bezig reepjes te scheuren van het laatste exemplaar van *Bionieuws*, die hij verfrommelt tot propjes en in de prullenbak naast de deur mikt. 'Hé, Jidde!' begroet hij me opgewekt, 'kom binnen, ik was net bezig met je manuscript.' Schoen legt het blad opzij en gaat in de laden van zijn bureau op zoek naar mijn proefschrift. Hij vindt het in de onderste.

'Ja, dat is 'm,' geef ik toe. 'Maar ik wou je spreken over iets heel anders.' Ik vertel mijn begeleider hoe Van As naar me toe is gekomen om me onder druk te zetten. Dat het *Acta*-artikel problemen gaat geven en dat de prof van plan is al mijn onderzoek door de mangel te halen – net nu het naar de leescommissie is gegaan. 'Het is echt te gek voor woorden,' verzucht ik. 'Jij weet zelf hoe consciëntieus ik ben.'

Geen respons.

Ik zeg: 'Bovendien staan er uiteindelijk víer namen boven het artikel...'

We hebben zijn aandacht weten te vangen.

'Nou ja,' bromt Schoen, 'je kunt als co-auteur niet verantwoordelijk gehouden worden voor elk klein detail.' Hij gaat iets rechterop zitten. 'Ik stond er natuurlijk niet elke keer naast als jij proeven aan het doen was.'

'Dát is nog eens een understatement,' lach ik.

'Je staat erom bekend soms rare dingen te doen, Jidde,' zegt hij. 'Ik weet lang niet altijd in welke mate ik je kan vertrouwen.'

'Pardon?' Ik voel hoe het bloed uit m'n gezicht wegtrekt.

‘Wetenschappelijke integriteit is een groot goed,’ stelt mijn baas, ‘en niet altijd vanzelfsprekend.’

> FEIT: Doctor Simon Schoen is zich nu al aan het indekken. Nog voordat er ook maar één concrete aanwijzing is dat ik iets fout heb gedaan.

Wat een ontzettende zak!

...

> Op een dag word je wakker en ben je voor zesduizend euro getild

Om nog maar eens terug te komen op wat Tara zoal niet is: Ze is niet zo iemand die zich laat overtuigen door logica en argumenten of zo iemand die zich laat beperken door redelijkheid en compromissen. Ook is ze niet zo iemand die een boodschap heeft aan de mening van anderen en ze heeft me tevens verteld dat ze niet zo iemand is die behoefte heeft aan opbouwende kritiek. Dat laatste heeft ze me overigens heel vaak verteld.

Zojuist heb ik ook ontdekt dat ze zeker niet zo iemand is met een goedkope smaak of zo iemand voor wie het bij cadeaus de intentie is die telt. Het verjaardagscadeau dat ze uit me chanteert gaat me een rib uit het lijf kosten. Ik dacht ervan af te kunnen komen met een zilveren armband, aangeschaft bij een postorderbedrijf, maar toen ze het pakje openmaakte en hem zag trok ze een gezicht alsof ik haar een tweedehands dildo had gegeven. Het mocht duidelijk zijn dat ik iets beters moest verzinnen.

Subtiel als een klopboor merkte ze op hoe ze de dag dat ik haar mijn flat uit had gekickt Charlotte was tegengekomen in het trappenhuis. ‘Wat een ontzettend aardig kind!’ glimlachte ze. ‘Ze wil vast dat je iets moois voor me koopt, denk je niet?

Of moeten we het haar even vragen?' Ze kneep er zachtjes bij in mijn hand.

'Zullen we anders iets uitzoeken voor op de muur van je kamer?' stelde ik snel voor, wijzend naar de kaalte van haar muren. Hierbij dacht ik aan iets in de trant van een litho of van die reproducties die musea verkopen.

Maar nu sta ik dus in zo'n kunstgalerie waar de prijs van de doeken omgekeerd evenredig is aan de levensverwachting van de artiest, terwijl de galeriehouder naast ons een schilderij aanbeveelt dat nog het meest weg heeft van een uitgespannen laken met menstruatiebloed.

'Het is van een heel jonge en vernieuwende artieste,' vertelt de galeriehouder. '*Bamelia* noemt ze zich. Uniek!'

Ik leg de galeriehouder uit dat iets pas vernieuwend is als het nagedaan wordt, anders is het alleen afwijkend, maar hij reageert niet. De man heeft al lang en breed ingezien dat Tara degene is die hier de beslissing velt over een eventuele aankoop.

'Misschien heeft u meer interesse in onze postmodernisten?' Hij zwaait bezwerend naar een hoek waar geel, zwart en grillig de boventoon voeren. 'Waarom gaat u zich daar niet eerst oriënteren?'

'Ja, kom op schat,' steekt Tara, 'laten we ons gaan oriënteren.'

De deur springt open en er klinkt een zware koeienbel. Een andere klant loopt de galerie in en we zijn even van de verkoper verlost. 'Uniek!' roept hij bij een houtskoolimpressie van een onverlichte tunnel zoals een blinde die ziet.

Tara vindt inderdaad dat de *postmodernismen* meer haar ding zijn. Aandachtig loopt ze de doeken langs en gunt ze stuk voor stuk een moment van aandacht, tot ze zich naar mij keert en uitlegt dat ze de keuze heeft teruggebracht tot twee schilderijen. De eerste is uitgevoerd in allerlei kleuren geel, bruin en rood waar ik weinig systematiek in kan ontdekken, de andere behelst een groot wit doek met symmetrische zwarte vlekken. *Tafellaken na kinderpartijtje* en *Rorschachtest* lijken me de meest treffende titels.

Tafellaken vindt ze het mooist, maar de kleur ervan past niet helemaal bij het interieur van haar kamer.

'We kunnen vragen of ze deze ook in het blauw leveren,' stel ik voor. 'Wellicht hebben ze achterin nog iets liggen.'

Tara schudt haar hoofd. 'Nee, ik geloof niet dat dat kan. Het wordt gewoon de andere.' Ze wijst naar *Rorschachtest*. 'Wat zie jij erin?' vraagt ze.

Wat ik erin zie is Damian die muizen in de magnetron stopt, Schoen die me een mes in de rug steekt, Charlotte met een emmertje in de darkroom, Christiaan die doodgebeten wordt door zijn broertjes en zusjes, mijn vaders eerste bootsman die een steen kapotslaat met zijn voorhoofd—

'Nou?'

'Een vaas,' zeg ik.

'Jij hebt ook absoluut geen fantasie,' klaagt ze. De afkeur spat haar van het gezicht.

De galeriehouder is bijzonder te spreken over onze keuze. *Iers landschap met koe* heeft de kunstenaar het genoemd en het is een geraffineerd meesterwerk dat zich onderscheidt door het bijzondere kleurenspel. Het moet nog even blijven hangen, maar ik mag er wel alvast voor betalen. Het zal dan in de loop van de volgende maand bij me afgeleverd worden. Ik schrik me kleurenblind van het bedrag dat verschijnt op de teller van de kassa.[38] Als deze artiest nog leeft moet hij toch behoorlijk terminaal zijn.

Terwijl mijn creditcard door de betaalautomaat wordt getrokken, fluister ik in Tara's oor: 'Heb jij wel eens een schilderij gejat?'

'Jij niet dan?'

...

---

38 De eenheid van kunst is de euro

Op een dag word je wakker en heb je een proefschrift geschreven waarvan je hoopt dat niemand het ooit serieus door zal lezen

Vierklau en Schoen hadden van tevoren weinig vertrouwen in mijn proefschrift en hadden voor de leescommissie een paar vriendjes van ze uitgezocht. Geef ze eens ongelijk. Het manuscript is weinig meer dan een serie aaneengeregen matig gefundeerde uitlatingen bedoeld om de meningen van Vierklau te ondersteunen.

Fassbinder en Van As hebben ze buiten de commissie weten te houden en als voorzitter hebben ze professor Maarten de Geest gestrikt, een psychofarmacoloog die een reputatie heeft opgebouwd de waarheid te beschouwen als buigzame materie. Via via ben ik te weten gekomen dat deze prof het manuscript inmiddels ter beoordeling bij een van zijn AIO's heeft gedumpt.

Het *Acta*-artikel staat niet in het proefschrift. Het valt enigszins buiten het bestek van mijn onderzoek en bovendien zit Van As me nu iets te dicht op de huid. Wat er wel in staat zijn de experimenten met RNA-inhibitie en de voorlopige resultaten van het werk met Damian. Ik heb met Schoen gecheckt of het goed was deze erin op te nemen en hij vond het prima. Dat het nog niet door de ethische commissie was gekomen vond hij geen beletsel. 'Zolang je dat vage Tsjechische geleuter van je er maar uit laat!' schampte hij over het artikel dat ik nooit had willen schrijven.

Om indruk te maken heeft Thomas uit de resultaten wat extra getallen voor me gedestilleerd en hieruit heb ik degene gekozen die het meest met Vierklau's ideeën overeenstemmen. 'Er is geen lepel,' zei Thomas, toen hij me de cijfers gaf. 'Onthoud dat.'

'Zoals jij wilt,' antwoordde ik en ik begon meteen met het wegstrepen van de lepels die me niet aanstonden.

...

Op een dag word je wakker en neem je vrij om de hele dag naast de telefoon te zitten wachten

Ze belt me, ze belt me niet. Ze belt me, ze belt me niet. Ze belt me, ze belt me niet. Ze belt me, ze belt me niet, ze belt me niet, ze belt me niet... Charlotte heb ik net een berichtje gestuurd, in de hoop dat ze reageert.

Vandaag ga ik niet werken, besluit ik nog in bed. Op mijn wekkerradio schreeuwen twee mannen en een vrouw door elkaar heen. Ze hebben het geweldig naar hun zin en kunnen overal om lachen. Dat heb ik zelf nou nooit voor negen uur 's ochtends. Sterker nog, voor negen uur 's ochtends heb ik zo'n giftig takkehumeur dat de chemokar het moet komen ophalen.

> '...en dan volgt nu onze top vijf van namen voor een modehuis in Middelburg! Op vijf: *Zeeman*!' 'Hahaha.' 'Op vier: *Peek en Middelburg*!' Hahaha. 'Ik finemgoe, ik finemgoe.' 'Op drie, en die is echt heel leuk gevonden: *Klompen R' Us*.' 'Ik lig in een deuk, ik hoop dat mijn vriend luistert.' 'Ja, dat hoop ik ook, hahaha.' 'Op twee, o die is een beetje vies, lees jij 'm maar voor.' 'Ik?' 'Ja jij.' 'Weet je het zeker?' 'Ja, lees jij maar.' 'Oké, daar gaat ie, op twee: *Zeeuws meisje, geen cent te duur*!' 'Hahahaha.' 'Doe jij de laatste weer.' 'Ja hoor.' 'Gelukkig maar, hiervan kan ik er niet te veel doen.' 'Hahahaha.' 'Op één in de top vijf van namen voor een modehuis in Middelburg: *De zwarte kousenband*!' 'Hahaha.'

Ze belt me, ze belt me niet... Ik speel het spelletje in mijn hoofd: Als die karaoke-artiest die ze een eigen ochtendprogramma hebben gegeven één leuke grap weet te maken met die rare, gepermanente kop van 'm, dan belt ze me.

Ze belt me niet.

De post valt door de brievenbus. Als er een rekening bij zit, dan belt ze me. Op de deurmat vinden we een folder van het Thaise restaurant om de hoek, een uitnodiging voor een bijeenkomst van de buurtvereniging en een vakantiekaartje van een vriendin van Charlotte. Geen rekening. Ze belt me niet.

Boodschappen. Als het minder dan vierhonderd passen lopen is naar de supermarkt, dan belt ze me. Als de melk in de schappen langer dan vier dagen houdbaar is, dan belt ze me. Als de pizza's in de aanbieding zijn, als er twee of drie kassa's open zijn, als ik langer dan vijf minuten moet wachten aan de kassa, als het bedrag minder is dan dertig euro.

Een paar uur en negentien van deze spelletjes verder begint het wat kansloos te worden. Ik rommel met de afstandsbediening van de tv tot ik een voetbalwedstrijd tref, een herhaling van gisteren. Als PSV wint van NAC, dan belt ze me.

Ze belt me niet.

De tv gaat uit en ik lig met de ogen gesloten op de bank. Bijzonder ongemakkelijk. Als de telefoon binnen drie uur rinkelt—

Ze belt!

'Hallo...! O, ben jij het...'

'Werk je thuis vandaag?' vraagt Damian.

'Ja, zoiets.'

'Hoe goed ken jij professor Van As, de geneticus?'

'Beter dan me lief is.'

'Hmm, juist. Jullie zijn geen vrienden.'

'Niet innig.'

Damian twijfelt.

'Van As kwam naar je toe...' help ik mijn collega.

'Van As kwam naar me toe,' herhaalt hij, 'en hij deed me een voorstel.'

'Dat belooft weinig goeds.'

'Inderdaad.'

'Hij bood je vergiffenis voor al je zonden in ruil voor smerige details over Vierklau,' gok ik.

De telefoon kraakt van de lucht die Damian uitblaast. 'Bijna goed,' zegt hij.

'Bijna?'

'Ja, bijna,' antwoordt hij. Met zijn vingertoppen trommelt hij op de hoorn. 'Van As was met name geïnteresseerd in jóuw misstappen.'

...

Op een dag word je wakker en neemt de professor je bijna serieus

'Nou, meneer Hartman,' zegt Vierklau. 'Dat ziet er goed uit.' Hij slaat met zijn vuist op het manuscript op zijn bureau. Op mijn manuscript. 'Daar kan de leescommissie geen kwaad woord over spreken wat mij betreft.'

Ik vraag me af of we allebei wel hetzelfde proefschrift hebben gelezen.

'Dank u.' Vier jaar aan frustraties glijden van me af en worden vervangen door een licht gevoel in mijn hoofd.

'Ik ben met name te spreken over de dierexperimenten,' laat de professor me weten. 'Het werk dat je samen met je collega-AIO hebt verricht ziet er veelbelovend uit. Daar moeten we absoluut mee verdergaan.'

Ik knik.

Zijn blik wordt ernstiger. 'Zoals je misschien wel hebt opgevangen, ligt het in mijn bedoeling het instituut op korte termijn te verzelfstandigen. Misschien zelfs nog vóór de verdediging van jouw proefschrift.'

Ik trek een wenkbrauw op.

'Dat zal die promotie echter niet in de weg staan, kan ik je verzekeren,' stelt hij me gerust. 'Jij blijft gewoon in dienst van de faculteit tot je gepromoveerd bent. Mocht je daarna echter geïnteresseerd zijn in een baan bij ons nieuwe instituut, dan ben je daar van harte welkom.'

'Dank u, professor,' glunder ik. 'Ik zal het zeker overwegen.'

Vierklau steekt zijn hand uit. 'Veel sterkte en tot ziens, Jonas.'

...

Op een dag word je wakker en ben je de laatste
telg uit een roemrijk geslacht

'Dit is jouw afstamming, Jidde: Albert Hartman was de vader van Frederik en die was weer de vader van Willibrord en die was dan weer de vader van Johan...'

Mijn pa heeft een stamboom gemaakt. Onze familie is zo ongeveer het enige wat wij gemeen hebben, en daarom best een goed onderwerp.

'En dit ben jij,' zegt hij: 'Johannes Hendricus Willibrord Hartman. J.H.W.H.' Hij wijst naar het einde van een lijn die nooit meer langer zal worden. 'Grappig,' merkt hij op. 'Van het begin van de stamboom tot het vertrek naar Duitsland zijn tien generaties en van daar tot jouw geboorte ook.' Hij telt ze nog eens op papier uit.

'Verveel je je nou erg, als je een paar maanden lang op zo'n boot zit?' vraag ik.

'O, nee hoor,' zegt hij. 'Daar gebeurt van alles. Heb ik je bij voorbeeld al eens verteld over die keer dat de tweede stuurman probeerde een steen op zijn voorhoofd kapot te slaan?'

Toen ik aan mijn studie begon, vertrok mijn vader naar Azië en verkocht hij het huis. Sindsdien woont hij permanent op de olietanker. Er wordt mij wel eens gevraagd of ik niet eenzaam was zonder moeder en met mijn vader voortdurend op zee, maar erop terugkijkend voelde ik me vooral eenzaam op de momenten dat hij er wel was.

Tegen een uur of vijf, begint mijn vader met een toenemende frequentie op zijn te horloge kijken, tot het moment aanbreekt dat hij terug moet naar de tanker. Hij blijft niet eten.

Op weg naar buiten valt zijn oog op de rorschachtest, die zolang in de keuken staat, tot Tara hem komt halen. 'Wat is dát nou?' vraagt hij achterdochtig.

'Een schilderij: *Iers landschap met koe*. Een maand geleden uitgezocht in een galerie in Rotterdam.'

'Nou Jidde, dat heb je vast van je moeder,' vindt mijn pa. 'Voor kunst heb ík nooit interesse gehad. Als je het mij vraagt ziet jouw Ierse landschap eruit als zo'n test die je bij de psychiater moet doen.'

...

Op een dag word je wakker en wordt vier jaar
van je werk door de mangel gehaald

Van As heeft inderdaad een commissie bij elkaar gekregen om mijn onderzoek door te spitten. Ze willen zich niet beperken tot het *Acta*-artikel, maar meteen mijn hele proefschrift erbij betrekken. Hiermee valt mij de dubieuze eer te beurt het eerste proefschrift in lange tijd geschreven te hebben dat wordt bestudeerd door mensen die niet in de leescommissie zitten. Dat heeft zich bij mijn weten de afgelopen vierentachtig jaar niet meer voorgedaan.

Van As kwam langs om mijn labjournaals te eisen, maar ik heb geweigerd die te overhandigen. Wie denkt die kerel wel niet dat ie is? Maria Callas? Ik lever niets in zonder opdracht van mijn eigen baas.

'De beste manier om aan te tonen dat je er niets mee te maken hebt, is door met ons mee te werken,' trachtte hij me te overtuigen. 'Je helpt jezelf alleen door toe te geven dat er gesjoemeld is met de data.' Op zo'n moment besef je dat je wordt aangezien voor een randdebiel. Of hij bedoelde het ironisch, natuurlijk.

Voorlopig zoeken ze het zelf maar uit met mijn proefschrift – met een beetje geluk lezen ze over de experimenten met de Christiaantjes heen.

Volgens Schoen is het hele gedoe één grote grap en hoef ik me nergens zorgen over te maken. Wat overigens de allergrootste grap is: Vanderzee zit ook in de commissie.

Ik begrijp hem ook niet.

...

Op een dag word je wakker naast een vrouw
met allerlei enge ziektes

Terwijl het wijnglas in splinters en scherven vergruizelt, dringt een snerpende pijn zich in mijn rechtervoet. Ik val achterover terug op Tara's bed en vloek mezelf schor.

We zouden gisteravond de rorschachtest naar Tara's kamer verhuizen, maar om onduidelijke redenen hebben we dat niet gedaan en eindigde de nacht met een fles Bordeaux bij haar in bed. De wijnglazen lieten we met onze aangeschoten koppen naast het bed staan – één daarvan is nu dus kapot en zit gedeeltelijk in mijn rechtervoet.

Ik ga op de rand van het bed zitten en trek voorzichtig de stukjes glas uit mijn vlees. Twee straaltjes bloed sijpelen uit mijn voetzool op Tara's vergeelde tapijt. Een snelle berekening leert me dat als het in dit tempo doorgaat, ik over achtenhalf uur zal zijn doodgebloed. Ik tracht de vloed te stelpen door de wonden stevig dicht te drukken en vraag Tara om pleisters en jodium.

'In het medicijnkastje,' zucht ze. 'Hou je de boel een beetje netjes?'

Hinkend bereik ik de badkamer, die weinig meer is dan een bezemhok waar je het toilet opzij moet duwen om te kunnen douchen, en ik grijp mezelf vast aan de wastafel. Naast me hangt op ooghoogte een roze kastje met een groen kruis. Ik trek het open en de halve inhoud komt naar buiten regenen. Potjes, doordrukstrips, pleisters, gazen, zalven, crèmes en flacons kletteren op de badkamervloer en zoeken hun weg over de tegeltjes. 'Hiermee kun je je eigen apotheek beginnen!' roep ik, terwijl ik buk voor een rol verband.

Nadat ik mijn voet heb omzwachteld, kniel ik op de badkamervloer om de troep bijeen te rapen. Er ligt werkelijk van alles: 'Inhibin?' lees ik op van een strip waar nog maar één pil in zit.

'Dat gebruik ik wanneer ik 's nachts kramp krijg in mijn benen,' roept Tara.

'Ibuprofen,' herken ik. Roze smarties, vierhonderd milligram.

'Als ik last heb van mijn rug,' mijmert ze slaapdronken. Ze is uit bed gekropen en staat nu achter me.

'Efexor?'

'Voor als ik somber ben. Als jij me weer eens het huis uit gooit bij voorbeeld.' Ze lacht geforceerd.

'Formaline dragees?'

'Afslankpillen, voor mijn buikje. Ze helpen alleen nog niet zo goed. Ik ben aan het sparen voor een liposuctie.'

'Zovirax-crème?' vraag ik.

'Dat wil je niet weten,' verzekert ze me.

Dikke zetpillen, per stuk verpakt en naar het doucheputje gerold. Over datum. 'Primperan?'

'Goed tegen katers.'

Ik raap Tobradex op tegen de rode ogen, erythromycinecrème tegen acne, aspirine, diclofenac en sumatriptan tegen de hoofdpijn, doorzichtige valiumparels tegen het slechte geweten, chloorhexidinespoeling tegen de aften in de mond. Dat waren ze wel zo'n beetje. Alleen nog een laatste doordrukstrip met gele pillen. 'En deze?' vraag ik. *Efavirenz* heten ze. 'Laat me raden: bij winderigheid?'

...

Op een dag word je wakker en staat de hele wereld op haar kop – of misschien lijkt dat alleen maar zo en ben jij degene die op z'n kop staat. Op een dag word je wakker en is alles en iedereen tegen je. Op een dag word je wakker en is je creditcard geblokkeerd, je rijbewijs verlopen, je koelkast leeg, je mobiel kapot en je baas een belangrijk deel van zijn geheugen kwijt. Op een dag word je wakker en ben je net een rat die zich zonder een meter vooruit te komen kapotloopt in een tredmolen. Op een dag word je wakker en ben jíj de kop van Jut.

Nee, niets van dat alles.
Op een dag word je wakker. Punt.

Het is pak-'m-beet woensdag en ik word wakker. Over drie uur staat er een afspraak met professor Van As op het programma, samen met Marije en Schoen. Bij een kop koffie en een glas drinkyoghurt neem ik de krant van vandaag door. Er wordt bericht over treinongelukken en bomaanslagen, over verkiezingen en topconferenties, over vastgelopen arbeidsoverleg en stakingen.
Lekker belangrijk.

7

EPILOOG

Het is zwaar fietsen met lood in je schoenen en de weg naar de faculteit lijkt langer dan ooit vandaag. Bij de fietskelder tref ik Pjotr, die me vol enthousiasme vertelt dat Vierklau hem een baan heeft beloofd in zijn nieuwe instituut. Nee, niet als schoonmaker.

We nemen samen de lift naar de afdeling en mijn collega ventileert zijn vakantieplannen. Hij denkt erover met een stel vrienden naar Afghanistan te reizen om daar rond te trekken in de bergen. De Mont Blanc beklimmen heeft hij als alternatief. Geen van zijn vrienden heeft ooit iets in die richting ondernomen, 'maar voor alles is een eerste keer,' legt hij uit.

'En een laatste natuurlijk,' voeg ik ten overvloede toe.

In ons werkhok word ik opgewacht door Damian. 'Jidde,' zegt hij, 'mijn labjournaal is verdwenen!' Hij ziet eruit zoals ik me voel. Het kost hem moeite de woorden uit te brengen: 'Al mijn aantekeningen over de Christiaantjes zijn weg!'

Ik mompel wat terug.

'Hoor je wel wat ik zeg?' vraagt Damian. 'Iemand heeft mijn aantekeningen meegenomen.' Zijn hoofd wordt roder en roder, de aders op zijn slapen zwellen op, zijn vuisten ballen zich. 'Kanker!' schreeuwt hij en hij haalt uit om een gat in onze muur te beuken.

Schoen, Marije en ik zitten tegenover Van As in zijn kantoor. Opgewonden en geveinsd verontwaardigd preekt de professor over de misstanden op ons instituut. Hij gebruikt termen als 'wetenschappelijke misdraging' en 'fraude'. Zijn vlakke handen slaan op tafel wanneer Schoen weigert commentaar te geven. Een pennenbakje valt om.

Ik zou beter moeten opletten, want ze hebben het ook over mij en het is belangrijk. Het afgelopen weekend met Tara blijft echter in me doordreunen als een vastgelopen langspeelplaat.

De hoogleraar gebruikt het woord 'onderzoekscommissie'. Hij gebruikt het woord 'medewerking'. Het woord 'consequenties' vliegt over de tafel. Voorheen dacht ik altijd dat 'onverkwikkelijk' alleen geschreven kon worden. Van As en Schoen bestoken elkaar met begrippen als 'verantwoordelijkheid', 'plicht' en 'schuld'. Ik moet straks opzoeken wat 'retributief' betekent.

Van As wendt zich tot mij, verwijst naar mijn aanstaande promotie en neemt vervolgens woorden in de mond als 'onacceptabel', 'onmogelijk' en 'uitgesloten'.

'Goedgekeurd door de commissie,' antwoord ik. En 'contract', of iets in die geest. En 'naar de drukker' en 'onomkeerbaar'.

Schoen valt me bij met 'reputatie' en 'carrière'.

Van As loopt rood aan. Misschien meent hij toch wat hij zegt. Ik vraag me af of woede meetbaar is[39]. Hij slaat nogmaals op zijn bureau. Het pennenbakje valt op de grond en rolt weg. De prof gebruikt twee woorden die je pertinent niet in dezelfde zin wilt horen: 'Jidde' en 'rechtsvervolging'.

Maar misschien overdrijf ik, want de twee woorden die ik écht nooit in dezelfde zin had willen horen zijn 'Jidde' en 'hivseropositief'.

---

39 Iemand zou dat eens uit moeten zoeken

Gebruik meer latex: de petrochemische industrie rekent op u!

8

Buitendag met de afdeling: survival op de Veluwe. Terug naar de oertijd. Aan touwen slingeren, over rotsen klimmen, met Perma en Marije door beekjes peddelen, met Thomas en Damian een konijn vangen. De paden op, de lanen in. Hangen en wurgen.

Schoen is niet mee. 'Ik weet mezelf al vijfentwintig jaar staande te houden in de academie,' zei mijn begeleider, 'dus ík hoef niet meer op survival.'

Paintball. Als ervaren sluipschutters liggen Pjotr en ik in een greppel te wachten tot er iemand van het rode team voorbijloopt. Drie kwartier is er inmiddels voorbijgekropen sinds we positie kozen, maar we hebben nog niemand in ons vizier gehad.

De afdeling is in twee teams gedeeld. Wij zijn groen en we moeten schieten op alles wat rood is. En op Damian, die rood-groen-kleurenblind is en daarom in zijn eentje een team vormt.

Pjotr checkt zijn horloge. 'Nog tien minuten en dan gaan we zelf,' stelt hij voor.

Mijn collega verscheen vanochtend met een blauw oog bij de bus. Gisteren op een biologiefeest had hij geprobeerd een meisje te zoenen en toen kreeg hij een knal van haar vriend.

'Wist je niet dat ze een vriend had?' vraag ik.

'Jawel, maar niet dat hij stond te kijken,' legt hij uit.

Net op het moment dat we er genoeg van hebben, stormt een opgejaagd doelwit recht op ons af. Het is Damian en hij zit onder de blauwe verf. Aangeschoten wild. We leggen aan, schieten en raken hem recht op zijn helm.

Damian glijdt weg, verliest zijn evenwicht en keilt achterover met zijn hoofd in het mulle zand.

We herladen onze pistolen en houden hem onder schot, in afwachting van wat hij gaat doen. Reken altijd op het ergste.

Wat het ergste ook mag zijn: opstaan is het niet.

'We moeten kijken,' zeg ik ten slotte. We springen de greppel uit en buigen ons over onze gevallen collega.

'Leef je nog?' vraagt Pjotr.

'Heel aardig van jullie,' zegt Damian, 'dat jullie me komen helpen. Heel aardig,' herhaalt hij, 'maar ontzettend dom.'

Opeens blijken we te zijn omsingeld – in elke kuil en achter elke boom schuilt een tegenstander. Uit alle hoeken en gaten vliegen de verfkogels op ons af. We duiken in elkaar op de grond – *duck and cover*, zoals je volgens de instructiefilmpjes van de jaren zestig moest doen bij een kernaanval – maar het helpt niets. Mijn kont is een schietschijf, ik kan de rest van de week niet meer zitten.

'Laat dit een les voor jullie zijn,' zegt Damian, terwijl de munitie op ons in blijft hagelen. 'Keer nooit terug om de doden van het slagveld te halen.' Hij sluit de ogen en laat het geweld over zich heen komen.

...

De complottheorie dat hiv door mensen zou zijn ontworpen[40], is ronduit bespottelijk. Daarvoor steekt het virus veel te

40 Vooral bepaalde Afrikaanse regeringsleiders en een enkele winnares van een Nobelprijs voor de vrede houden er wat dat betreft interessante theorieën opna

intelligent in elkaar. De structuur is zó goed doordacht, het mechanisme van infectie dermate geraffineerd – je kunt niet anders dan er bewondering voor hebben. Geen mens die dit had kunnen uitdenken.

Hiv bestaat uit niet meer dan twee strengen RNA, ingepakt in een membraan en in twee eiwitkapsels. Bijna niet te geloven dat het virus hiermee in staat is om het menselijk lichaam binnen te dringen en het vervolgens compleet aan gort te helpen. Dit kan dan ook alleen maar doordat hiv voor de meeste van zijn behoeften meelift op de faciliteiten van zijn gastheercel. Slechts twee enzymen moet het zelf meenemen: het protease en het reverse-transcriptase. Op deze enzymen grijpen de belangrijkste hiv-medicijnen in, de zogenaamde protease-remmers en de reverse transcriptase-remmers.

Efavirenz bij voorbeeld is zo'n reverse transcriptase-remmer en die slik je niet zomaar, want in feite is het puur gif. Je slikt het niet vanwege hoofdpijn of hoge bloeddruk. Het helpt niet tegen duizeligheid of reuma. Het middel is zinloos bij bloedarmoede en premenstrueel syndroom. Je slikt efavirenz omdat je hiv-seropositief bent.

...

Voor het vertrek vanochtend klampte ik Damian aan bij de bushalte. Ik móest het weten.

'Damian, heb jij ooit iets met Tara gehad?'

Verbaasd keek hij me aan. 'Ze is niet echt mijn type.'

'Hoe ken je haar dan?'

'Van de poëzieclub. Dat had ik toch al gezegd?'

'Wat een gelul.'

'Dat vond ik ook. Een ontzettend zielige bedoening.'

Ik begon mijn geduld te verliezen: 'Verdomme, waar heb je het over!'

'Blijf een beetje rustig, Jidde... Als je het per se wilt weten: de poëzieclub is een praatgroep voor hiv-patiënten.'

'Een praatgroep?'

'Ja, patiënten moeten daar hun gevoelens uiten in gedichtjes. Ik kan het je niet aanraden. Zelf was ik na twee keer weg.'

'Waarom heb je me niet verteld dat Tara... je weet wel, ziek is?'

'Dat vertel je toch niet zomaar? Als jíj zo'n vervelende aandoening had, zou je het dan op prijs stellen als iemand dat liep rond te bazuinen?' Hij leek diep verontwaardigd. 'Bovendien, je was toch niets met haar van plan?'

De bus kwam aanrijden en Damian wilde al weglopen, toen hij iets bedacht. 'Ik heb nog een gedichtje voor je! Zoals ik had beloofd.' Hij schraapte zijn keel:

> Een AIO met eczeem uit de Goelag
> Die publiceren over zalfjes wel zitten zag
> Hield zijn huid in de gaten
> Hij zei: 'Nog een paar resultaten
> Heb geduld, want ik wacht op een uitslag'

...

Na het paintballen volgt de stormbaan.

Terwijl de rest van de afdeling onder luide aansporing van een oud-marinier door autobanden waggelt, onder kippengaas door kruipt en zich over schuttingen werpt, neemt Vanderzee me terzijde. De biochemicus maakt zich zorgen om me. Volgens hem zie ik de ernst van mijn situatie niet in. Hij zegt dat Schoen en Vierklau hun handen van me af hebben getrokken, dat ik een promotie wel op mijn buik kan schrijven en dat er zelfs ontslag op staande voet voor me dreigt. Van As en de onderzoeksgestapo hebben mijn proefschrift doorgewerkt en zijn gestruikeld over de Christiaantjes. 'Een onderzoek dat niet door de ethische commissie is gegaan,' benadrukt hij. 'Wat denk je daarvan?'

Ik denk dat ik best wel eens hiv-positief zou kunnen zijn.

Vanderzee fronst de wenkbrauwen. 'Ik zit in de onderzoekscommissie – misschien kan ik iets voor je regelen,' oppert hij. 'Niemand op de faculteit heeft er belang bij jou kapot te maken. Het zou voor alle partijen het beste zijn als je meewerkt.'

Zou ik Charlotte ermee hebben besmet?

'Hoe kun jij in godsnaam in de onderzoekscommissie zitten?' vraag ik. 'Jij begeleidt verdomme Damian in ons proefdieronderzoek, je weet wel: *ons* proefdieronderzoek, het proefdieronderzoek dat niet door de ethische commissie is gegaan.'

'Het zou voor alle partijen het beste zijn als je dat niet te hard zou roepen,' drukt Vanderzee me op het hart.

...

Geknield in Tara's badkamer trachtte ik te raden waar de efavirenz goed voor was. 'Tegen premenstrueel syndroom?' was mijn laatste gok.

'Nee,' antwoordde ze, 'je zit er mijlenver naast.' Ze schudde haar hoofd en slikte. 'Het zijn hiv-remmers, Jidde.'

'Waarom heb jij hiv-remmers in je medicijnkastje?' vroeg ik. Soms ben ik verbazingwekkend traag van begrip. Natuurlijk: het was nog vroeg op de ochtend en ik was bijna doodgebloed uit mijn rechtervoet, maar dat mag geen excuus zijn.

'Ik dacht dat jij zo slim was,' zei ze, haar blik van me afwendend.

'In de praktijk valt dat steeds vaker tegen.' Bij tijd en wijle begin ik me af te vragen of vijf jaar scheikunde geen weggegooid geld is geweest.

'Bedenk eens iets.'

Ik bedacht wat.

Tien ton graniet, recht in het gezicht.

> FEIT: Als het je zwart wordt voor de ogen, ben
> je meestal wit weggetrokken

'Waarom heb je me dat niet verteld?' wist ik nog uit te brengen.

'Hierom! Omdat ik wist dat je zo zou reageren!'

Ik moest zo snel mogelijk deze badkamer uit. Ik moest mijn gedachten ordenen en niet hier. Ik had lucht nodig.

'Wat doe je nou?' vroeg Tara. 'Waarom trek je je broek aan...? Waarom trek je je schoenen aan...? Waarvoor pak je je jas?'

Ik strekte mijn hand uit naar de deur, maar Tara wierp zich voor me, drukte zich tegen me aan en trok mijn arm weg. Ze had zich nog niet aangekleed en haar siliconenborsten priemden door mijn trui. 'Waar dacht jij heen te gaan?' Ongelooflijk: zíj was verdomme kwaad op míj.

'Wil je me er alsjeblieft langs laten,' vroeg ik de naakte vrouw – nu vooral een naakte hiv-patiënte.

'Hoe denk je dat ík me erbij voel!' schreeuwde ze.

Het was de eerste keer in mijn leven dat ik serieus dreigde iemands gezicht tot pulp te slaan. Ik duwde Tara opzij en liep de gang van haar etage uit, trachtend haar verwensingen zo veel mogelijk te negeren.

'Ren dan ook maar weg, lafbek!' was het laatste wat ik verstond[41].

...

Je weet dat je geen snelheidsduivel bent als de tractor achter je zijn claxon begint te gebruiken. Ik steek mijn hand uit het raam om de bumperklever uit de Achterhoek tot rust te manen. Als míjn banden een doorsnede hadden van een meter zou ik ook niet moeilijk doen over een paar kuilen in de weg.

Twee weken zijn er voorbijgegaan zonder bericht van Charlotte en wat mij betreft is het wel mooi geweest zo. Ik ga haar opzoeken bij haar ouders, want meer nog dan mijn mogelijke hiv-besmetting, mijn financiële moeilijkheden en mijn dreigende ontslag weet ik me geen raad met het langzaam maar zeker vastlopen van mijn relatie.

Ik wil niet horen dat ik het er zelf naar heb gemaakt.

---

41 En: 'Waar sta jíj naar te kijken?' – maar dat was niet voor mij bedoeld

Ik wil niet horen dat ik het verdien te worden gedumpt.

Ik wil niet horen dat uit elkaar gaan voor ons beiden het beste is.

Volgende week zouden we precies vier jaar bij elkaar zijn. Ik kan me nauwelijks anders herinneren dan dat we samen zijn.

Ik zet de auto stil op de oprijlaan van het huis van Charlotte's ouders en stap uit.

Haar vader, die de voortuin aan het omspitten was, steekt zijn spade in de grond en komt me de hand schudden. Zijn gelaatsuitdrukking doet vermoeden dat me een preek te wachten staat over zonde en het vagevuur. 'Dag, Jidde,' zegt hij. 'Heb je zin in een kop thee?'

Ik haal m'n schouders op en volg hem het huis in. We gaan zitten in de woonkamer. Thee krijg ik niet.

'Hoe is het op het werk?' vraagt hij. Uit zijn baard plukt hij een lieveheersbeestje.

'Niet zo best. Ze gaan me ontslaan, en dat is best vervelend.' Ik zeg: 'Een AIO die bij de universiteit wordt weggestuurd is als een dominee die de kerk uit wordt gezet. Je komt nergens meer aan de bak.'

De vergelijking maakt weinig indruk.

'Lees je wel eens in die bijbel die ik je gegeven heb?' vraagt Charlotte's vader.

'Soms,' geef ik toe.

Iets wat op een glimlach lijkt maakt zich meester van zijn gezicht. 'Dan weet ik nog wel iets leuks voor je,' zegt hij.

Op zaterdagmiddag geeft Charlotte's vader les op de zondagsschool en ik ga mee. Vraag me niet waarom.

We volgen een sluiproute tussen de bessenstruiken door, achter een vervallen molen langs en door een gat in de omheining van het kerkgebouw. Via een zij-ingang komen we uit in de consistorie, waar hij me voorgaat in een zaaltje met een ronde tafel en een stuk of vijftien houten klapstoelen.

'De kerk is een plaats voor onderzoek en ontdekking,' legt

Charlotte's vader uit, terwijl hij een ijzeren kast opent en er een stapel bijbels uithaalt. 'Het is meer dan gewijde grond. Hier komen gelovigen de geschriften bestuderen. Hier komen ze om de wereld te doorgronden, om kennis te nemen van God.'

'Ze komen hier om de wereld te doorgronden?'

'Aan de hand van de Bijbel,' legt hij uit.

'Daarvoor bestudeer ik zelf toch andere boeken,' zeg ik, 'en de meeste daarvan liggen bij de sectie natuurwetenschappen van de universiteitsbibliotheek. Een paar kasten vol hebben ze daar.'

'Dan zal jij de wereld wel heel goed begrijpen – met zo veel boeken,' concludeert hij.

Klokslag twee uur sluit Charlotte's vader de deur van het zaaltje en heet het gezelschap welkom. We zijn met z'n dertienen in totaal. Hij stelt mij voor als een goede vriend van zijn dochter en vertelt dat ik onderzoek doe aan een universiteit in de Randstad.

'Is dat niet ver?' wil een donkerharig meisje in een lange blauwe rok weten.

'Twee uur rijden,' zeg ik.

Als je 'De weg naar de hel' volgt kom je er vanzelf.

Herman, de ex van Charlotte, is er ook, in zwarte pantalon, wit overhemd en rode stropdas. Sinds ik hem voor het laatst heb gezien zijn de blonde stekeltjes uitgegroeid tot een klassiek bloempotkapsel en is hij een paar kilo kwijtgeraakt.

'Wat voert jou hierheen?' vraag ik hem bij binnenkomst.

'Ik ben hier om te leren,' antwoordt hij.

'Vandaag behandelen we de kruisiging van Jezus,' zegt Charlotte's vader. 'Herman, wil jij beginnen met voorlezen bij Johannes achttien vers dertien?'

De jongen slaat zijn bijbel open en schraapt de keel: '*En zij leidden Hem heen, eerst tot Annas; want hij was de schoonvader van Kajafas, die de hogepriester van dat jaar was...*'

Mijn gedachten dwalen af naar Charlotte. Naar onze eerste

ontmoeting in de universiteitsbibliotheek. Naar het weekend in Stockholm. Naar de paasmaandag bij haar ouders... Naar de Eisprongdag die samenviel met haar verjaardag. Naar ons eerste bezoek aan de fertiliteitskliniek. Naar het *Penthouse*-incident. Naar de avond dat ik haar het slechte nieuws meedeelde... Naar het bioscoopcafé waar ze Herman als zaaddonor opperde. Herman, de blije refo die op dit moment vol geestdrift voordraagt uit het boek dat de wereld verklaart:

'...*Gij zoudt geen macht hebben tegen Mij, indien het u niet van boven gegeven ware; daarom die Mij aan u heeft overgeleverd, heeft groter zonde*.'

'Stop daar maar even,' zegt Charlotte's vader. 'Wat denk je dat Jezus bedoelde met die laatste zin?'

'Dat het Judas' schuld is dat hij wordt gekruisigd en niet die van Pilatus?' raadt Herman, wat ontdaan door de plotselinge onderbreking.

'Dat is één interpretatie.'

'Dat God het zo heeft gewild?' spreekt het meisje in de blauwe rok voor haar beurt.

Op de weg terug van de kerk weidt Charlotte's vader uit over dat het geloof zelf het grootste wonder is van het christendom. Het wonder is niet dat er in een boek staat dat een vrouw zwanger is geworden zonder coïtus (er zijn overigens zelfs wetenschappelijke publicaties die soortgelijke gevallen beschrijven[42]): het wonder is dat we het tweeduizend jaar later nog steeds geloven en er nog waarde aan hechten.

Zo kennen we er nog wel meer, denk ik, maar het lukt me niet om de exacte fout in zijn redenering te benoemen.

'Volgens mij komt Charlotte vandaag niet meer langs,' zegt haar vader als we bij de voordeur staan.

Een mengeling van frustratie en opluchting komt over me.

---

42 Brit J Obst Gyn, vol 95, pp 933-934

Mijn zenuwen staan inmiddels op springen en eerlijk gezegd ben ik blij de confrontatie met mijn vriendin uit te kunnen stellen.

'Oké,' besluit ik. 'Wilt u haar zeggen...'

Hij knikt. 'Het was goed dat je langskwam.'

'Denkt u?'

Geen antwoord.

Ik geef hem een hand en schuifelend begeef ik me naar mijn auto. Halverwege roept Charlotte's vader me na: 'Jidde! In geval van nood: Job één-eenentwintig!'

Ik kijk om, maar de man is al het huis in verdwenen en heeft de voordeur achter zich dichtgetrokken. Een verdieping hoger, verscholen achter de luxaflex van Charlotte's kamer, slaat een roerloos silhouet mijn aftocht gade.

...

Van As' eerste wapenfeit als kersverse hoogleraar was ooit de uitgebreide en totaal zinloze verbouwing van de afdeling humane genetica. Hij schoof acht AIO's naar een hok zonder ramen, stalde de afdelingssecretaresse in de bezemkast en trok drie kamers bij elkaar, zodat hij in ieder geval kon beschikken over een kantoor met anderhalf keer de oppervlakte van dat van zijn voorganger.

Van As is geen grote man, maar als hij aan zijn bureau zit lijkt hij gigantisch. Alles in zijn kamer is erop gericht de bezoeker te intimideren. Mijn stoel is een stuk lager dan die van hem en kraakt alsof hij het elk moment zou kunnen begeven. In een vitrinekast worden opgezette marterachtigen tentoongesteld en achter de prof vult een hels, rood schilderij de wand. Ik denk dat het een paard moet voorstellen waarvan de hals is doorgesneden en het bloed alle kanten op spuit – maar misschien heb ik gewoon te slecht geslapen vannacht. En te weinig bovendien.

'Het leek me goed om nog eens met u alleen te praten,' zegt Van As. 'Ons laatste contact eindigde op een voor mij wat onbevredigende manier.'

Je wilde mijn kop eraf bijten en dat is niet gelukt?
'Kan ik u koffie of thee aanbieden?' vraagt hij.
'Koffie graag.'
Hij haalt twee kopjes uit zijn kast en schenkt in. 'Alstublieft,' glimlacht hij vriendelijk.
Ik glimlach terug.
Jij eerst drinken!
Van As vouwt zijn handen in elkaar. 'Als voorzitter van de onderzoeksschool is het mijn taak u bij te staan in het pad naar uw promotie. Het lijdt bij mij geen twijfel dat u nooit de dierexperimenten had opgenomen in uw proefschrift als u geweten had van hun dubieuze status. Uw aandeel in dezen zal u derhalve niet worden aangerekend.'
Kan ik dat zwart op wit krijgen?
Ik begrijp er niets meer van. Óf Van As heeft net iets te lang boven het salpeterzuur gehangen, óf hij ziet het als een spelletje: *goede professor, slechte professor*.
'We willen het instituut niet onnodig in diskrediet brengen,' legt Van As uit. 'Er werken immers ook mensen die dagelijks hun significante bijdrage leveren aan de wetenschap. Doctor de Beer, doctor Wildschut, professor Vanderzee...' Van As beseft meteen dat hij zich heeft versproken.
'Wanneer is Vanderzee professor geworden?' vraag ik.
'Dóctor Vanderzee,' verbetert hij zich snel. 'Uit ons onderzoek komt steeds duidelijker naar voren dat er drie verantwoordelijken zijn voor de schandelijke misdragingen: professor Vierklau, doctor Schoen en doctorandus Morgenster.'
'Dan zult u vast blij zijn als Vierklau vertrekt om zijn eigen instituut op te zetten,' zeg ik.
Van As gromt wat. *Over mijn lijk*, meen ik te verstaan.
'Bedenk overigens dat de boeken nog niet gesloten zijn voor wat betreft de fraude met het Tsjechische artikel,' waarschuwt de professor. Hij laat zijn woorden even op me inwerken. 'Wij kunnen vast wel tot een overeenkomst komen.'
'Moet ik tekenen in bloed of zo?' vraag ik.

'Meneer Hartman, uw weinig respectvolle uitlatingen beginnen op mijn zenuwen te werken.'

Er is iets wat ik moet weten. Ik haal diep adem. 'Hoe bent u ooit het artikel in de *Acta* op het spoor gekomen?' vraag ik. 'Het lijkt me niet een blad dat u dagelijks leest.'

'Niet?'

'Als u wilt dat ik eerlijk ben tegen u, moet u het ook tegen mij zijn,' zeg ik.

Van As haalt zijn schouders op. 'Ik ontving een e-mailbericht dat me erop wees.'

'Van wie?'

'Anoniem.'

Het knispert en kraakt in mijn hoofd. Als Van As de waarheid spreekt, heeft iemand mij behoorlijk verneukt. In gedachte ga ik af wie er allemaal van het artikel afwisten, wie er wisten dat Van As achter Vierklau aan zit en wie er belang bij hebben mij of mijn begeleiders een hak te zetten.

'Ik heb tijd nodig om hierover na te denken,' besluit ik. Ik sta op en loop weg.

...

Oxford is een heiligdom. Het is gewijde grond. Hier komen studenten de geschriften bestuderen, hier komen ze om de wereld te leren begrijpen, om hun geloof in de wetenschap te belijden.

Op bedevaart ben ik, naar een symposium zonder duidelijk thema. Ik weet niet zo goed wat ik hier te zoeken heb, maar het moest van Schoen. Als een klein kind heeft hij me weggestuurd.

Marije is er ook. Ze is inmiddels zes maanden zwanger, maar als je haar buik zo ziet had het met gemak het dubbele kunnen zijn. Het hemd dat ze aanheeft is een paar maten te klein en steeds als ze achteroverleunt ontbloot ze haar onderbuik en navel.

We volgen het verhaal van een Poolse hoogleraar die een

onderzoeksgroep leidt waar Marije en Schoen mee samenwerken. Ze hebben de Polen hard nodig, want zonder hen maken ze geen kans op Europese beurzen. De afgelopen jaren heeft het geld binnen de wetenschap zich steeds verder geconcentreerd in grote Europese projecten, die gesubsidieerd worden vanuit Brussel. Dit beleid heeft duidelijke repercussies gehad op hoe onderzoek tegenwoordig wordt georganiseerd. De belangrijkste subsidies worden alleen nog toegekend aan papieren samenwerkingsverbanden tussen wetenschappers uit meerdere EU-landen. Samenwerking is een primaire levensbehoefte geworden. Je zoekt eerst partners en dan bedenk je wat je gaat doen. Vooral met wetenschappers uit het voormalige Oostblok kun je flink scoren[43].

De schaalvergroting en centralisering worden op de voet gevolgd door de bureaucratie. De papierberg die Brussel je doet doorwerken is in meerdere opzichten grensverleggend. Hogere wiskunde. Om een beetje aanvraag in te vullen moet nu een leger consultants worden ingehuurd. Onderzoeksinstituten worden zo net echte bedrijven: je moet investeren voordat je iets kunt verdienen. En je kunt failliet gaan.

Marije heeft de Pool geholpen bij het voorbereiden van zijn praatje. 'We hebben hard op zijn Engels geoefend,' zegt ze, 'maar uiteindelijk zag ik geen andere mogelijkheid dan het verhaal fonetisch voor hem uit te schrijven.'

De prof behandelt in het kort de grondbeginselen van de toxicologie: hoe alles gif is als je er maar genoeg van inneemt. Zijn stem zwaait hierbij op volstrekt willekeurige momenten omhoog en omlaag, wat zijn voordracht aangenaam maakt om naar te luisteren, maar bijzonder moeilijk te volgen. Het kan vast ook geen kwaad als je in de microfoon spreekt.

'Jammer dat ze in Polen heel andere klinkers gebruiken,' zeg ik.

Marije luistert niet. Ze heeft alleen aandacht voor haar

43 Een vrouwelijke Oostblokprofessor is natuurlijk dubbel kassa

ongeboren kind. Zachtjes wrijft ze kringetjes over haar buik. 'Wil je even voelen?' vraagt ze.

'Op zich wel,' antwoord ik, 'maar dan wacht ik liever tot de baby eruit is.'

De prof heeft zijn verhaal afgerond en de voorzitter moedigt het publiek aan om vragen te stellen.

'Je moet jezelf profileren,' zegt Marije. 'Bedenk snel even een vraag.' Ze duwt me van mijn stoel. 'Bij voorkeur iets wat je al weet, dan kun je hem verbeteren als hij iets doms zegt.'

De voorzitter ziet me opstaan en geeft me het woord. 'De meneer in het bruine jasje en zonder stropdas,' kondigt hij me aan.

In de vijf seconden dat ik naar een van de microfoons in de zaal slenter besluit ik het algemeen te houden. 'In welke mate ziet u uw laboratoriumtests als geschikte modellen voor het vervangen van proefdieronderzoek?' vraag ik.

'Waarom is levertoxiciteit?' is de wedervraag van de prof.

'*Waarom is levertoxiciteit?* – ik begrijp het niet.'

'Nee, ik ook niet,' zegt de Pool met een tevreden blik. 'Niemand!'

'De mevrouw in de witte blouse,' wijst de voorzitter.

Een dame rechts achterin loopt naar een andere microfoon en stelt een volgende vraag.

...

Op zoek naar Schoen, krijg ik Thomas aan de lijn. De epidemioloog laat me weten dat mijn baas en de prof in bespreking zijn. 'Ze zijn jouw probleem aan het oplossen,' zegt hij.

'Óns probleem,' verbeter ik.

'Gedeeltelijk wel.'

De beschuldigingen van fraude (het *Acta*-artikel) en van het doen van onderzoek dat niet door de ethische commissie is gegaan (de Christiaantjes), werpen hun schaduw over de verzelfstandiging van het instituut. Zolang Vierklau en Schoen niet van alle blaam zijn gezuiverd, steekt niemand meer een cent in hun plannen. Brussel niet, Den Haag niet, de NIH niet en GenTech ook niet.

Het enige waar ze overigens daadwerkelijk mee in hun maag zitten is de kwestie met de ethische commissie, want het *Acta*-probleem hebben ze al lang opgelost – daar ben ik van overtuigd.

Ze geven gewoon mij de schuld.

...

De GenTech-stand wordt opgesierd door grote foto's van gelukkige gezinnen en genetisch gemodificeerde graanvelden. Ezekiël, handelaar in lichtgevende guppen, heeft zijn post opgezet bij de ingang van de congreszaal en deelt pointerlampjes uit. Hij neemt even pauze om samen met mij te lunchen.

'Hoe is het eten hier?' vraag ik.

'Engels,' zucht Ezekiël. 'Het wordt niet verboden door het verdrag van Genève, maar dat zou wel moeten.'

Izzy heeft gehoord van de laatste verwikkelingen op het instituut en bevestigt dat GenTech weigert in zee te gaan met Vierklau zolang het instituut in verband wordt gebracht met onethisch wetenschappelijk gedrag. 'Je moet ontzettend oppassen tegenwoordig,' zegt hij. 'Voor je het weet komen de *animal rights*-fascisten een brandend kruis in je tuin planten of blazen ze je auto op. Die zijn bijna net zo erg als de anti-abortusfanatici.'

'Bij ons zijn ze zelfs erger,' vertel ik. 'Ben je wel eens in Rijswijk geweest?'

Bij aanvang van de middagsessie loopt Ezekiël zijn stand voorbij, mee de zaal in.

'Wat voert jou hier naar binnen?' vraag ik.

'Zo meteen spreekt Duchamps,' zegt hij, 'en ik ben

benieuwd naar zijn mening.' De verkoper komt naast me zitten op de eerste rij. 'De gastsprekers zijn een stuk beter dan die van vorig jaar,' meent hij. 'Toen hadden ze de uitvinder van de PCR uitgenodigd. Het enige wat ik van zijn verhaal heb geleerd is hoe je lsd maakt.'

Duchamps is een Franse systeembioloog. Licht gebocheld, met een smal gezicht en een haakneus. Hij mengt zich graag in politieke discussies en het afgelopen jaar stond hij nog op de barricades om een verbod op stamcelonderzoek te voorkomen. Zelf houdt hij zich bezig met de integratie van biologie en informatica. Systeembiologen zoals hij zijn er namelijk heilig van overtuigd dat als ze maar genoeg data in een computer stoppen, de machine op een dag zal verklaren hoe het leven in elkaar steekt. Dat moet je natuurlijk ook wíllen geloven en systeembiologen doen dat, want het zijn ontzettend optimistische mensen. Ze hebben immers gigantische budgetten te besteden.

De Fransman is een goede spreker: verstaanbaar, duidelijk en enthousiast over zijn werk. In tegenstelling tot een grote groep van (zelfbenoemde) hotshots – die soms alle dia's die ze ooit hebben gemaakt in één bestand laden om er ten overstaan van het publiek de relevante uit te zoeken – heeft hij zijn presentatie voorbereid.[44] De dia's doen ook geen dyslexie vermoeden bij hem.

'Ik wil even stilstaan bij deze dia,' zegt hij, wijzend naar het scherm. 'We zagen in ons model dat cellen met het HLA-B27-antigeen dertig procent meer interferon produceren.'

'Maar wat betekent dat?' bemoeit de voorzitter zich ermee. 'Dat HLA verantwoordelijk is voor de interferonproductie?'

'Dat is één interpretatie,' volgens Duchamps. Hij loopt weg van de katheder en strekt zijn armen naar voren, alsof hij de zaal tracht te omhelzen. 'Maar in ons model gaat het er niet om het gedrag van een cel te kunnen verklaren, maar om het te kunnen voorspellen.'

---

44 Mensen die zichzelf heel slim vinden nemen helaas vaak minder de moeite hun kennis te delen

'Dit is het punt waarop Duchamps meestal filosofisch begint te worden,' fluistert Ezekiël. 'Geweldig vind ik dat.'

...

De verkeerde rij herken je doordat ik erin sta. Ik had de andere telefooncabine moeten kiezen. Deze is eerst een kwartier bezet gehouden door een Schotse dame die, als ik goed heb meegeluisterd, ruzie had met haar schoonmoeder, en aansluitend een minuut of tien door een Japanner wiens creditcard niet in de muntensleuf past. Als ze allebei eindelijk klaar zijn laat ik mijn muntstukken in het apparaat glijden en bel nogmaals naar Schoen.

Damian neemt op. Schoen en Vierklau zitten nog steeds te vergaderen.

'Je hebt het wel spannend weten te maken op het instituut,' zegt Damian opgewekt.

'Daar was jíj ook bij,' zeg ik. 'Je mag je trouwens, net als ik, wel eens zorgen gaan maken dat je niet de onderzoeksschool wordt uitgezet.'

'Dat is onmogelijk. Dan sturen ze eerst Vierklau weg en wordt Vanderzee de baas.'

'Vanderzee, jouw begeleider,' verduidelijk ik.

'Inderdaad.'

'Zeg Damian, aan wiens kant sta jij eigenlijk?'

Een spottend lachje. 'Dat heb ik je al vaker gezegd, waarde collega: ik vorm in mijn eentje een team.'

Ik krijg Schoen pas te pakken de derde keer dat ik bel. Hij moet zijn volle mond leegkauwen voor ik hem begin te verstaan. Op zijn eigen manier tracht hij me gerust te stellen voor wat betreft mijn positie en mijn proefschrift.

'We zijn in gesprek over hoe we tot een voor alle partijen bevredigende oplossing kunnen komen,' zegt hij.

'In gesprek met wie? Met Van As?'

'Dat lijkt me niet zinvol. We zijn onze krachten aan het bundelen.'

‘Welke krachten?’

‘We moeten de gelederen gesloten houden en voor het moment gewoon ontkennen dat die experimenten ooit hebben plaatsgevonden.’

‘Hoe kunnen we dat nou ontkennen? Ze staan nota bene beschreven in mijn proefschrift!’

‘Ja,’ zucht hij, ‘het was bijzonder onhandig van je om dat zomaar op papier te zetten.’

‘Dat moest van jou.’

Een korte stilte wordt gevuld met het nerveuze getik van Schoen’s wijsvinger tegen de hoorn. ‘Je hebt wel een beetje een communicatieprobleem, Jidde,’ besluit hij.

‘Ja, ik doe wat je zegt en niet wat je wilt...’

...

Toon mij een vrouw die meer heeft gestolen dan uw hart alleen en ik toon u mijn leeggeroofde appartement. De wekkerradio was toch echt van míj – en de snelkookpan, de keukenstoelen, de strijkplank en het douchegordijn ook.

Toen ze bij me introk stond Charlotte erop háár bed in de slaapkamer te zetten en het mijne weg te gooien. Hetzelfde gold voor mijn eettafel en mijn televisiemeubel. Ik zal nieuwe moeten kopen. Ook is de magnetron verdwenen, de vitrage en de deurmat. Het valt me nog mee dat ze het parket niet van de vloer heeft gestript.

Dit is nog eens leuk thuiskomen.

Op zoek naar andere verdwenen voorwerpen, vind ik een briefje op het antwoordapparaat:

> *Beste Jidde,*
> *Ik begrijp niet hoe je me dit hebt kunnen aandoen.*
> *[...]*
> *Sterkte, Charlotte*

Vier bewaarde berichten die tijdens mijn verblijf in Oxford zijn afgeluisterd door mijn ex: Pjotr, het waterleidingbedrijf, Van As.

En Tara.

Tara, die op mijn telefoon inspreekt hoeveel spijt ze ervan heeft dat ze haar hiv-besmetting voor me heeft achtergehouden. Tara, die emotioneel wordt als ze daarbij onze ontmoetingen oprakelt. Tara die – je gelooft het niet – me bezweert dat ze Charlotte nooit iets over ons zal vertellen. Die hoopt dat het weer goedkomt tussen mij en mijn vriendin. Die wil dat we vrienden blijven.

Met vrienden als Tara heb ik geen vijanden meer nodig.

Ik lig op de bank en doe alsof ik dood ben. Ik stop met bewegen, met ademen, met denken...

...

...

...

... nee, dat helpt me dus ook geen steek verder.

> *Beste Jidde,*
> *Ik begrijp niet hoe je me dit hebt kunnen aandoen.*

Als ik het moet uitleggen heeft uitleggen geen zin.

> *Dat ik er op zó'n manier achter moet komen dat je me bedrogen hebt met een of andere achterbakse, domme, seropositieve slet!*

Dat gaat me wat ver. Tara is niet dom.

> *De vlekken op dit papier zijn mijn tranen.*

De woorden 'aandoen' en 'bedrogen' zijn uitgelopen.

> *Ik kwam hier vandaag naar toe omdat ik zo veel van je hield en omdat ik onze relatie een laatste kans wou geven.*

Dit raakt me nog het hardst: de twijfel of ze het écht opnieuw wilde proberen. Of ik het echt in mijn eentje heb verknald of dat mijn affaire met Tara haar gewoon een welkome rechtvaardiging heeft verschaft. Je sleept immers niet zomaar een eettafel, een televisiemeubel en vijf keukenstoelen mee. Daar heeft ze de hulp van anderen voor moeten inroepen – een busje voor moeten huren.

Ik wil je nooit meer zien.
Sterkte, Charlotte

...

De geslachtsziektenpoli kent een ochtendspreekuur voor mannen en een middagspreekuur voor vrouwen. Ik kan me goed voorstellen waarom dat verstandig is.

Ik heb plaatsgenomen op een van de oranje bankjes en wacht op mijn beurt. De man naast me, een gedrongen Arabier in zwart pak, is zojuist naar binnen geroepen. Meneer Jansen. De derde meneer Jansen al vanochtend. Vanaf de andere kant van het gangpad kijkt een man in een roodleren jas me aan alsof het míjn schuld is dat hij hier zit.

De vierde meneer Jansen ben ik. Ik schud de knokige, vrouwelijke arts die mijn naam omroept de hand en volg haar de spreekkamer in.

'Waarom bent u hier?' vraagt ze, als we zijn gaan zitten. Ze heeft kort donker haar, een geprononceerde onderkaak en is een paar jaar jonger dan ik. Haar witte jas hangt als een versleten tentzeil om haar heen. Het borstzakje ervan heeft ze volgestouwd met pennen.

'Ik wou graag een reis naar de tropen boeken,' zeg ik.

'Ja?'

'Nou, ik vroeg me af wat jullie in de aanbieding hadden.'

'Dit is de polikliniek geslachtsziekten, meneer.'

'Geen last-minutes dus?'

Ze kijkt niet bijzonder geamuseerd.

‘Ik wil graag een hiv-test,’ zeg ik snel.
‘Dat kan. Waarom wilt u dat?’
‘Ik heb contact gehad met iemand die seropositief is.’
‘Sexueel contact?’
‘Nee, een briefwisseling.’
Ze negeert mijn antwoord. ‘Onbeschermd contact?’
‘Ik heb een latexallergie,’ zeg ik. Bovendien kan ik toch niemand zwanger maken.
De arts knikt begrijpend. Ze haalt een formulier uit haar bureau, vult het in en geeft het me. ‘U moet bij het lab bloed laten afnemen,’ legt ze uit. ‘Voor het resultaat kunt u volgende week langskomen op de poli.’
‘Ik zie er nu al naar uit.’ Ik sta op om haar de hand te schudden.
‘Trouwens,’ bedenkt ze, terwijl ik de deur al opentrek, ‘ik wil dat u iemand meeneemt voor de uitslag, een familielid bij voorbeeld, of een vriend.’ Ze drukt met de wijsvinger haar bril recht. Ze zegt: ‘Ik vind u namelijk niet bepaald stabiel.’

...

‘Doctor Schoen is bijzonder vernuftig geweest in het oplossen van zijn probleem met de ethische commissie,’ geeft Van As grif toe. ‘Als u hem binnenkort spreekt, breng hem dan mijn complimenten over.’
Schoen heeft me nog steeds niet verteld wat hij precies heeft geregeld. Ik moet het hem straks maar gaan vragen.
‘We hopen allemaal ten zeerste dat hij zijn gaven nooit zal inzetten in dienst van het kwaad,’ zeg ik.
‘Uw eigen probleem, echter, blijft bestaan. Het Tsjechische artikel gaat u wellicht de kop kosten.’
‘Dat zou een bijzonder vervelende aangelegenheid worden.’
‘Ik begrijp mensen,’ zegt Van As, ‘ik weet wat hen drijft. Ik weet wat ú drijft.’
‘Wat drijft mij?’ vraag ik.
‘De waarheid, doctorandus Hartman, de waarheid! En

daarnaast de nodige ijdelheid, maar dat geldt voor iedereen.'

FEIT: Zelfs ík heb soms een helder moment.

Vanderzee kan professor worden als Vierklau weg is. Opeens valt alles op zijn plaats en begrijp ik waar het anonieme mailtje vandaan kwam.

'Hoe gaan we hier nou uitkomen?' vraag ik.

'Er moet een compromis te bedenken zijn...' meent Van As.

Sla de *Winkler Prins* open bij het woord 'rat' en kijk eens goed naar de foto die daarbij staat. Je herkent hem vast wel.

...

'We hebben het probleem opgelost,' zegt Schoen zelfvoldaan. Hij heeft een sigaar opgestoken om zijn succes te vieren. Ik weiger als hij er mij een aanbiedt. Mijn begeleider legt uit dat hij een andere ethische commissie bereid heeft gevonden het onderzoek goed te keuren. Die van de faculteit geneeskunde, waar allemaal vriendjes van hem in zitten. 'Ze hebben het opgenomen in de notulen van hun laatste vergadering, die in maart.'

'Maart? Maar we zijn in januari al begonnen met het doen van experimenten.'

'Niet volgens het labjournaal van Damian.'

'Dat was toch verdwenen?'

'Hij heeft een nieuw journaal gemaakt.'

'Met *nieuw* bedoel je een vervalsing?'

'Met nieuw bedoel ik *officieel*.'

'Laten we hopen dat het origineel dan nooit boven water komt.'

'Absoluut niet,' schudt Schoen. 'Maak je daar maar geen zorgen over.' Hij tikt de sigaar af boven de asbak op zijn bureau, sluit de ogen en droomt weg.

Dit belooft weinig goeds. Schoen denkt dat hij een probleem heeft opgelost, maar volgens mij heeft hij er juist een bijgemaakt.

...

De uitslag van de hiv-test wordt niet telefonisch verstrekt. Gemakshalve ben ik er maar van uitgegaan dat ik niet besmet ben en daarom heb ik de persoon van wie ik de minste ophef verwacht gevraagd om mee te gaan: Thomas.

'Jij maakt nog eens wat mee,' zei hij. Ik zag hem nadenken. 'Ik bedoel, dit is vast heel vervelend voor je allemaal,' verbeterde hij zichzelf, terwijl hij op zijn horloge keek.

Anderhalf uur geleden haalde Thomas me thuis op in zijn groene Japanner. (Wedden dat de wagen als beste koop uit de consumentengids kwam?) We hadden nog ruimschoots de tijd, dus besloten we eerst een kop koffie te drinken.

Binnen keek hij gefascineerd naar de rorschachtest, die ik inmiddels boven mijn nieuwe keukentafel heb gehangen.

'Wat zie *jíj* erin?' vroeg ik.

Hij liet het schilderij een tijdje op zich inwerken voordat hij antwoordde: 'Een financiële aderlating.'

In de auto begon Thomas over verwachtingen, waarschijnlijkheden en betrouwbaarheidsintervallen. Hij wilde weten hoe vaak Tara en ik het gedaan hadden en hoe precies, en hij rekende op basis hiervan uit hoe groot mijn kans op hiv was. Volgens hem tussen de één en vijftien procent.

Zolang hij een kans niet op nul of honderd procent stelt, krijgt een statisticus altijd gelijk.

We zitten in een verder lege wachtkamer. Kennelijk ben ik de laatste patiënt vanochtend.

'Ga je nog iets leuks doen straks?' vraag ik.

'Het duurt vast niet lang meer,' antwoordt Thomas.

De deur van de spreekkamer zwaait open en een vrouw van een jaar of veertig die niet echt tof uit haar ogen kijkt loopt naar buiten. Mijn beurt.

Het is dezelfde arts als de vorige keer. Ze heeft het haar vandaag met clipjes vastgezet en draagt een bruine, wollige trui onder haar witte jas. Ze pakt er een vel papier bij en controleert nog eens mijn naam en geboortedatum. 'Ja,' zegt ze, 'dit bent u,' en ze knikt betekenisvol. Dan geeft ze me de uitslag.

'Dat is ook wat,' zegt Thomas en hij wrijft in zijn ogen.

'Het is niet erg als je huilt,' zegt de arts.

Wetenschapper zoekt baan
Werken geen bezwaar

9

Je weet dat het tijd wordt de personeelsadvertenties door te nemen als je baas met zijn bolle rooie kop documenten in de papierversnipperaar staat te proppen om vervolgens voor de zekerheid de snippers door het toilet te spoelen.

Damian's originele labjournaal is boven water. Van As heeft het gevonden. Als je het naast Schoen's *officiële* versie legt vallen de overeenkomsten op, maar met name de verschillen. Verschillen in de data, verschillen in de hoeveelheden gebruikte proefdieren, verschillen in de laboratoria waar de experimenten zijn verricht.

'Wetenschappelijk laakbaar gedrag' is een mooie term voor fraude. En strafbaar.

Een half uur geleden riep Vierklau de afdeling bijeen voor een speciale vergadering. Alle twaalf waren we er: Vanderzee, Schoen, Felthoen, Damian, Pjotr, Perma, Marije, Thomas, Todd, Anna, Inge en ik.

Vierklau zag eruit alsof hij net zijn hoofd uit de vriesdroger had gehaald. De rimpels in zijn gezicht waren scheuren geworden en van zijn trotse blik restten twee fletse kraaloogjes die schichtig door de kamer schoten. Hij zei: 'Iemand binnen het instituut heeft data gelekt naar het faculteitsbestuur en mij overgeleverd.'

'Wie dan?' vroeg Pjotr.

Ik keek Vanderzee aan en de biochemicus keek terug.

Vierklau zei: 'Morgen, om dezelfde tijd, ben ik hier niet meer. De raad van bestuur vergadert nu over het te voeren beleid ten aanzien van de onregelmatigheden die ze zijn tegengekomen. In deze vergadering zullen zij beslissen om mij per direct op non-actief te stellen en jullie naar huis te sturen, totdat al het hier verrichte onderzoek is uitgeplozen. Resultaten verkregen uit experimenten die niet volgens de voorschriften door de ethische commissie zijn goedgekeurd zullen ze vernietigen en ze zullen trachten elk spoor van betrokkenheid van hun kant uit te wissen.'

'Christiaan, ik weet zeker dat ik voor iedereen spreek, als ik zeg dat we voor honderd procent achter je staan,' zei Schoen. 'Dit laten we niet gebeuren.'

'Nog voordat ik officieel ontslagen ben, heb jij het al drie keer op een akkoordje gegooid met het bestuur,' voorspelde de prof.

'Hoe kan dit u nou overkomen?' wilde Pjotr weten.

'Ik ben ook maar een mens,' antwoordde Vierklau. Hij liet zijn hoofd in zijn handen zakken en haalde diep adem. 'Dit is de laatste keer dat jullie mij spreken,' vervolgde hij. 'Ik mag jullie niet aanraden nu meteen naar het lab te rennen om te redden wat er te redden valt,' – hij kuchte – 'maar ik zou het wel doen natuurlijk.'

Als een psychotisch nijlpaard trekt Schoen een spoor van ravage door het lab. Zonder zich bewust te zijn van zijn omvang stormt hij nietsontziend van tafel naar tafel naar vriezer naar flowkast, verstoken van enig richtinggevoel struikelend over dozen en kabels, zichzelf de weg blokkerend en alle buizen en flessen die zijn pad kruisen omstotend.

'De elisa's! Waar liggen de elisa-prints?' schreeuwt hij wanhopig tegen niemand in het bijzonder.

Damian loopt met een stapel oude labjournaals weg. 'Misschien in de koelkast,' zegt hij. 'Heb je daar al gekeken?'

Perma heeft een witte bak met weefselmonsters uit de

min70-vriezer gehaald. Een vriendin van haar op de bacteriologie kan die voorlopig voor haar opslaan.

Schoen is hier als een vreemdeling in een vreemd land. 'Waar bewaren jullie de DNA-bibliotheken?' roept hij. 'Waar liggen de kweekmedia? Wat is de code voor het P3-lab? Wat betekenen de letters *J-I-D-D* en *J-H-W-H* op de kast?'

Zijn vettige handjes, waarvan niemand zich kan voorstellen dat ze ooit een pipet hebben vastgehouden, grijpen naar een labjournaal en grijpen mis. Een fles fenol valt kapot op de vloer en de ruimte vult zich met de misselijkmakende, kankerverwekkende dampen van de benzeenverbinding.

De klok tikt door – elk moment kan de onderzoeksgestapo hier binnenvallen.

...

Onderzoeksinstituut maakt zich schuldig aan fraude en dierenmishandeling, kopte de krant vanochtend. Op het instituut zijn we een bende staatsgevaarlijke mafiosi met een satanische inslag, althans, als we de journalist die het stuk heeft geschreven moeten geloven. Zijn verhaal heeft in de verte wel iets weg van wat er bij ons is gebeurd.

Fassbinder en de rector magnificus worden geciteerd en leggen de schuld van de misstanden volledig bij Vierklau. Hij had in ieder geval zijn onderzoeksgroep beter moeten controleren, maar ze sluiten niet uit dat er bij de professor sprake was van kwaadwillige opzet.

In afwachting van een definitief besluit over zijn positie, heeft de universiteit Vierklau een spreekverbod opgelegd. 'Ze weten niet wat ze doen,' was dan ook het enige commentaar dat de krant van hem kreeg.

...

Schoen geeft een ram op de piano en de toon is gezet. Thomas, Marije en ik zijn bij hem thuis uitgenodigd om aan te horen wat zijn plannen zijn, want hij heeft iets bedacht.

Schoen bedenkt wel vaker wat.

Deze keer wil hij weg, ver weg. Naar Toronto om precies te zijn. En wij moeten mee.

'Toronto?' vraag ik. 'Wat moeten we nou in Toronto?'

'Het begint finaal uit de hand te lopen hier,' zegt Schoen. Volgens hem dreigt het faculteitsbestuur het lab dicht te gooien en ons allemaal te schorsen voor de rest van onze aanstelling.

'Onmogelijk!' roept Marije.

'Dat is ook wat,' mompelt Thomas.

'Als dat wordt doorgezet, komen jullie nooit meer ergens aan het werk,' beweert Schoen. 'Om zo jong al geconfronteerd te worden met een beschuldiging van fraude, dat blijft je de rest van je carrière achtervolgen.'

Hij loopt weg bij de piano, opent zijn drankenkabinet en schenkt zich een glas whisky in. 'Voor mezelf maak ik me uiteraard geen zorgen,' zegt onze baas, 'ik heb immers al een reputatie opgebouwd onkreukbaar te zijn.' Het is typisch dat hij dat nou zegt, want zoals ik Schoen ken is het enige onkreukbare aan hem zijn afzichtelijke polyester overhemd.

'Doe mij ook maar een whisky,' zegt Thomas. Hij twijfelt even. 'Maak er maar een dubbele van.'

Geheel naar Vierklau's voorspelling, stonden een uur na zijn afscheid Van As en de beveiligingsdienst op de gang om ons allemaal voor onbepaalde tijd op vakantie te sturen. Het lab werd afgesloten en we kregen vijf minuten om onze persoonlijke eigendommen in te pakken en de faculteit te verlaten. De belangrijkste bestanden en documenten hadden we inmiddels al in veiligheid gebracht, dus we zochten alleen wat fotootjes, agenda's en pennen bij elkaar.

Triomfantelijk paradeerde Van As langs onze kamers. De professor keek me aan. 'Had u nou maar meteen met ons meegewerkt, meneer Hartman, dan had u een hoop van deze narigheid voorkomen,' zei hij. En hij knipoogde.

Vanuit mijn tenen baande de haat zich een weg omhoog.

‘Houd deze twee extra in de gaten,’ droeg hij een bewaker op, wijzend naar Damian en mij. ‘Vooral die met de bril, die met het gezicht van een psychopaat.’

Op dat moment kon je iets horen knappen bij Damian.

…

De stoppen zijn doorgeslagen bij Schoen en we zitten in het donker te wachten tot hij er nieuwe indraait. Intussen laat de jongste van de Schoentjes ons zijn aquarium zien. Het staat in de keuken en er zwemt een goudvis in van het soort dat heel oud wordt en om de drie jaar verandert van kleur en vorm. Deze is inmiddels dertien, vertelt hij. Als Marije hierop begint te grinniken, wil het jongetje weten wat er zo grappig is.

Ik vraag me af of Schoen’s vrouw echt zo dom is als hij altijd beweert.

‘Was jij nou laatst met je hoofd tussen de spijlen van de trap blijven steken?’ vraag ik.

Het zoontje antwoordt dat een van zijn oudere broers dat is geweest. Zijn eigen hoofd is daarvoor nog niet groot genoeg – voor de zekerheid checkt hij dat regelmatig.

Een ander Schoentje komt met een emmer aangerend. ‘Kijk! Kijk! Kijk!’ roept hij opgewonden. ‘Dit is míjn huisdier.’

Marije steekt haar hand in de emmer en haalt er een vogelspin uit. Het harige beest houdt zich doodstil in het kooitje van haar vingers.

De schreeuw uit Marije’s lijf reikt een flink aantal niveaus boven de pijngrens.

Thomas laat de whisky uit zijn handen vallen en de Schoentjes beginnen te huilen.

‘Ben je gebeten?’ vraag ik.

‘Nee,’ zegt Marije lijkbleek, ‘dat is het niet.’ Ze trilt. ‘Volgens mij was dat een wee.’

‘Nu al? Hoe ver ben je in je zwangerschap?’ vraagt Thomas.

‘Zesentwintig weken.’

Terwijl de Schoentjes de ontsnapte vogelspin trachten te

vangen, helpen we Marije op de bank te gaan liggen. Haar gezicht verkrampt een tweede keer en opnieuw maakt ze ons op luide toon deelgenoot van haar pijn.

Ze grijpt naar mijn arm. 'Dat was er weer één,' stamelt ze. 'Jidde, ik ben bang. Het is nog veel te vroeg.'

Ik strijk over haar voorhoofd en zeg toe dat alles goed komt. Thomas belt 112. Doctor Simon Schoen is nog steeds in de meterkast aan het rommelen.

...

De gynaecoloog maakt een echo van Marije's buik en schudt hierbij zo hard zijn hoofd dat ik me ga afvragen of er überhaupt wel een baby in zit.

De man spreekt over zuurstofgebrek en placenta's en gevaar en bloedingen en termijnen en echobeelden en ruggenprikken en keizersnedes en nog veel meer, maar uit de chaos dringen slechts twee zaken tot me door.

FEIT 1: Marije is zwanger, maar geen zesentwintig weken
FEIT 2: Het kind moet er nú uit

Ik heb al enkele malen getracht Marije's vriend te bereiken, maar zijn mobiel staat uitgeschakeld. 'Ik zal hem blijven bellen,' beloof ik haar. 'Is hij misschien via familie of vrienden te bereiken?'

Marije zucht. 'Laat maar,' zegt ze.

Mijn collega ligt op de operatietafel. Ze heeft een ruggenprik gehad – van haar ribbenboog naar onder is ze gevoelloos en verlamd. Het personeel van de operatiekamer heeft tussen twee palen een soort windzeil gespannen over haar borst, zodat we niet hoeven mee te kijken hoe ze zo dadelijk wordt opengesneden. Alleen haar hoofd en schouders steken erboven uit.

Samen met Marije luister ik hoe de gynaecologen aan de andere kant van het zeil de buik afdekken, snedes maken, de baarmoeder openhalen en het kind de wereld in trekken om het te overhandigen aan de kinderarts.

'U mag wel vast komen kijken,' roept de kinderarts na vijf minuten.

Ik loop om het zeil heen naar de kar waar de baby in een couveuse wordt onderzocht.

'Kijk eens, uw prachtige dochter!' stelt de kinderarts mij voor. 'Eenenveertig centimeter lang en bijna vier pond zwaar.'

In de glazen stolp ligt ze onder een warme lamp bij te komen, opgerold in witte doeken, het ronde hoofdje met de geknepen oogjes lijdzaam rustend op de beertjesmatras. Bij elke ademteug die ze neemt klappen haar minuscule neusvleugeltjes dicht.

'Volgens mij heeft ze uw ogen,' zegt de kinderarts. Hij strijkt met zijn pink over haar handpalm en haar vingertjes grijpen zich vast.

Voordat ze wordt meegenomen naar de couveuseafdeling mag Marije haar ook even bewonderen. 'Ze is zo mooi...' huilt ze.

'Weet je al hoe jullie haar gaan noemen?' vraag ik.

'We waren er nog niet uit. Ik had niet verwacht dat ze zo vroeg zou komen.'

'Zelf vind ik *Christianne* wel een leuke naam,' zeg ik.

Marije veegt de tranen van haar wangen. 'Christianne?' denkt ze hardop. Dan pakt ze mijn hoofd, trekt het naar zich toe, zoent me op de mond en zegt: 'Jij wordt ooit een geweldige vader, Jidde.'

...

Vanaf vandaag zijn we weer welkom op de universiteit. Ik kreeg een brief thuisgestuurd van het faculteitsbestuur: het onderzoek was afgerond, het bestuur had maatregelen getroffen en de schorsing was met onmiddellijke ingang ingetrokken. We werden verwacht voor de persconferentie van de voorzitster van het bestuur, waarin ze de hele situatie uit de doeken zou doen.

Het is half negen 's ochtends als Kaia Fassbinder haar opwachting maakt in de aula voor de collegezalen, de microfoon aanzet en de faculteit toespreekt. De eerste rij stoelen is gereserveerd voor de lokale pers, die schittert door afwezigheid.

Fassbinder begint met uitleggen hoe alles de schuld is van Vierklau, die met zijn onverantwoorde gedrag het voortbestaan van niet alleen het instituut, maar – jawel – van de hele faculteit op het spel heeft gezet. Subsidies zijn bevroren, beurzen ingetrokken, projectaanvragen afgewezen...

'Leugens,' mompelt Felthoen, die achter me zit en waarschijnlijk de afgelopen tien jaar niet meer zo vroeg is opgestaan.

'De gebeurtenissen van de afgelopen weken hebben *hun sporen achtergelaten op het instituut*[45] en dit noopt ons tot radicaal ingrijpen,' legt Fassbinder uit. 'Bepaalde onderzoekslijnen zullen worden uitgebreid, andere omgebogen. De noodzakelijke maatregelen zullen worden genomen en mocht het onverhoopt komen tot *afvloeiingen*[46], dan zullen wij trachten deze zo *pijnloos*[47] mogelijk te laten verlopen. Wat dat betreft *vragen wij nog even geduld van jullie*[48]. De vraag is meermalen gerezen hoe een situatie heeft kunnen ontstaan waarbinnen een enkele hoogleraar zo ongecontroleerd zijn gang kon gaan, en of de hogere instanties hieraan geen schuld dragen. Na een *interne evaluatie*[49] van het faculteitsbestuur *is geconcludeerd*[50] dat er van onze kant *sprake is van een gedeelde*

45 ons eindelijk van Vierklau verlost

46 ontslagen

47 goedkoop

48 zien wij geen reden jullie verder te informeren

49 gezellig diner

50 hebben wij zelf besloten

verantwoordelijkheid.[51]' Ze schraapt haar keel. 'Totdat het college van bestuur een nieuwe hoogleraar benoemt, zal doctor Vanderzee fungeren als waarnemend hoofd van de afdeling.'

Voordat ik vanochtend hierheen kwam sprak ik Marije, die nog in het ziekenhuis ligt. Haar dochtertje is tweehonderd gram aangekomen in de afgelopen drie dagen en ze is de gelukkigste alleenstaande moeder van de hele wereld.

Tevens vertelde ze dat Brussel haar deze week een project heeft toegewezen voor ruim twee miljoen euro. Met deze twee miljoen in zijn zak is Schoen gaan onderhandelen bij het faculteitsbestuur en plotseling bleek dat het allemaal niet zo erg was wat hij had gedaan. Sterker nog, werd het niet eens tijd een onderzoeker met een staat van dienst als de zijne voor te dragen voor een bijzonder hoogleraarschap?

Daarentegen is de kans dat onze goede vriend Damian terug mag komen marginaal. Damian heeft géén twee miljoen euro en kan niet onderhandelen. Bovendien heeft hij een hoop krediet verspeeld door Van As' auto in de hens zetten.

...

FEIT: Het kan raar lopen

Een artikel in de *Nature* van deze week. Ik krijg het net onder ogen. In hoofdlijnen staat er hetzelfde in als in ons *Acta*-artikel, maar dan beter, uitgebreider en reproduceerbaar. Een belangrijke groep uit Israel heeft het gepubliceerd.

We hadden dus toch gelijk.

Mooi is dat.

Soms loop je vol overtuiging onwaarheden te verkondigen en soms heb je gelijk zonder het zelf te beseffen.

---

51 niemand verantwoordelijk is

Het is pas af als je ermee ophoudt

10

Velen hebben zich er reeds toe gezet verhaal te doen van de tumorgenetica, aan de hand van experimenten verricht door henzelf en door anderen. Nu heb ook ik besloten de beschikbare gegevens nauwkeurig na te gaan en ordelijk op schrift te stellen, om u te overtuigen van de betrouwbaarheid van de berichtgeving die u van ons heeft kunnen ontvangen.

Ik heb getracht een voorwoord te schrijven in dezelfde pretentieuze stijl die Vierklau placht te bezigen en stoei nu met het dankwoord: het allerbelangrijkste en meest geraadpleegde stuk in een proefschrift.[52] Wees zorgvuldig met het samenfstellen ervan, want omissies en spelfouten worden je wellicht nooit meer vergeven.

Ik ga nu even niet uitleggen wat ik allemaal heb moeten doorstaan om te kunnen promoveren, maar het zit erop. De leescommissie heeft het manuscript voor de tweede maal goedgekeurd en zodra ik tevreden ben met mijn dankwoord gaat het naar de drukker. Het wordt de vierde versie van ons verhaal over de Christiaantjes. We hadden al Damian's originele labaantekeningen, het artikel zoals het gepubliceerd

52 Op een gedeelde tweede plaats staan het curriculum en de stellingen

zou worden en het rapport van de onderzoekscommissie en nu komt daar de versie in mijn proefschrift bij. Binnenkort in het openbaar te verdedigen.

...

Daar sta ik. Thomas en Marije achter me. Schoen, Vanderzee, Van As, Fassbinder, de rector en drie andere professoren in hun zwarte toga's vóór me. Drie kwartier de tijd om te rechtvaardigen wat ik de afgelopen vier jaar heb uitgespookt.

De zitting wordt geopend door de rector en het publiek neemt plaats.

De rector was een van de weinige vrienden van Vierklau op de universiteit en hij heeft zich privé tegen Schoen al meerdere malen verbolgen uitgelaten over de manier waarop Fassbinder en Van As mijn professor hebben weggekregen. 'Doctorandus Hartman,' spreekt hij me toe, 'Jidde, welkom in de senaatszaal van het academiegebouw, waar u na een lange weg vol ontberingen eindelijk de kans krijgt uw proefschrift te verdedigen en ons ervan mag overtuigen dat u de doctorstitel waardig bent.

Ik neem aan dat alle hier aanwezigen beseffen dat uw proefschrift een bijzondere ophef, ik mag wel zeggen een ware schokgolf, heeft teweeggebracht op onze universiteit. Hordes academici hebben zich over u gestort, hebben u het vuur aan de schenen gelegd en valse beschuldigingen geuit aan uw adres, maar te midden van al dat geweld wist u zich tot het laatst toe staande houden, zonder uw principes of overtuigingen te compromitteren. Meer nog dan uw baanbrekende experimenten en de heldere inzichten die u in uw werk uiteenzet, is het deze onverzettelijkheid die onze waardering verdient. In een wereld waarin belangengroeperingen, multinationals en zelfs overheden hun stempel trachten te drukken op de wetenschap, haar trachten te kleuren naar hun behoeften en wensen, ontberen wij in toenemende mate rechtgeaarde onderzoekers als u.'

De woorden van de rector zouden mij ontroeren, ware het niet dat ze in feite gericht zijn aan Vierklau.

Marije knijpt bemoedigend in mijn kuit. Ze wil me laten weten dat ze er voor me is. Niet dat je daar veel aan hebt natuurlijk. In theorie is het promovendi toegestaan vragen door te spelen aan hun paranimfen, maar in de praktijk zitten ze er alleen voor de gezelligheid.

Na zich maar liefst drie volle weken de tijd gegund te hebben om te ontzwangeren is Marije al weer fulltime aan de slag gegaan. Voor het vaststellen van haar zwangerschapstermijn had ze overigens behoorlijk naar zich toe gerekend. De zesentwintig weken waren er in werkelijkheid drieëndertig. Haar dochter is een foutje van Marije met een achtenveertigjarige Amerikaanse jazzmuzikant die het afgelopen half jaar niet meer op het westelijk halfrond is gesignaleerd. Volgens Marije vind ik het vast 'ontzettend leuk om af en toe op Christianne te passen...'

Schoen krijgt als eerste het woord. Hij prijst mijn boekje en mijn werk in het algemeen, en stelt een vraag die ik gisteren nog zelf voor hem moest verzinnen. Na vier jaar lang door het leven te zijn gegaan als mijn copromotor was hij zelfs dáár te lamlendig voor. Ik mag hopen dat hij in ieder geval nog de moeite heeft genomen iets aardigs op papier te zetten voor mijn laudatio straks.

'Zeergeleerde co-promotor, dank u voor uw vriendelijke woorden en dank u voor uw vraag...' begin ik. De afgelopen week heb ik getraind op het beantwoorden van vragen van opponenten en met name op het nemen van rust hierbij. Geen enkele hoogleraar zit erop te wachten dat een promovendus zíjn cruciale vraag met één of twee haastige zinnen afdoet. De openingsdiscussie met Schoen geeft me de kans op m'n gemak de grote lijnen van het proefschrift uit te leggen zonder me te hoeven verweren tegen een directe aanval op de inhoud. Soms is het best handig dat hij zo lui is.

Op de eerste rij in het publiek zitten Perma en mijn vader –

hij is speciaal hiervoor uit Singapore komen overvliegen. Zijn vliegtuig landde nog geen drie uur geleden op Schiphol en hij leeft momenteel in de veronderstelling dat:

A. het zes uur 's avonds is
B. ik vandaag afstudeer
C. het meisje naast hem Charlotte is.

Ik leg het hem allemaal later wel uit.

Misschien moet ik het nog over mijn hiv-test hebben. Hij was negatief – de kans dit ik besmet ben is hiermee een stuk kleiner geworden, maar uitgesloten is een infectie nog niet. Over een half jaar kan ik terugkomen voor een definitieve test.

Tara heb ik kunnen vergeven, zoals je wél iemand vergeeft die met zijn dronken kop door rood scheurt en rakelings langs je heen schiet, maar een persoon die jou voor de rest van je leven invalide rijdt niet. Voorlopig hoef ik haar echter even niet meer te zien.

Fassbinder mag als tweede: 'Geachte promovendus. Om te beginnen wil ik u feliciteren met dit mooie proefschrift en in deze felicitaties wil ik ook uw promotor professor Vanderzee en uw copromotor doctor Schoen betrekken.[53] Ik heb het met buitengewone belangstelling bestudeerd en daarbij rezen er bij mij spontaan twee vragen. In de eerste plaats wil ik graag uitleg waarom u als uitgangspunt in de bespreking van de moleculaire achtergronden van de oncologie niet heeft gerefereerd aan het overzichtsartikel uit 2001 van Van As. In mijn ogen is dat een grove nalatigheid van uw kant. In de tweede plaats: *vind u niet*[54] dat u in het direct implementeren van RNA-inhibitie in een proefdiermodel een paar cruciale stappen in de bewijsvoering hebt overgeslagen?'

53 en Vierklau kan de pip krijgen

54 ik vind

Sla de *Winkler Prins* open bij het woord 'heks'.

'*Hooggeleerde opponent, u weet vast net zo goed als ik dat elk onderzoek kampt met zijn eigen moeilijkheden en tegenslagen.*[55] Wat betreft uw eerste vraag: ik ken het overzichtsartikel van Van As uit 2001 en het is inderdaad *het beste sinds*[56] dat van Vierklau uit 1998. Beide zijn echter ingehaald door meer recente studies en inzichten. Ik heb gekozen voor dat van mijn voormalige professor omdat het de afgelopen vier jaar voor mij als een belangrijke leidraad heeft gefungeerd.' Het liefst had Fassbinder met een zwarte censuurstift elke verwijzing naar Vierklau uit mijn boekje geschrapt in haar pogingen de herinnering aan onze voormalige professor uit te wissen. Het mooie van promotiecommissies is echter dat ze enkel het recht hebben om het proefschrift goed of af te keuren. Ze mogen geen wijzigingen eisen. 'Uw tweede vraag kan kort worden beantwoord: nee.'

Fassbinder werpt me een verveelde blik toe, gaat achteroverhangen in haar stoel, kruist de armen en wijst me terecht: 'Geachte promovendus, ik verwacht toch een *beter*[57] antwoord van u op mijn tweede vraag.'

Zoals ze wil: '*Er zijn uiteraard meerdere uitgangspunten om studies te verrichten, waarschijnlijk ongeveer net zo veel als er wetenschappers zijn. In onze opzet zijn we uitgegaan van de meest recente resultaten van anderen zonder ons eerst te bekwamen in hun werk. En dat heeft bijzonder goed uitgepakt.*[58]'

Vanuit Saoedi-Arabië, waar hij nu les geeft aan de universiteit, kreeg ik van Vierklau een felicitatietelegram. Een hoop grote woorden, een aanbod om bij hem te komen werken en uiteraard mijn naam fout gespeld.

55 Nee, jij trekt volle zalen!

56 slechter dan

57 langer

58 nee

Het gepruts met de Christiaantjes was niet de enige reden dat hij gedwongen werd ontslag te nemen. De prof had ook lopen rommelen met sponsoring en privé-rekeningen. Hij had zo getracht alle subsidies in onderzoek te kunnen stoppen, in plaats van de gebruikelijke tien procent af te dragen aan universiteitsbureaucraten. De universiteitsbureaucraten hebben hard teruggeslagen, hem beticht van verduistering en gedreigd met juridische stappen als hij niet uit zichzelf weg zou gaan.

Vanderzee – die zijn weinig kritische vragen opleest van een papiertje – is nu eindelijk de baas. Vorige maand hebben ze hem hoogleraar gemaakt en daarmee mijn officiële promotor. Hij is er niet vrolijker op geworden. De hele faculteit verwijt hem het debacle op het instituut, al is het absoluut niet zijn schuld geweest. Helaas voor hem zijn Damian en ik de enigen die dat inzien.

Ach, de man heeft een dikke huid en – dat hebben we in Chicago wel aangetoond – een keiharde schedel.

Van Charlotte heb ik niets meer gehoord. Het is inmiddels vrij redelijk gelukt haar uit mijn hoofd te zetten, maar af en toe betrap ik mezelf er nog op te wachten met eten tot zij thuiskomt of de televisie zachter te zetten bij voetbalwedstrijden.

Bij het uitruimen van de berging dit weekend stuitte ik trouwens op de oude tentamens die we samen niet gehaald hadden. Mijn 4,7 voor Wiskunde 3 en haar 2,5 voor Boekhouden 2. Charlotte had ze destijds ingelijst.

Ik heb ze maar weggegooid.

Professor Dinkelboer is een immunoloog die er bepaalde afwijkende overtuigingen opna houdt wat oncologie betreft. Waarom hij hier nu zit is me ook niet duidelijk. We schermen wat heen en weer met feiten, stellingen en redeneringen, totdat ik besef dat Dinkelboer er helemaal niet op uit is dat zijn vraag wordt beantwoord, maar gewoon wil dat ik zijn onderzoek noem. De professor probeert op dit moment in een model te bewijzen dat subtiele verschillen in afweer grote effecten hebben op iemands risico om tumoren te ontwikkelen. Hij wil alleen maar horen dat ik dat ook vind.

Nou ja, zoals Vierklau al eens opdroeg: *Dan doe je maar alsof je het gelooft!*

Ik zeg: 'Het lijkt waarschijnlijk dat subtiele verschillen in afweer grote effecten hebben op iemands risico om tumoren te ontwikkelen.'

'Dat dacht ik ook,' glimlacht Dinkelboer tevreden. 'Hartelijk dank voor uw antwoord.'

Toen ik vanochtend aankwam bij het Academiegebouw werd ik buiten opgewacht door Damian. 'Ik kom je vast succes wensen,' zei hij. 'Het lijkt me beter als ik er niet bij ben zo meteen.'

'Het zal niet hetzelfde zijn zonder jou.'

'Ik vertrek volgende week naar Korea,' vertelde hij. 'Ze hebben me een prachtbaan aangeboden bij GenTech. Promoveren zit er dan niet meer in, maar dat hoefde van mij toch al niet zo nodig. Achterhaald, overbodig en veel te veel regels.'

'Toch blijft het oneerlijk dat jij en de prof de last met jullie tweeën hebben moeten dragen. Het hele instituut is uiteindelijk medeverantwoordelijk.'

Hij lachte. 'Het gaat zoals het gaat. Iedereen zal trachten zijn vege lijf te redden. Dat neem ik niemand kwalijk.' Hij hoestte. 'Zelfs jou niet.'

Ik trok een wenkbrauw op.

'Weet je,' ging hij door, 'Van As liet mij mijn originele labjournaal zien voordat hij me de universiteit uitgooide en ik zijn auto in de fik stak. Je raadt nooit wat me is opgevallen: dat er bepaalde stukken misten. Alle stukken waar jouw naam bij stond toevalligerwijze.'

Het spijt me als ik wat onduidelijk ben geweest over mijn aandeel in het kleine drama op het instituut, maar het is er niet bepaald een waar ik bijzonder trots op ben. Ik wilde niet de indruk wekken dat ik zo iemand ben die het labjournaal van zijn collega verduistert, laat staan zo iemand die het vervolgens inlevert bij het faculteitsbestuur in ruil voor de toezegging dat hij mag promoveren. Ik zou het bijzonder vervelend vinden als mensen zouden gaan denken dat het uitlekken van de fraude met het labjournaal volledig mijn schuld was, dat dank zij mij Vierklau heeft moeten opstappen.

'Als je bepaalde vermoedens hebt, mag je ze best uitspreken,' zei ik.

Damian wreef over zijn neus en zette zijn bril recht. 'Hij die zonder zonde is...' Hij knipoogde.

Toen ik besefte dat Vanderzee professor kon worden als Vierklau er niet meer was, zag ik opeens in dat er tevens een zekere bioloog rondliep die eerste naam had kunnen worden op een *Science*-artikel als ík werd ontslagen.

Roem is matig deelbaar, net als geld: als je het splitst houd je maar de helft over en Damian Morgenster wilde alles. Een anoniem mailtje naar Van As over het *Acta*-artikel, waarvan ik hem had verteld dat het nagenoeg kwalificeerde als fraude, had daar volgens hem afdoende voor moeten zijn.

'Ik ga maar,' zei hij, 'voordat het me te emotioneel wordt.' Hij stond op, gaf me een schouderklopje en liep weg.

'Laat je nog wat van je horen?' riep ik hem na, opgelucht dat ik nog niet bloedend op de grond lag.

Hij draaide zich een laatste keer om. 'Vanzelfsprekend! Volg je het nieuws een beetje...?'

Vier minuten nog. Ik had zó gehoopt dat Van As geen gelegenheid meer zou krijgen aan het woord te komen. Op het puntje van zijn stoel, bijtend op zijn duimnagel lijkt hij de tijd van z'n leven te hebben.

'Doctorandus Hartman, uiteraard mijn felicitaties. Het gebeurt niet vaak dat een man met uw capaciteiten erin slaagt een promotie succesvol af te ronden. Daartoe heeft u wel een aantal bijzonder desastreus verlopen experimenten in uw proefschrift opgenomen.' Hij vraagt me om mee te kijken naar mijn derde hoofdstuk, waarin alle experimenten met celkweken worden uiteengezet.

Ik heb ooit getracht de resultaten van Joris' huidige baas te reproduceren, maar dat is niet gelukt. Voor zover ik weet is dat niemand gelukt, maar toch heeft nog nooit iemand getwijfeld aan de wetenschappelijke integriteit van professor Roy Hackfield.

'Anderen zouden zich ervoor hebben geschaamd als zij niet in staat waren geweest eenvoudige proeven in celkweken te verrichten,' meent de professor, 'maar u gelukkig niet. Kunt u misschien nader toelichten waarom deze experimenten bij u zo schandelijk zijn mislukt?'

Niet alleen vond Van As het nodig me net zo lang onder druk te zetten tot ik hem Damian's originele labjournaals overhandigde, nu schuift hij ook nog eens aan achter de oppositietafel om denigrerende opmerkingen te maken. Als Damian niet al een molotovcocktail door de ruit van zijn Audi had gegooid, zou ik het zelf doen.

'Hooggeachte opponent,' begin ik. Volgens de klok hoef ik nog maar één minuut. In neem een slok water, en haal rustig en diep adem.

'Doctorándus Hartman, we wachten allemaal vol spanning op uw antwoord,' dringt Van As ongeduldig aan.

In de verte klinken de belletjes van de pedel. Langzaam komen ze dichterbij. Dertig seconden nog, schat ik.

Het is die arrogante grijns van hem.

Het is die voet die tegen de grond tikt.

Het is dat wijsvingertje op zijn linkerslaap.

Tsja, je promoveert uiteindelijk maar één keer. Ik neem een hap lucht en zeg: 'Dit proefschrift heeft mij vier jaar van mijn leven gekost. In die tijd heb ik gedaan wat eenvoudig was en dat wat moeilijk was. Ik heb zelfs – en nu overdrijf ik niet – dát gedaan wat onmógelijk was. Voor een wonder zult u langer geduld moeten hebben.'

'Roy Hackfield in Chicago is het al wel gelukt,' bijt Van As.

‘Vijf jaar geleden al en gepubliceerd in *Nature*. Was dat dan een wonder?’

De deur kruipt open. Nog tien seconden.

Ik glimlach: ‘Dat kan best zijn, hooggeleerde opponent.’ Ik sla mijn proefschrift dicht en kijk de prof diep in de ogen. ‘Zijn resultaten heeft niemand ooit kunnen reproduceren. Misschien moet u niet alles lezen wat u gelooft!’

De pedel treedt binnen en slaat haar staf een laatste maal tegen de grond.

HORA EST